औषधीय पौधे

भारत—देश और लोग

औषधीय पौधे

सुधांशु कुमार जैन

nbt.india
एकः सूते सकलम्
राष्ट्रीय पुस्तक न्यास, भारत
NATIONAL BOOK TRUST, INDIA

ISBN 978-81-237-6183-1

पहला संस्करण : 2011
बारहवीं आवृत्ति : 2025 (*शक* 1947)

Aushadhiya Paudhe *(Hindi)*

₹ 255.00

निदेशक, राष्ट्रीय पुस्तक न्यास, भारत
5 इंस्टीट्यूशनल एरिया, वसंत कुंज,
नई दिल्ली-110070 द्वारा प्रकाशित
Website : www.nbtindia.gov.in

सावधानी

इस पुस्तक का उद्देश्य पाठकों का भारत में होने वाले कुछ मुख्य औषधीय पौधों से परिचय कराना मात्र है। ***इसमें चिकित्सा के आशय से नुस्खे नहीं दिए हैं।*** *अनेक औषधियां कई पौधों के उपयोगी तत्त्व मिलाकर बनती हैं; उन तत्त्वों को प्राप्त करने की विधि, उनकी मात्रा तथा औषधि बनाने आदि की क्रिया, अनुभवी वैद्यों या औषधि निर्माताओं का कार्य है। रोग का सही निदान तथा औषधि के सेवन का समय, मात्रा, उससे संलग्न अन्य उपचार एवं परिचर्या सभी महत्त्वपूर्ण बातें हैं जिन्हें योग्य वैद्य ही समझते व जानते हैं। अनभिज्ञ व्यक्तियों के लिए अपनी समझ से किसी औषधि का प्रयोग करना अत्यंत हानिकारक हो सकता है।*

विषय सूची

चित्र सूची

रंगीन प्लेट

रेखाचित्र

निवेदन

नेशनल बुक ट्रस्ट ने 1968 में औषधीय पौधों पर मेरी पुस्तक प्रकाशित की थी। उसमें दो बार कुछ संशोधन किए गए; कुछ पौधे जोड़े गए, कुछ छोड़े गए तथा कुछ नई सूचना भी दी गई।

पिछले 40-45 वर्षों में तीन प्रमुख बातें हुईं। पौधों से प्राप्त औषधियों में रुचि तथा उत्साह समूचे संसार में देखा गया। भारत की ग्रामीण जनता तथा जनजातियां जो घरेलू उपचार करते हैं उन पर लिखित साहित्य तथा शोध में बहुत वृद्धि हुई। मेरे शोध विद्यार्थियों, सहकर्मियों तथा स्वयं मैंने भारत की लगभग सभी जनजातियों के बीच कई-कई सप्ताह रहकर उनकी औषधियों में प्रयुक्त सहस्रों पौधों का अध्ययन किया तथा कई पुस्तकें एवं सैकड़ों लेख प्रकाशित किए। भारत के अनेक पौधों पर नवीनतम यंत्रों द्वारा तथा आधुनिक ढंग से शोध हुआ। अतः एक पुस्तक नये सिरे से लिखने का प्रस्ताव ट्रस्ट को भेजा गया। इसकी सहर्ष स्वीकृति के लिए मैं ट्रस्ट का आभारी हूं।

पुरातन काल से पौधों में औषधीय गुण होने का संबंध दैवी शक्तियों तथा नक्षत्रों, ग्रहों आदि से जोड़ा गया। ऐसे विश्वास के पक्ष अथवा विरोध पर विवेचना इस पुस्तक का आशय नहीं है। किंतु आज भी जड़ी-बूटियां शब्द सुनते ही हमारे मन में किसी अद्‌भुत शक्तिशाली वनौषधि का विचार आता है। हमारे साहित्य में जड़ी-बूटियों द्वारा न केवल असाध्य से असाध्य रोगों की चिकित्सा के विवरण हैं वरन् उनका अनेक चमत्कारी एवं अविश्वसनीय घटनाओं से भी संबंध मिलता है। अमुक रस की दो बूंद मात्र से मृत व्यक्ति को जीवित कर लेने आदि की कथाएं प्रायः सुनने को मिलती हैं। किसी वनौषधि की महिमा का गुणगान करते समय प्रायः इतना कहना प्रभावकारी नहीं समझा जाता था कि वह किसी खोज, विश्लेषण अथवा अनुभव पर आधारित है, जितना कि यह कहना कि वह किसी साधु-महात्मा द्वारा दी हुई या बतलाई हुई है। संभव है, यह उस समय की परिस्थितियों के अनुकूल रहा हो। किंतु युग-परिवर्तन के साथ, जब मनुष्य प्रत्येक वस्तु या घटना को कारण-परिमाण की तुला पर तोलने लगा, तो उसे बहुत-सी पुरानी बातें असंगत-सी लगीं और हमारी वनौषधियों के पूर्वाग्रह इतने स्वर्णिम होने पर भी उनका प्रयोग व्यवहार में घटता गया।

जब उन्नत देशों में वर्तमान औषधि-प्रणालियों पर दिन-रात खोज-कार्य होता

रहा, हमारी औषधि विद्या अपने स्वर्णिम इतिहास, चमत्कार एवं अपनी सफलता की पूर्व कहानियों पर ही संतुष्ट हो हाथ पर हाथ धरकर बैठी रही। साथ ही बाजारों में आने वाली नई-नई विदेशी ढंग की औषधियों के स्वागत में हमने इतना उत्साह दिखाया कि हम आयुर्वेद की अनेक मानक, सिद्ध, उपयोगी औषधियों से भी विमुख हो गए, और हममें से अधिकांश ने कभी यह जानने का प्रयत्न ही नहीं किया कि क्या हमारी अपनी वनौषधियों में कुछ उपयोगी वस्तुएं हैं?

हमारे देश में पाए जाने वाले पौधों के औषधीय गुणों पर अनेक बड़े ग्रंथ और छोटी-छोटी पुस्तकें मौजूद हैं; इनमें से अधिकांश विशेषज्ञों, जैसे वनस्पतिशास्त्री, आयुर्वेदाचार्य, रसायनशास्त्री तथा औषधि-निर्माता आदि के लिए उपयोगी हैं। ये ग्रंथ लिखे ही उस आशय से गए हैं। किंतु जिस प्रकार के पाठकों के लिए नेशनल बुक ट्रस्ट यह पुस्तकमाला 'भारत—देश और लोग' प्रस्तुत कर रहा है, उस प्रकार के पाठकों के लिए कोई भी उपयुक्त पुस्तक 1968 के पूर्व उपलब्ध नहीं थी। अतः इस प्रकार, निस्संदेह ट्रस्ट बधाई का पात्र है कि उसने औषधीय पौधों को भी इस पुस्तकमाला के लिए उपयुक्त विषय समझा। नेशनल बुक ट्रस्ट द्वारा प्रकाशित पुस्तकें पढ़ने से यह स्पष्ट हो जाता है कि अपने-अपने विषय पर वे वास्तव में अनूठी रचनाएं हैं, और उन विषयों पर पूर्व मुद्रित विशाल साहित्य से वे कितनी भिन्न और रोचक हैं।

प्रस्तुत पुस्तक में 92 अध्यायों में लगभग 120 औषधीय पौधों पर, यथासंभव केवल विश्वस्त सूत्रों पर ही आधारित सामग्री दी गई है।

औषधीय पौधों पर साहित्य इतना विशाल और विस्तृत है कि किसी नई खोज या अनुभव की रिपोर्ट मेरे ध्यान से छूट गई हो, यह असंभव नहीं। यदि पाठक ऐसी कमियों की ओर मेरा ध्यान आकर्षित करेंगे तो मैं उनका साभार स्वागत करूंगा।

पुस्तक की पांडुलिपि पढ़ने में प्रकाशन क्रिया में दक्ष मेरे पड़ोसी श्री यतीश चंद्र शुक्ल तथा मेरी धर्मपत्नी श्रीमती सत्या जैन (एम.ए., साहित्य रत्न) ने सहायता की है। अधिकांश रंगीन चित्र मेरे पूर्व सहकर्मी डॉ. रामलखन सिंह सिकरवार के सहयोग से प्राप्त हुए हैं। पांडुलिपि को श्री पंकज कुमार 'सोनी' ने कम्प्यूटरीकृत किया है। मैं इन सबका आभारी हूं।

कई वर्ष पूर्व पढ़े एक वाक्य से यह निवेदन समाप्त करूंगा—यदि लेखक उस समय की प्रतीक्षा करे जब उसकी रचना में किसी संशोधन या सुधार की संभावना ही न रहे, तो वह कभी कुछ नहीं लिख सकेगा।

26-ए, आवास-विकास कॉलोनी
मॉल एवेन्यू, लखनऊ-226001

सुधांशु कुमार जैन

विषय प्रवेश

वनस्पति विविधता की दृष्टि से भारत बहुत धनी देश है। हमारे देश की भौगोलिक स्थिति तथा जलवायु नाना प्रकार के पौधों के उगने के लिए उपयुक्त है। भारत में पचास हजार से अधिक जातियों के पौधे मिलते हैं। इनमें लगभग 17 हजार पुष्पी पौधे हैं, जिन्हें हम प्रतिदिन चारों ओर देखते हैं और अनेक को प्रयोग में भी लाते हैं। शेष में से अधिकांश अत्यंत सूक्ष्म जैसे शैवाल और कवक। अधिकांश औषधियां पुष्पी पौधों से ही प्राप्त की जाती हैं।

रोग तथा नाना प्रकार की अन्य व्याधियां मानव जाति की उत्पत्ति के समय से ही उसके साथ जुड़ गई होंगी। औषधि तथा शल्य चिकित्सा (सर्जरी) का इतिहास कदाचित् उतना ही पुराना है, जितना मानव का। किंतु आरंभिक काल में घटनाओं को लिपिबद्ध करने का साधन न होने से आज हमें यह ज्ञात नहीं है कि रोग और उसके निवारण के विषय में आरंभ में मानव की क्या धारणाएं या साधन थे। जब से घटनाओं के प्रमाण मिलते हैं, यह ज्ञात होता है कि पुरातन काल में अन्य विद्याओं की भांति रोग के निवारण की विद्या का भी अनेक नक्षत्रों, ऋतुओं एवं दैवी शक्तियों से घनिष्ठ संबंध समझा जाता था, इसलिए चिकित्सा एवं परिचर्या के साथ-साथ देवी-देवता, धर्म तथा अंधविश्वास आदि अनेक रूढ़ियां चिकित्सा का एक आवश्यक अंग-सा बन गई थीं। फिर भी, किसी न किसी प्रकार की वास्तविक चिकित्सा एवं परिचर्या रोग-निवारण का साधन अवश्य रही होगी, यह निश्चित है। जब कभी आज के वैज्ञानिक युग के मानव की चिर अतृप्त जिज्ञासा ने भूतकाल की गहराइयों में दृष्टि डाली है, तभी से पुरातन काल की घटनाओं के लिखित, अर्द्धलिखित या अलिखित कुछ न कुछ प्रमाण मिल ही गए हैं। और ये सभी हमारे पूर्वजों की (उस परिस्थिति में) योग्यता, दूरदर्शिता एवं पुरुषार्थ भरे इतिहास के रोचक पृष्ठ हैं। भारतवर्ष में रोग निवारण के लिए पौधों के प्रयोग का कदाचित् सर्वप्रथम वर्णन ऋग्वेद में मिलता है। ऋग्वेद के सूत्रों में वर्णित अनेक औषधियों के नाम तो इतने शुद्ध और स्पष्ट हैं कि आज भी उन नामों से पौधों को भली भांति पहचान सकते हैं, जैसे सेमल, पीपल, पलाश तथा पिठवन। किंतु ऋग्वेद में प्रायः औषधियों के विषय में अधिक विवरण नहीं है। अथर्ववेद में अधिक विस्तारपूर्वक वर्णन है। ऋग्वेद का रचनाकाल लगभग

3,500-1,800 वर्ष ईसा पूर्व बताते हैं। वेदों की रचना के बाद लगभग 1,000 वर्ष तक इस विद्या की प्रगति का कोई प्रमाण नहीं है।

उसके पश्चात् चरक तथा सुश्रुत के भारतीय वनौषधि पर दो अत्यंत महत्त्वपूर्ण ग्रंथ–चरक संहिता एवं सुश्रुत संहिता सामने आए। चरक संहिता में लगभग 700 औषधियों का वर्णन है, इनमें से कुछ पौधे भारतीय नहीं थे। सुश्रुत संहिता में शल्य चिकित्सा (सर्जरी) का वर्णन है। सुश्रुत को विदेशी वैज्ञानिकों ने भी बहुत मान्यता दी है। वे स्वीकार करते हैं कि भारत में शायद प्लास्टिक सर्जरी की प्रथा 2,000 वर्ष पहले से ही थी।

चरक के समय से आज तक अनेक आयुर्वेदाचार्यों, साधु-महात्माओं तथा अनुसंधानकर्ताओं के सहयोग से भारतीय वनौषधियों की संख्या बढ़ती गई और अब लगभग 1,500 पौधों में औषधीय गुण बताए जाते हैं।

वनौषधियों पर अनेक छोटी-बड़ी पुस्तकें लिखी गई हैं। कई तो विशाल ग्रंथ हैं, जिनमें सहस्रों पृष्ठ और अनेक भाग हैं, क्योंकि कभी-कभी एक पौधे के विषय में भारत के भिन्न प्रदेशों में भिन्न-भिन्न धारणाएं और मान्यताएं हैं। संस्कृत के अतिरिक्त अन्य भारतीय भाषाओं में भी आयुर्वेद पर पर्याप्त साहित्य लिखा गया है। सर्वश्री दत्त, जॉर्ज वाट, कर्नल रामनाथ चोपड़ा, के. नादकर्णी, के. कीर्तिकर, बी. डी. बसु, बी. मुखर्जी, चंद्रराज भंडारी, कालीपद विश्वास, कृष्ण प्रसाद त्रिवेदी, देवीशरण गर्ग, प्रियव्रत शर्मा (तथा उनके साथी एवं शिष्यगण), 'भारत की संपदा' (वेल्थ ऑफ इंडिया) के संपादकगण आदि अनेक विद्वानों ने इस विषय के संकलन में प्रशंसनीय कार्य किया है किंतु कुछ लेखकों ने पौधों के नाम (या सही पहचान) आदि का ठीक ध्यान न रखते हुए सामग्री संकलित कर दी है। फल यह हुआ कि कुछ पौधों के साथ इतने अतिरिक्त औषधीय गुण जुड़ गए हैं कि मानो वे सर्व रोग निवारक ही हों।

एक दुविधा यह है कि पुरानी पुस्तकों में औषधीय गुण पौधों के स्थानीय नाम के साथ दिए हैं। उस समय वैज्ञानिक नामों की प्रथा और प्रचलन भी नहीं था। स्थानीय नाम तो समय के साथ व्यक्ति-व्यक्ति के बीच बदलते जाते हैं। वनस्पतिशास्त्र में ऐसे अनेक दृष्टांत हैं, जहां एक ही नाम दो या अधिक पौधों को दिया गया है। उदाहरण के लिए हम पुनर्नवा, रुदंती, ब्राह्मी, दूधी, सोमलता के दृष्टांत ले सकते हैं, इनसे बड़ी उलझन हुई है। भारत में कुछ कार्यकर्ता अब इन गुत्थियों को सुलझाने का प्रयत्न तो कर रहे हैं, किंतु इसमें अनेक विषयों के विशेषज्ञों का निःस्वार्थ सहयोग वांछनीय है, जो प्रायः दुर्लभ रहा है। फिर भी इस दिशा में जो भी कार्य किया जाएगा, वह वनस्पतिशास्त्र, आयुर्वेद, औषधि-निर्माण आदि कई क्षेत्रों में उपयोगी होगा।

प्राचीन काल में वनौषधियों के विषय में प्राप्त ज्ञान की जानकारी कुछ लिखित प्रमाणों के अतिरिक्त एक अन्य साधन द्वारा भी संभव है। वह है, हमारे देश के सुदूर वनों में रहने वाली आदिम जनजातियां (आदिवासी), जिनकी संस्कृति अब भी बहुत कुछ पुराने ढंग की है। आदिवासियों के बीच कार्य करने पर ज्ञात होता है कि प्राचीन वनौषधियों का कुछ ज्ञान मौखिक परंपरा द्वारा पीढ़ी-दर-पीढ़ी आज तक भी जीवित रह गया है। कुछ कार्यकर्ताओं ने इस सामग्री को एकत्रित करने का प्रयास किया है, किंतु यह कार्य जितने बड़े पैमाने पर तथा जिस तत्परता से किया जाना चाहिए था, उसका अल्पांश भी नहीं हुआ है। इस प्रकार के खोज-कार्य को एथनोबॉटनी (अर्थात् आदिवासियों का वनस्पति से संबंध) कहते हैं। 1960 से मैंने मध्य प्रदेश के आदिवासियों के बीच भी ऐसा कुछ कार्य आरंभ किया। बंगाल, असम, उड़ीसा तथा भारत के अन्य प्रदेशों में आदिवासियों के बीच भी कार्य किया। पौधों के अनेक ऐसे औषधीय गुण इन आदिवासियों से ज्ञात हुए जिनका किसी साहित्य में वर्णन नहीं मिलता, इनमें से कुछ का उल्लेख प्रस्तुत पुस्तक में किया गया है, किंतु इनकी वैज्ञानिक परीक्षा विधिवत् होनी आवश्यक है।

औषधीय पौधों के विषय में यह प्रश्न प्रायः ही उठाया गया है कि वनौषधियों की वैज्ञानिक परीक्षा की जानी चाहिए। यह ठीक ही है। कई बार आयुर्वेद की अत्यंत प्रचलित औषधियां प्रयोगशालाओं के परीक्षणों में निरर्थक सिद्ध हुईं। इससे यह संकेत अवश्य मिलता है कि हमें सभी वनौषधियों की परीक्षा यथासंभव कर लेनी चाहिए। किंतु इसका एक दूसरा पहलू भी है। संभव है कि औषधि में कोई ऐसे अज्ञात तत्त्व निहित हों, जो रोगी को लाभ पहुंचाते हैं, किंतु रासायनिक विश्लेषण में दिखाई नहीं देते। यह भी संभव है कि पौधे में विद्यमान भिन्न एल्केलाइड या अन्य तत्त्व जब एक साथ मिलकर क्रिया करते हैं, जैसे समूचे पौधे के क्वाथ में, तभी वह उपयोगी होता है। उनके एल्केलाइड आदि अलग-अलग 'व्यर्थ' सिद्ध होते हैं। साथ ही पौधे फूलने का समय, फलने का समय, बीज या छाल एकत्रित करने का समय, उगने की ऋतु तथा स्थान, आदि अनेक बातें औषधि की उपयोगिता पर प्रभाव डालती हैं; और यह असंभव नहीं कि रासायनिक विश्लेषण करने वालों ने इन सबका सदैव ध्यान न रखा हो।

शोध/परीक्षण : संतोष की बात यह है कि पिछले 40-45 वर्षों में आयुर्वेद में प्रयुक्त सैकड़ों पौधों पर आधुनिक यंत्रों द्वारा तथा नवीनतम विधियों से शोध तथा औषधालयों में रोगियों पर अनेक परीक्षण किए गए तथा बहुतों की उपयोगिता प्रामाणिक सिद्ध हुई। इनका उल्लेख प्रस्तुत पुस्तक में किया गया है।

इस पुस्तक हेतु पौधों का चयन

ऐसा अनुमान है कि भारत में लगभग 2,000 पदार्थ औषधियों में प्रयुक्त होते हैं, इनमें लगभग 200 पदार्थ जंतुओं से प्राप्त होते हैं; इतने ही खनिज स्रोत के हैं। लगभग 1,500 पदार्थ फल, फूल, पत्ते, जड़, छाल, गोंद, रस आदि वनस्पति जगत की देन हैं। हमारे विशाल देश के लिए यह संख्या कुछ अधिक नहीं है। इन 1,500 पौधों में से केवल लगभग एक सौ बीस का चुनाव कदाचित् मेरी सबसे बड़ी कठिनाई थी। अतः केवल वही पौधे चुने हैं, जिनकी उपयोगिता वैज्ञानिक विधियों से परखी और सिद्ध हो चुकी है, अथवा जो पौधे भारतीय मानक औषधि कोश (इंडियन फार्मेस्यूटिकल कोडेक्स), ब्रिटेन का मानक औषधि कोश (ब्रिटिश फार्मेस्यूटिकल कोडेक्स) तथा अमेरिका का मानक औषधि कोश (यूनाइटेड स्टेट्स डिस्पेंसेटरी) में मान्य समझे गए हैं; प्रायः पुस्तक में उन्हीं का विवरण दिया गया है। अधिकतर भारत के देशज पौधे ही लिए गए हैं। कुछ ऐसे विदेशी पौधे भी, जिनकी अब भारत में खेती हो रही है या जिनका व्यापार कार्य में महत्त्व है, चुन लिए गए हैं। इनमें से कुछ पौधे तो अब भारत में फैल भी गए हैं और स्वाभाविक रूप से उगते दिखाई देते हैं।

पुस्तक में पौधों का क्रम

सामान्य व्यक्ति पौधों को उसके हिंदी अथवा किसी अन्य अधिक प्रचलित भारतीय नाम से जानता है, अतः पुस्तक में पौधों का क्रम हिंदी के वर्णक्रम के अनुसार है अर्थात् ***'अंगूरशफा'*** से आरंभ होकर ***'हींग'*** पर समाप्त हुआ है। पौधों को वैज्ञानिक (लैटिन) अथवा अंग्रेजी नामों से ढूंढ़ने के लिए पुस्तक के अंत में वैज्ञानिक तथा अंग्रेजी नामों की सूची उनके स्थान के संकेत के साथ दी गई है।

पौधों का विवरण

1. प्रचलित हिंदी नाम अध्याय का शीर्षक है।
2. औषधीय गुण।
3. शोध/परीक्षण, जनजातियों में प्रमुख उपयोग तथा कुछ अन्य सूचनाएं भी दी गई हैं।
4. औषधीय गुणों के अतिरिक्त पौधे के प्रमुख अन्य उपयोग। कहीं-कहीं पर औषधीय पौधों के किसी विशेष अन्य उपयोग का वर्णन भी किया गया है। एक वंश की मुख्य औषधीय जाति का विवरण देने के उपरांत अन्य जातियों का भी संक्षिप्त वर्णन दिया गया है।

विशेषकर पौधों के औषधीय गुणों पर जो भी सूचना दी गई है, अत्यंत विश्वसनीय साहित्य पर आधारित है और केवल वे ही गुण लिखे गए हैं, जिन्हें ब्रिटेन तथा अमेरिका के मानक औषधि कोशों ने स्वीकार किया है अथवा जिन गुणों की पुष्टि वैज्ञानिक विधि से या अस्पतालों में की जा चुकी है। इस संबंध में मैंने पिछले 40-45 वर्षों में छपे साहित्य की काफी छानबीन करने की चेष्टा की है। इस खोज के समय मुझे एक बात यह स्पष्ट हुई कि हमारे औषधीय पौधों में से बहुत कम की ही वैज्ञानिक परख की गई है। इस कार्य में समय तो बहुत लगता है किंतु यदि हम अपनी वनौषधियों से, इस उपयोगी संपत्ति से लाभ उठाना चाहते हैं, तो इस कार्य को शीघ्र करना ही होगा।

5. वैज्ञानिक (लैटिन) नाम, कुल तथा अन्य नाम।

जहां तक संभव हुआ है, पौधों के सही स्वीकृत वैज्ञानिक नाम ही प्रयोग किए गए हैं। पाठकों की सुविधा के लिए कुछ पौधों के स्वीकृत नाम के तुरंत बाद ही, अधिक प्रचलित होने के कारण, कुछ पुराने अस्वीकृत नाम भी दे दिए हैं। पौधों का कुल (फैमिली) कोष्ठक में दिया है। यदि अंग्रेजी का नाम मिल सका है, तो वह भी दे दिया है।

भारतीय भाषाओं में सर्वप्रथम हिंदी व संस्कृत के नाम हैं; उसके बाद वर्णक्रमानुसार अन्य भाषाएं हैं। भारतीय भाषाओं में पौधों के नाम अनेकानेक मिलते हैं, उन सबका यहां लिखना न संभव था और न आवश्यक, इसलिए केवल एक-दो अधिक प्रचलित नाम ही लिखे हैं। जिन भाषाओं की लिपि मैं नहीं जानता, उनके शब्दों के उच्चारण अपने कुछ मित्रों की सहायता से सुने और देवनागरी में लिखे। फिर उच्चारण में अंतर होने से तथा बार-बार लिप्यंतरण होने से इन नामों में अशुद्धियां हो जाना असंभव नहीं है। कुछ पौधों के वैज्ञानिक अथवा अन्य नाम किस प्रकार बने हैं, इसका भी संक्षिप्त वर्णन है।

6. वानस्पतिक विवरण।

पौधे का वर्णन संक्षिप्त रूप में ही दिया है। प्रायः वही लक्षण हैं जिन्हें पढ़कर पाठक पौधे के आकार का अनुमान कर सकें तथा उन्हें पौधे पहचानने में सुविधा हो सके। यद्यपि केंद्रीय शिक्षा मंत्रालय द्वारा मान्य तकनीकी शब्द ही प्रयोग किए गए हैं, किंतु पाठक को कठिन शब्दों के जाल से बचाने का यथासंभव प्रयास किया गया है। पौधे का वर्णन केवल पहले की प्रकाशित पुस्तकों पर आधारित नहीं है, बल्कि पौधे के नमूने स्वयं देखकर अथवा अपने व्यक्तिगत अनुभव के आधार पर लिखा गया है। पौधों को पहचानने में सुविधा हो, इस दृष्टि से पुस्तक में वर्णित बहुत-से पौधों के चित्र भी दिए गए हैं।

पौधों का प्राप्ति-स्थान भी कोलकाता के विशाल वनस्पति संग्रहालय में रखे सहस्त्रों नमूनों तथा विश्वस्त साहित्य की सहायता से लिखा है।

7. अन्य जातियां : इस पौधे के वंश की कुछ अन्य प्रमुख जातियां।
8. विशेष सूचना।

कुछ पौधों के विषय में अन्य रोचक सूचनाएं दी गई हैं।

कुछ उपयोगी साहित्य एवं संदर्भ

औषधीय पौधों के गुण संक्षेप में तो कुछ वाक्यों में लिखे जा सकते हैं, किंतु अनेक पर कई पुस्तकें तथा सैकड़ों शोधपत्र छप चुके हैं जैसे **नीम**। इस पुस्तक के आकार तथा पृष्ठों की सीमा का ध्यान रखते हुए यहां संक्षिप्ति तथा यथासंभव सरल भाषा मूल मंत्र रहे हैं।

संभव है, कुछ जिज्ञासु पाठक औषधीय पौधों पर तथा भारत के अन्य उपयोगी पौधों पर अधिक जानकारी प्राप्त करना चाहेंगे, ऐसे पाठकों के लिए पुस्तक के अंत में पौधों के विवरण के बाद कुछ उपयोगी साहित्य की सूची भी दी गई है।

1. अंगूरशफा

(बेल्लाडोन्ना)

औषधीय गुण

पौधे की जड़ों को छोड़कर अन्य सभी भाग सुखाकर औषधि में प्रयोग होते हैं; ये बेल्लाडोन्ना कहलाते हैं। कुल क्षारीय तत्त्व पौधे के विकास की बढ़ोतरी (अर्थात् आयु) पर निर्भर करते हैं। जब फूल खिले हुए हों उस समय कम तथा हरे फलों से युक्त होने पर बहुत अधिक होते हैं। जड़ें भी औषधि में शामिल की जाती हैं।

पत्तों तथा भूमि के ऊपर के अन्य अंगों से प्राप्त औषधि पसीना बनने की क्रिया को मंद करती है। यह आमाशय की तथा मुंह से लार पैदा करने वाली ग्रंथियों की क्रिया भी मंद करती है। यह पेट के मरोड़ तथा ऐंठन जैसी अन्य अवस्थाओं में शांति पहुंचाती है। इसमें तीव्र एंटीस्पास्मोडिक गुण होते हैं; यह दमा तथा कुकुर खांसी में भी लाभप्रद है।

पौधे की जड़ों से प्राप्त औषधि में भी वही गुण होते हैं, जो पत्तों और शाखाओं से प्राप्त औषधि में; किंतु जड़ों में कुछ विषैले तत्त्व बताए जाते हैं, और इसलिए जड़ों से प्राप्त औषधि सेवन के बजाय गठिया, वातशूल (न्यूरेलजिया) तथा सूजन आदि पर बाहरी लेप के काम आती है।

शोध/परीक्षण तथा अन्य सूचना

इस पौधे का प्रायः कुछ अन्य पौधों के साथ मिश्रण से आधुनिक यंत्रों द्वारा बनी औषधियों का नवीनतम विधियों से औषधालयों में अनेक रोगियों पर सफल परीक्षण किया गया।

इस पौधे में मादक गुण भी बताए गए हैं।

वैज्ञानिक (लैटिन) नाम, कुल, अन्य नाम तथा विवरण

वैज्ञानिक नाम : **आट्रोपा आकूमिनाटा** (*Atropa acuminata* Royle ex Lindley)
(कुल– सोलानेसिए)

अन्य नाम : **हिंदी, कश्मीरी–** संग अंगूर

व्यापार कार्य में यह औषधि बेल्लाडोन्ना कहलाती है, यह नाम आट्रोपा वंश की एक यूरोपीय जाति आट्रोपा बेल्लाडोन्ना पर आधारित है; इस जाति का भारत में रोपण किया जाता है।

वर्णन

अंगूरशफा का पौधा लगभग 60-90 सेमी. ऊंचा और बहुवर्षीय होता है। इसके पत्ते मटमैले हरे रंग के 7-15 सेमी. लंबे होते हैं। यह शीर्ष तथा आधार पर दोनों ओर संकरे होते हैं। फूल लगभग 2.5 सेमी. लंबे, घंटाकार, पीले, भूरे-से रंग के होते हैं और पत्तों के कक्ष में अकेले या दो साथ लगते हैं। फल सरस, 1.5 सेमी. व्यास के, गहरे बैगनी रंग के या काले होते हैं।

प्राप्ति-स्थान

यह पौधा कश्मीर में 2,000-3,000 मी. ऊंचाई वाले स्थानों में होता है। इसकी खेती भी की जाती है।

अन्य जातियां

अंगूरशफा के वंश की एक अन्य जाति आट्रोपा बेल्लाडोन्ना *(Atropa belladonna* L.) यूरोप में होती है; यह भारत के पर्वतीय प्रदेश में उगाई जाती है। इसकी जड़ें (जिन्हें बेल्लाडोन्ना रेडिक्स कहते हैं) तथा पत्ते (जिन्हें बेल्लाडोन्ना फोलिउम कहते हैं) औषधि में प्रयोग होते हैं, ये पौष्टिक तथा शमक होते हैं। यह मरोड़ तथा ऐंठन में लाभप्रद है। यह (एट्रोपीन की भांति) आंखों की पुतली को चौड़ा करती है। बेल्लाडोन्ना से बनी अनेक औषधियां नेत्र रोगों के लिए मरहम, आंख में डालने की दवा आदि बनाने के काम आती हैं। विषपान के कारण हुए कुछ प्रकार के विकारों को दूर करने के लिए बेल्लाडोन्ना विषनाशक के रूप में प्रयोग किया जाता है।

2. अंतमूल

(टिलोफोरा)

औषधीय गुण

पौधों की जड़ों को सुखाकर औषधि में प्रयोग करते हैं।

अंतमूल को ईपेकाक के स्थान पर भली भांति प्रयोग कर सकते हैं। इस कारण यह पेचिश की चिकित्सा में विशेष लाभप्रद है। जड़ों का क्वाथ दमा और श्वास नली की सूजन में दिया जाता है। इसके सेवन से कै (वमन) हो जाती है और खांसी में शांति पड़ जाती है।

अन्य सूचना

अंतमूल नाड़ी तंत्र रोगों में भी उपयोगी बताया गया है।

वैज्ञानिक (लैटिन) नाम, कुल, अन्य नाम तथा विवरण

वैज्ञानिक नाम : **टिलोफोरा इंडिका** [*Tylophora indica* (Burm f.) Merr.]
(अस्वीकृत नाम : टिलोफोरा आस्थमाटिका)
(कुल– एस्कलीपिएडेसिए)

अन्य नाम : **उड़िया**– मेंडी
कन्नड़– आडुमुट्टेदगिडा
तमिल– कगितम
मराठी– पितकारी
मलयालम– वल्लिपाल

पौधे के पुराने नाम से 'आस्थमाटिका' शब्द इसके दमा के रोग में उपयोगी होने के कारण दिया गया था।

वर्णन

यह एक आरोही पौधा होता है। इनमें अनेक लंबी सरस जड़ें होती हैं। पत्ते आमने-सामने 5-10 सेमी. लंबे, अंडाकार और प्रायः निशिताग्र होते हैं। फूल बड़े, पीले

से रंग के होते हैं। उनके दलपुंज का भीतरी भाग बैगनी होता है। फूल छोटे गुच्छों में लगते हैं। फल 5-10 सेमी. लंबे, शीर्ष पर नुकीले होते हैं, उन पर कई उभरी हुई धारियां होती हैं। दो-दो फल एक साथ लगते हैं।

प्राप्ति-स्थान

यह पौधा मध्य, पूर्वी एवं दक्षिण भारत में पाया जाता है और प्रायः मैदानी प्रदेश में या 1,000 मी. ऊंचाई तक की तलहटियों में होता है।

3. अडूसा

(वासक)

औषधीय गुण

अडूसा के सुखाए हुए पत्ते औषधि में काम आते हैं।

पत्तों में वासीसीन नामक एल्केलाइड तथा वाष्पशील तेल होता है। अडूसा प्रधानतः अपने कफ निस्सारक गुण के कारण प्रसिद्ध है। इसका शरबत, रस या अर्क प्रयोग होता है। इसके सेवन से बलगम या कफ पतला होकर सुविधा से निकल जाता है। इस कारण यह खांसी, बलगम, दमा तथा श्वास नली की सूजन (ब्रोंकाइटिस) में लाभप्रद है।

अडूसा में कफ निस्सारक गुण इसलिए है क्योंकि यह श्वास नली की ग्रंथियों को उत्तेजित करती है; किंतु अधिक मात्रा में सेवन करने से यह हानिकारक है और इससे अत्यधिक व्याकुलता एवं वमन हो सकती है।

हाल ही में किए गए परीक्षणों में वासक की उपयोगिता की पुष्टि हुई है। जम्मू स्थित रीजनल रिसर्च लैबोरेटरी में यह खोज की गई है कि इससे वासीसीन नामक पदार्थ प्राप्त होता है जो प्रसव संबंधी रोगों में प्रयोग होता है तथा इसमें गर्भपात के गुण हैं।

अन्य सूचना

भारत के कई प्रांतों में विभिन्न जनजातियां इस पौधे के पत्ते मलेरिया हेतु प्रयोग करती हैं। अतः इस पर आगे शोध उपयोगी हो सकता है।

अन्य उपयोग

अडूसा के पत्ते हरी खाद की तरह प्रयोग किए जाते हैं। इनसे एक पीला रंग भी प्राप्त होता है। क्योंकि पत्तों में कुछ एल्केलाइड होते हैं, इसलिए इन पर फफूंदी तथा कीड़े अधिक नहीं लगते। इस कारण पत्ते फलों को पैक करने तथा उनके भंडारघर में बिछाने आदि के काम आते हैं। अडूसा के पत्तों में दुर्गंध होती है और प्रायः पशु इन्हें नहीं खाते। इस कारण जिन क्षेत्रों में कटी हुई भूमि के सुधार की योजनाएं चल रही हों, वहां पर लगाने के लिए यह पौधा उपयोगी है।

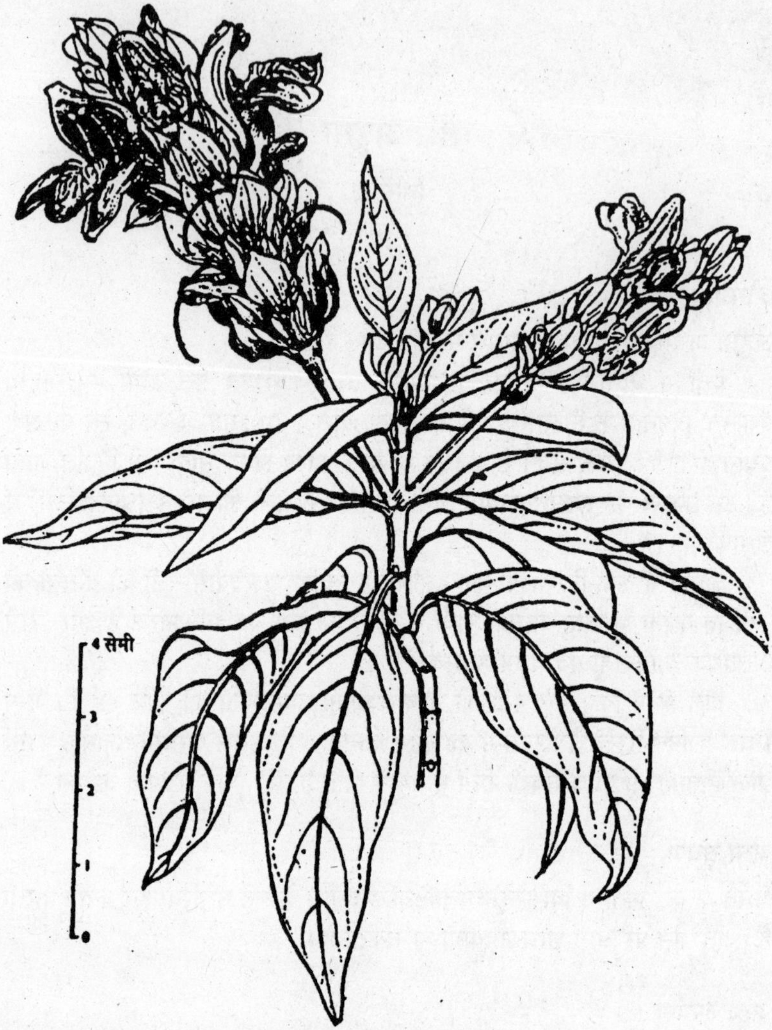

अडूसा (आढाटोडा जेइलानिका)

वैज्ञानिक (लैटिन) नाम, कुल, अन्य नाम तथा विवरण

वैज्ञानिक नाम : **जुस्टीसिया आढाटोडा** (*Justicia Adhatoda* L.)
(**अस्वीकृत नाम** : आढ़ाटोड़ा जेइलानिका, आ. वासिका)
(कुल– अकैंथेसिए)

अन्य नाम : **हिंदी**– बांसा, वासिका
संस्कृत– वासक
असमिया– बहाका, हेरबुक्षा, तीशाए
कन्नड़– आडुसोगेगिडा
गुजराती– अर्टूसी, अल्टूसो, धाबी-अरडूसी
तमिल– अड़ादोरई, अड़ाथोरई
तेलुगू– अड़ासरमु
बंगला– वासक
मराठी– अदूल्सा
मलयालम– आडलोटकम
(**दिल्ली**– पियाबांसा)

वर्णन

यह एक-दो मी. ऊंचा सदाहरित पौधा होता है। इसकी शाखाएं हल्के पीले-से रंग की अत्यंत विभाजित व घनी होती हैं। इसके पत्ते बड़े और लंबोतरे होते हैं। फूल सफेद होते हैं; उनकी पंखुड़ियों (दल) पर गुलाबी या बैगनी रंग की लाइनें-सी होती हैं। फूल घनकी, छोटी स्पाइकों में लगते हैं। स्पाइकों के डंठल पत्तों से घने होते हैं। स्पाइकों पर पत्तों के आकार के छोटे-छोटे सहपत्र होते हैं, जिन पर घनकी मोटी शिराएं (नसें) होती हैं। इन सहपत्रों के कारण अडूसा के पौधों को प्रायः दूर से ही पहचाना जा सकता है। अडूसा के फल एक छोटी-सी संपुटिका की भांति होते हैं, जिनमें चार बीज होते हैं।

प्राप्ति-स्थान

अडूसा के पौधे भारत में सभी मैदानों तथा तलहटी क्षेत्रों में पाए जाते हैं। यह प्रायः नगरों (आबादियों) के आसपास अधिक होते हैं।

4. अतीस

(अकोनाइट)

आकोनीटुम जाति

अकोनाइट (**कुल– रैननकुलेसिए**) एक सुपरिचित वनौषधि है। इसके प्रकंद विषैले होते हैं, किंतु नियमित मात्रा में सेवन करने से इनमें औषधीय गुण होते हैं। ब्रिटेन में आकोनीटुम फेरॉक्स (*Aconitum ferox* Ser. (बच्छनाग काला)) मान्य औषधि है। यह जाति तो भारत में नहीं होती, किंतु इसके वंश की अन्य जातियां पाई जाती हैं, जो उतनी ही उपयोगी हैं। इनमें से दो का वर्णन नीचे किया गया है।

अतीस (वैज्ञानिक नाम : आकोनीटुम हेटेरोफील्लुम *Aconitum heterophyllum all.* कश्मीरी–अतीस, अतिविष, पोदिस)।

यह एक छोटा-सा पौधा है जो उत्तर-पश्चिमी हिमालय में 2,000 से 4,000 मी. ऊंचाई वाले क्षेत्रों में पाया जाता है। अतीस के प्रकंद ज्वर एवं ज्वर के बाद की दुर्बलता दूर करने के लिए उपयोगी बताए जाते हैं। अतीस में बलवर्धक गुण तो अवश्य हैं, किंतु ज्वरनाशक के रूप में इसकी मान्यता अधिक नहीं है। यह अतिसार व पेचिश में भी उपयोगी है।

बनबलनाग (वैज्ञानिक नाम : आकोनीटुम कासमांथुम *Aconitum chasmanthum* Stapf.)

यह पौधा भी उसी क्षेत्र में पाया जाता है जहां अतीस होता है। यद्यपि इस पौधे के प्रकंदों में ब्रिटेन वाले अकोनाइट से उपयोगी तत्त्वों की मात्रा लगभग दस गुना अधिक होती है, फिर भी उनकी क्षमता उतनी नहीं होती। ब्रिटेन वाली जाति के स्थान पर बनबलनाग प्रयोग करने के लिए उपयुक्त बताया जाता है।

अन्य जातियां

इनके अतिरिक्त दूधिया विष (वैज्ञानिक नाम : आकोनीटुम डीनार्रहीज़ुम *Aconitum deinorrhizum* Holmes ex Stapf. कश्मीरी–सफेद विषमोहरा) तथा कुछ अन्य जातियां भारत में मिलती हैं। उनकी उपयोगिता के विषय में अधिक ज्ञात नहीं है।

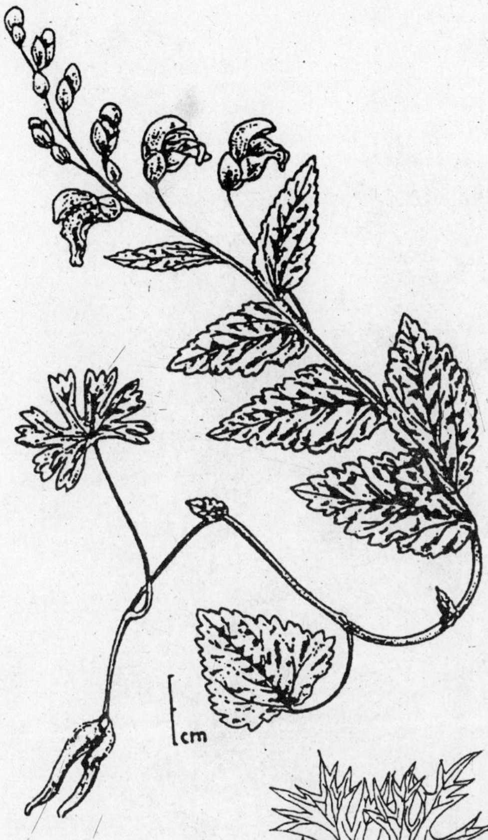

अतीस (आकोनीटुम हेटेरोफिल्लुम)

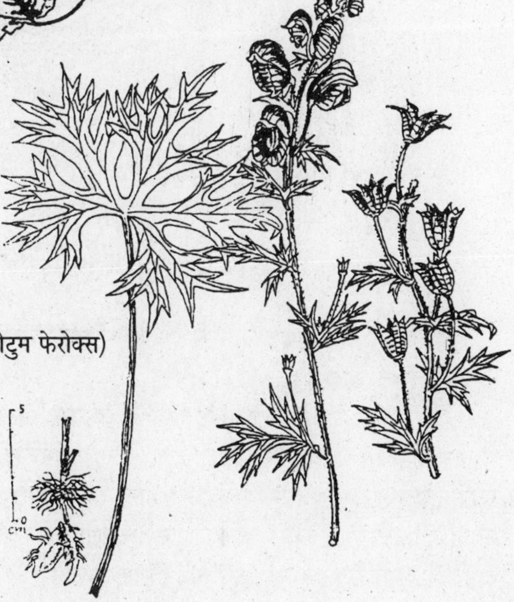

अतीस बच्छनाग काला (आकोनीटुम फेरोक्स)

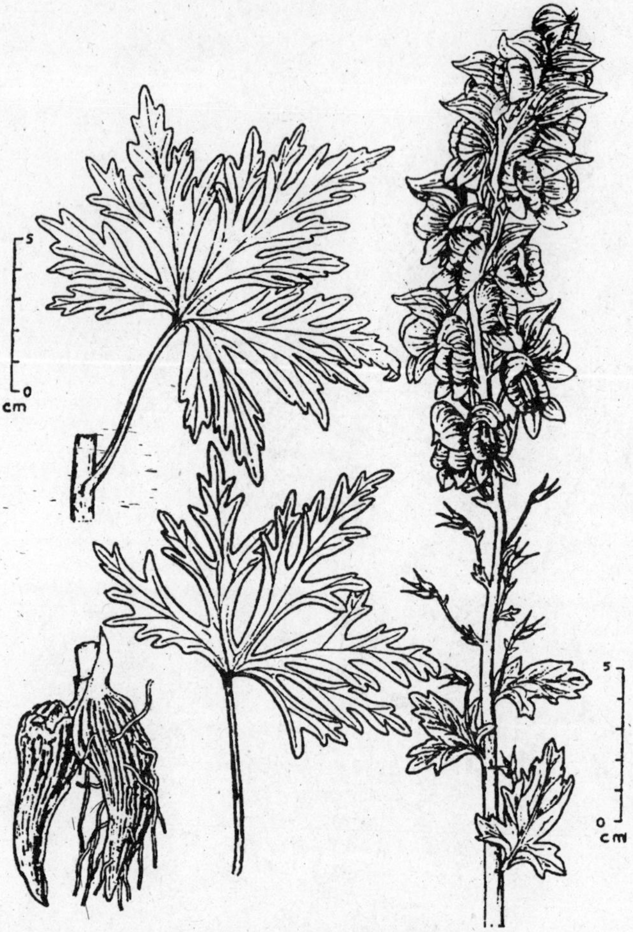

दूधिया विष (आकोनीटुम डेइनॉर्रहीजुम)

बाजार में अकोनाइट नाम से जो औषधियां बिकती हैं, प्रायः उनमें कई जातियों के प्रंकद मिले रहते हैं।

अकोनाइट में जो एल्केलाइड होते हैं, वे प्रायः अत्यंत विषैले होते हैं और औषधि में उनका सेवन अत्यंत निर्धारित मात्रा में सावधानी से किया जाता है, अन्यथा नाना प्रकार के हानिकारक प्रभाव उत्पन्न होने का भय रहता है। इसलिए आजकल इस औषधि का प्रयोग केवल तंत्रिकाशूल (न्यूरेलजिया) या संबंधित रोगों में बाहरी लेप आदि में करते हैं। इसका सेवन नहीं किया जाता।

5. अनंतमूल

(इंडियन सारसपारिल्ला)

औषधीय गुण

अनंतमूल की जड़ों को सुखाकर औषधि में प्रयोग करते हैं।

यह औषधि ज्वर, त्वचा रोग, भूख न लगना, आतशक, श्वेत प्रदर तथा मूत्र रोगों में लाभदायक है। इसका मूत्रल गुण परीक्षणों द्वारा सिद्ध हुआ है। यह औषधि रक्त को शुद्ध करने के लिए तथा गठिया में बहुत प्रयोग होती है। अस्पतालों में रोगियों पर किए गए परीक्षणों द्वारा इस बात की पुष्टि की गई है कि अनंतमूल स्मीलाक्स के पौधों से प्राप्त औषधि के स्थान पर भली भांति प्रयोग की जा सकती है।

अन्य उपयोग

अनंतमूल की पतली पत्तियों वाली किस्म के ताजे पत्ते चबाने से शरीर में ताजगी आती है।

वैज्ञानिक (लैटिन) नाम, कुल, अन्य नाम तथा विवरण

वैज्ञानिक नाम : **हेमीडेस्मुस इंडिकुस** [*Hemidesmus indicus* (L. Schult)]
(कुल– पेरीप्लोकेसिए)

अन्य नाम : **हिंदी–** हिंदी सलसा, अनंतमूल
संस्कृत– नाग जिह्वा
गुजराती– धूरीवेल
तमिल– नन्नारी
तेलुगू– मुत्तावपुलगमु
बंगला, उड़िया, मराठी– अनंतमूल
मलयालम– नन्नारी, कोडुवेलि
(**मध्य भारत–** छोटी दूधी, काली दूधी)

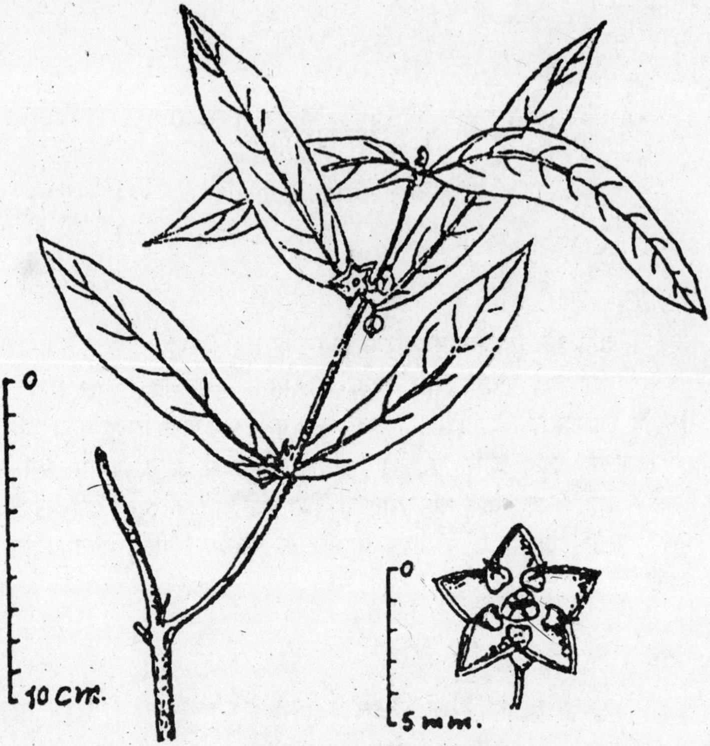

अनंतमूल (हेमीडेस्मुस इंडिकुस)

वर्णन

यह एक बहुवर्षीय आरोही या विसर्पी पौधा होता है। इसकी मूल कड़ी एवं सुगंधित होती है। तने मुलायम, अरोमिल होते हैं। पत्तों का आकार बहुत भिन्न-भिन्न होता है, कुछ छोटे व चौड़े, कुछ बड़े, संकरे आदि आकार के होते हैं। वे प्रायः 5-10 सेमी. लंबे होते हैं; चौड़ाई 0.5-4 सेमी. तक होती है। पत्ते हल्के हरे या पीले-से होते हैं, उन पर सफेद दाग होते हैं। वह नीचे रोमिल होते हैं। फूल अत्यंत छोटे, हरे, छोटे गुच्छों में लगते हैं। दो फल एक साथ लगते हैं, वे 10-14 सेमी. लंबे, हरे, संकरे निशिताग्र होते हैं। बीज छोटे, काले होते हैं, उनके शीर्ष पर सफेद रोमगुच्छ होता है। पौधे के सभी भागों से सफेद दूध-सा रस निकलता है।

प्राप्ति-स्थान

यह पौधा समस्त भारत में मिलता है।

6. अमलतास

(कास्सिआ)

औषधीय गुण

यद्यपि इस वृक्ष के सभी भागों में कुछ न कुछ औषधीय गुण बताए जाते हैं, परंतु इसके फल बहुत उपयोगी हैं और भारत के मान्य औषध कोश में भी उनका उल्लेख है। फल का गूदा, जिसे कास्सिआ-पल्प कहते हैं, प्रख्यात रेचक औषधि है। अधिक मात्रा में सेवन करने से यह हानिकारक है और अत्यधिक पतले दस्त, मतली (मिचली) तथा उदरशूल हो सकते हैं। प्रायः अकेली इस औषधि का सेवन नहीं किया जाता, इसको सनाय के पत्तों में मिलाकर लेते हैं।

अन्य सूचना

यह पौधा मूर्च्छा व पक्षाघात में उपयोगी है तथा स्मरण-शक्ति बढ़ाता है।

भारत के कई प्रांतों में विभिन्न जनजातियां इस पौधे के पत्ते त्वचा रोग हेतु प्रयोग करते हैं। अतः इस पर नियमित शोध उपयोगी हो सकता है।

अन्य उपयोग

अमलतास की छाल को सुमारी कहते हैं। इसमें टैनीन प्रचुर मात्रा में होते हैं। इसकी लकड़ी मजबूत व कड़ी होती है और मकान, पुल तथा कृषि संबंधी नाना प्रकार के औजार बनाने के काम आती है।

वैज्ञानिक (लैटिन) नाम, कुल, अन्य नाम तथा विवरण

वैज्ञानिक नाम : **कासिआ फीस्टुला** (*Cassia fistula* L.)
(कुल– सीसलपीनिएसिए)

अन्य नाम : **हिंदी**– किराल, किलवली, सिनार
संस्कृत– सुवर्णका
कन्नड़– कक्केगिडा
गुजराती– गरमाड़ो

तमिल– कोन्नेई, अलस

तेलुगू– रेला

बंगला– सोनाली, बंदरलाठी, सोंदाल

मराठी– बेहावा, जंबा

मलयालम– कृतमलम कोन्नेई

अंग्रेजी– इंडियन लैबर्नम

अमलतास के वैज्ञानिक नाम में फीस्टुला शब्द का संबंध इस वृक्ष के फलों की बांसुरी जैसी आकृति से है।

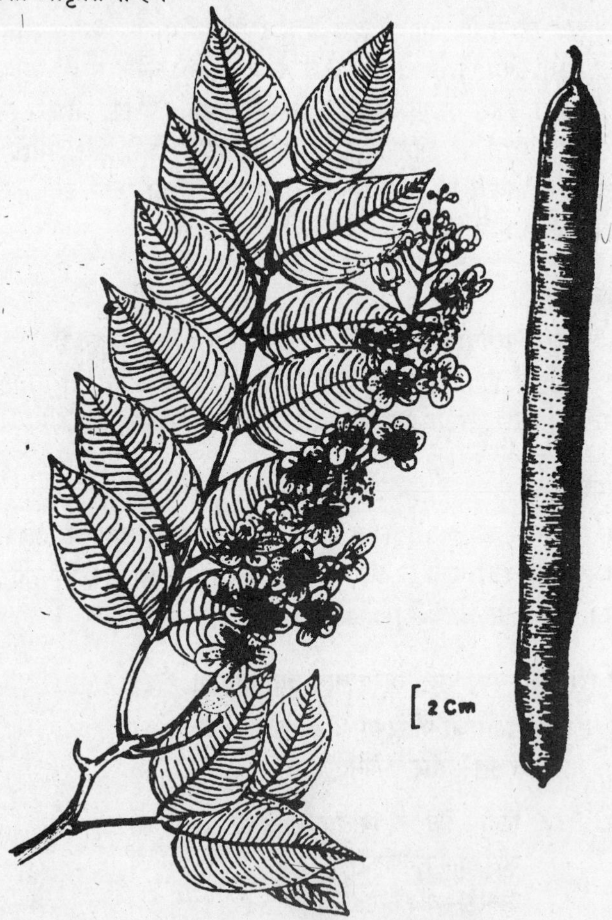

अमलतास (कास्सिआ फीस्टुला)

वर्णन

यह एक छोटा या मझोली ऊंचाई का वृक्ष होता है। इसके पत्ते संयुक्त होते हैं। पत्रक बड़े, 5-10 सेमी. लंबे, चमकीले, गहरे हरे रंग के होते हैं। अमलतास के फूल लगभग 3.5-5 सेमी. व्यास के, पीले रंग के और बहुत बड़े सुंदर लटकते हुए गुच्छों में होते हैं। फल 50-60 सेमी. लंबे, बांसुरी की-सी आकृति के, काले या चमकीले गहरे कत्थई रंग के होते हैं। जब वृक्ष फूलता है तो बहुत सुंदर दिखाई देता है और वन में दूर से ही पहचाना जा सकता है। फल आने की अवस्था में वृक्ष शोभनीय होता है। अमलतास के पत्ते ग्रीष्म ऋतु के आरंभ में, अर्थात् मार्च से मई तक गिर जाते हैं, किंतु इस समय वृक्ष फूलों से भर जाता है तथा समूचा वृक्ष दूर से पीला दिखता है।

प्राप्ति-स्थान

अमलतास 1,500 मी. ऊंचाई तक के स्थानों में लगभग समस्त भारत में ही मिलता है। यह सदाहरित वनों में अधिक होता है। सड़कों के किनारे तथा उद्यान में लगाने के लिए अमलतास का वृक्ष बहुत उपयुक्त समझा जाता है और प्रायः लगाया भी जाता है।

अन्य जातियां

अमलतास के वंश की एक अन्य जाति सनाय (कास्सिआ आंगुस्टीफोलिया *Cassia angustifolia* Vahl. अंग्रेजी– इंडियन सेन्ना; टिनेवेली सेन्ना, संस्कृत– भूपज्ञ, मलयालम– नीलावाक) एक छोटी झाड़ी होती है। यह अरब व सोमालीलैंड का पौधा है और दक्षिण भारत आदि में इसका रोपण किया गया है। इसके पत्ते तथा फल रेचक और कब्ज के पुराने रोगियों के लिए उपयोगी हैं। यदि बच्चों को अपना दूध पिलाने वाली स्त्रियां इसका सेवन करें तो दूध में रेचक तत्त्व आ जाते हैं।

इस वंश की कुछ अन्य जातियां भी औषधि में काम आती हैं।

7. अरंडी

(कैस्टर ऑयल)

औषधीय गुण

पौधे के बीज का तेल औषधि में काम आता है। स्वयं तो बीज विषैले होते हैं और दो-तीन बीज भी घातक हो जाते हैं।

बीज का तेल, जिसे अरंडी का तेल (या कैस्टर ऑयल; अपभ्रंश कास्ट्रैल) कहते हैं, तीव्र रेचक होता है। यह दूध या फलों के रस के साथ लिया जाता है। अरंडी का तेल आंख में डालने की औषधियों में तथा त्वचा पर ठंडक पहुंचाने के लिए कुछ मरहमों में मिलाया जाता है।

प्रसव की सुविधा के लिए इस तेल का उपयोग बहुत उपयुक्त नहीं है, बल्कि जहां तक संभव हो, इस तेल का रेचक के रूप में भी प्रयोग रजोधर्म के समय तथा गर्भवती स्त्रियों को नहीं करना चाहिए।

अरंडी का तेल गर्भनिरोधी (कंट्रासेप्टिव) जैली व क्रीम आदि बनाने के काम आता है।

(बस्तर के आदिवासी अरंडी के पत्तों को शरीर के दुखते हुए 'जोड़ों' पर मलते हैं। वे नये पत्तों को पीसकर रेचक के रूप में प्रयोग करते हैं।)

अरंडी के तेल से निर्मित श्लेष त्वचा-शोध के लिए उपयोगी होता है तथा यह एग्जिमा या अन्य त्वचा रोगों का अच्छा रोधक भी है।

शोध/परीक्षण तथा अन्य सूचना

इस पौधे का प्रायः कुछ अन्य पौधों के साथ मिश्रण से आधुनिक यंत्रों द्वारा बनी औषधियों का नवीनतम विधियों से औषधालयों में अनेक रोगियों पर सफल परीक्षण किया गया।

अरंडी का तेल मुंह की झिल्ली को स्वस्थ रखने में उपयोगी पाया गया है।

यह पौधा नाणी तंत्र हेतु बलकारक, भ्रामक तथा वातशूल में उपयोगी बताया गया है।

अफ्रीका में इस पौधे के मूल व बीज का कामला व कुष्ठ रोग हेतु उल्लेख है।

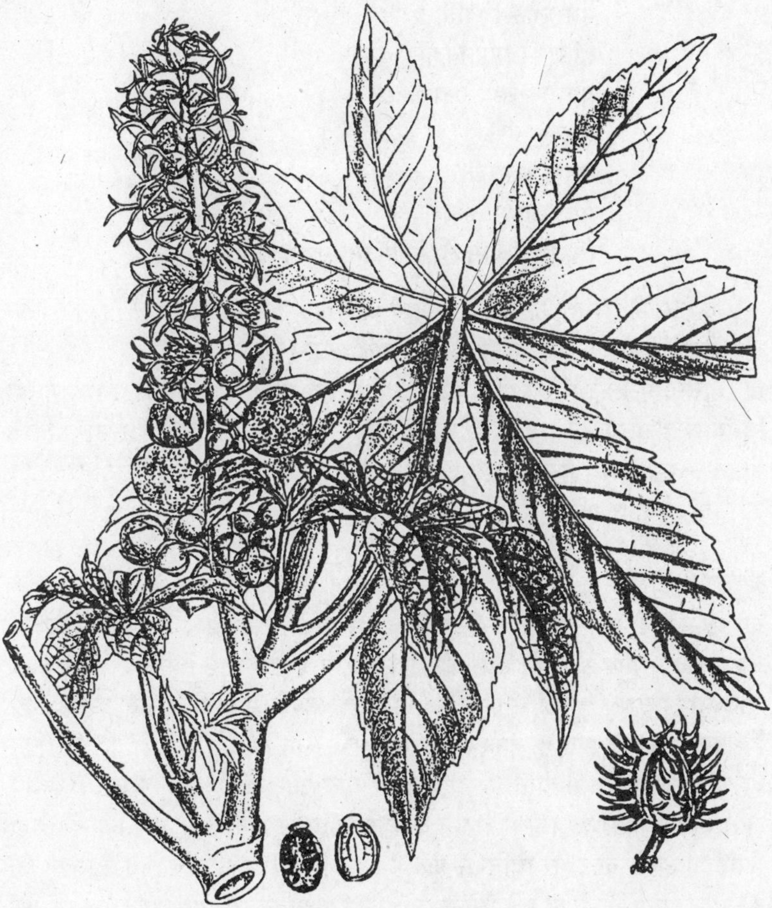

अरंडी (रीसीनुस कोम्मूनिस)

वैज्ञानिक (लैटिन) नाम, कुल, अन्य नाम तथा विवरण

वैज्ञानिक नाम : **रीसीनुस कोम्मूनिस** (*Ricinus communis* L.)
(कुल– एउफोर्बिएसिए)

अन्य नाम : **संस्कृत**– एरंड
असमिया– भैरांडा
उड़िया– जड़ा
कन्नड़– हरलू

गुजराती– दिवेली, एरडियू
तमिल– आमनक्कम
बंगला– रेड़ी, गांव भेरेंडा
तेलुगू– एरंडमु
मराठी– अरंडी
मलयालम– आवणक्क
(**किस्तना (आंध्र)**– आमदम, पेड्डा आमदम)

अरंडी की भिन्न किस्मों को कभी-कभी पृथक् नाम भी दिए जाते हैं, जैसे सफेद बीज वाली किस्म को भटरेंडी, पीले बीज वाली किस्म को जोगिया रेंडी।

पुरानी पुस्तकों में इस पौधे को चित्रबीज, पंचागुल एवं वातारि नाम दिए गए हैं। चित्रबीज इसलिए कहा गया है, क्योंकि बीज का रंग सुंदर चित्तिदार-सा होता है। पंचागुल का आशय हस्ताकार, पांच शिरा वाले पत्तों से है। वातारि अर्थात् वात का अरि; वायुरोग या गठिया का शत्रु।

वर्णन

यह एक झाड़ीनुमा अथवा कभी-कभी वृक्ष सरीखा पौधा होता है। इसके पत्ते बड़े, चौड़े, सात अथवा नौ पालियों में कटे, किनारों पर दंतुर होते हैं। फूल बड़े होते हैं और शीर्ष पर लगे लंबे, गुच्छों में आते हैं। फल एक संपुटिका होती है, इस पर कांटे होते हैं। बीज दीर्घायत होते हैं, उनका छिलका पपड़ी जैसा होता है। अरंडी की एक किस्म बहुवर्षी एवं वृक्ष जैसी होती है, उसके बीज लाल और बड़े होते हैं; इसका तेल केवल जलाने या मशीनों के पुर्जों में लगाने के लिए उपयुक्त होता है। दूसरी किस्म एकवर्षी होती है। उसके बीज भूरे चित्तिदार होते हैं। इनका तेल औषधि के लिए उपयुक्त होता है। एक अन्य किस्म के पत्ते बैगनी, लाल-से रंग के होते हैं; यह केवल उद्यानों आदि में शोभा के लिए लगाई जाती है।

प्राप्ति-स्थान

अरंडी का पौधा खेतों की मेड़ों पर व उद्यानों आदि में बहुत लगाया जाता है। यह जंगली भी हो जाता है। प्रायः बस्तियों के आसपास अथवा बेकार स्थानों में उग आता है।

8. अशोक

औषधीय गुण

अशोक की छाल को सुखाकर औषधि में प्रयोग करते हैं।

यह मासिक धर्म के समय अत्यधिक रक्तस्राव को रोकती है, इसमें स्तंभक गुण है। यह गर्भाशय को शांति पहुंचाती है। गर्भाशय के रक्तस्राव में अरगट (Ergot) के बजाय इसका भी प्रयोग कर सकते हैं।

हाल में वृक्ष की छाल पर नाना प्रकार के परीक्षण करके यह ज्ञात करने का प्रयत्न किया गया कि इनका गर्भाशय के रोगों में वास्तव में उपयोगी प्रभाव है अथवा नहीं। फल संतोषजनक नहीं मिला। यह संभव है कि अशोक की छाल से रोगियों को लाभ इसलिए होता है कि उसमें कुछ ऐसे तत्त्व हैं जिनका ज्ञान वैज्ञानिकों को अभी नहीं है। अथवा यह भी संभव है कि जिन तत्त्वों में पृथक्-पृथक् परीक्षण करने पर लाभ दिखाई नहीं दिया, वही तत्त्व छाल में एक साथ विद्यमान होने पर लाभप्रद होते हैं।

अशोक के फूलों को पानी में पीसकर खूनी अतिसार में देते हैं। अशोक के बीज मूत्र में शक्कर आदि जाने के रोग में उपयोगी बताते हैं।

वैज्ञानिक (लैटिन) नाम, कुल, अन्य नाम तथा विवरण

वैज्ञानिक नाम : **साराका असोका** (*Saraca asoca* (Roxb.) De wild)
(अस्वीकृत नाम : साराका इंडिका)
(कुल– सीसलपीनिएसिए)

अन्य नाम : **हिंदी, बंगाली–** अशोक
गुजराती– अशोपालव
तमिल– असोगम
उड़िया, मलयालम, मराठी, कन्नड़– अशोक

इस वृक्ष का नाम अशोक वाटिका, जहां रावण ने महारानी सीता को बंदी रखा था, से संबंधित है।

वर्णन

यह एक छोटा सदाहरित वृक्ष होता है। इसके पत्ते संयुक्त होते हैं। इनमें कई 7-25 सेमी. लंबे चीमड़ पत्रक होते हैं। पत्ते शाखाओं पर बहुत अधिक संख्या में और घने लगते हैं, जिससे वृक्ष पर हरी चादर का आवरण-सा दिखता है। फूलों से चमकीले नारंगी रंग के सहपत्र होते हैं; फूल घनके गुच्छों में आते हैं। फली 15-25 सेमी. लंबी व चपटी होती है। उसमें कंई बीज होते हैं।

प्राप्ति-स्थान

अशोक के वृक्ष हिमालय के मध्य व पूर्वी भागों में तथा पूर्व एवं दक्षिण भारत में पाए जाते हैं। यह प्रायः उद्यानों व नगरों में सुंदर फूलों की शोभा के लिए लगाए जाते हैं।

9. अश्वगंधा

औषधीय गुण

अश्वगंधा की जड़ें औषधि में काम आती हैं।

अश्वगंधा क्षयरोग, दुर्बलता और गठिया में प्रयोग होती है। यह मूत्रल है तथा इसमें स्वापक एवं अवरोधनाशक गुण भी हैं। जड़ों को पीसकर या घिसकर फोड़े, जख्म और सूजन पर लगाते हैं।

शोध/परीक्षण तथा अन्य सूचना

इस पौधे का प्रायः कुछ अन्य पौधों के साथ मिश्रण से आधुनिक यंत्रों द्वारा बनी औषधियों का नवीनतम विधियों से औषधालयों में अनेक रोगियों पर सफल परीक्षण किया गया।

परीक्षणों द्वारा जड़ों एवं पत्तों के एंटीबायोटिक तथा एंटीबैक्टीरियल गुणों की पुष्टि हुई है।

इसकी मूल कई प्रकार के वातरोग, गुर्दे तथा मूत्राशय की पथरी में उपयोगी पाई गई है।

यह मानव शरीर के केंद्रीय नाड़ी तंत्र को संतुलित करती है।

अश्वगंधा में स्वापक तथा शरीर की ऐंठन में हितकारी गुण बताए गए हैं।

यह अनिद्रा एवं मूर्च्छा में लाभदायक है।

वैज्ञानिक (लैटिन) नाम, कुल, अन्य नाम तथा विवरण

वैज्ञानिक नाम : **वीदानिआ सोम्नीफेरा** (*Withania somnifera* Dunal.)
(कुल– सोलेनेसिए)

अन्य नाम : **हिंदी**– अश्वगंधा
कन्नड़– हिरेमद्दिनेगिड
गुजराती– आसुन, घोड़ा आसोड़, सांठियाना पोपटा
मलयालम– अमुक्किक्करम

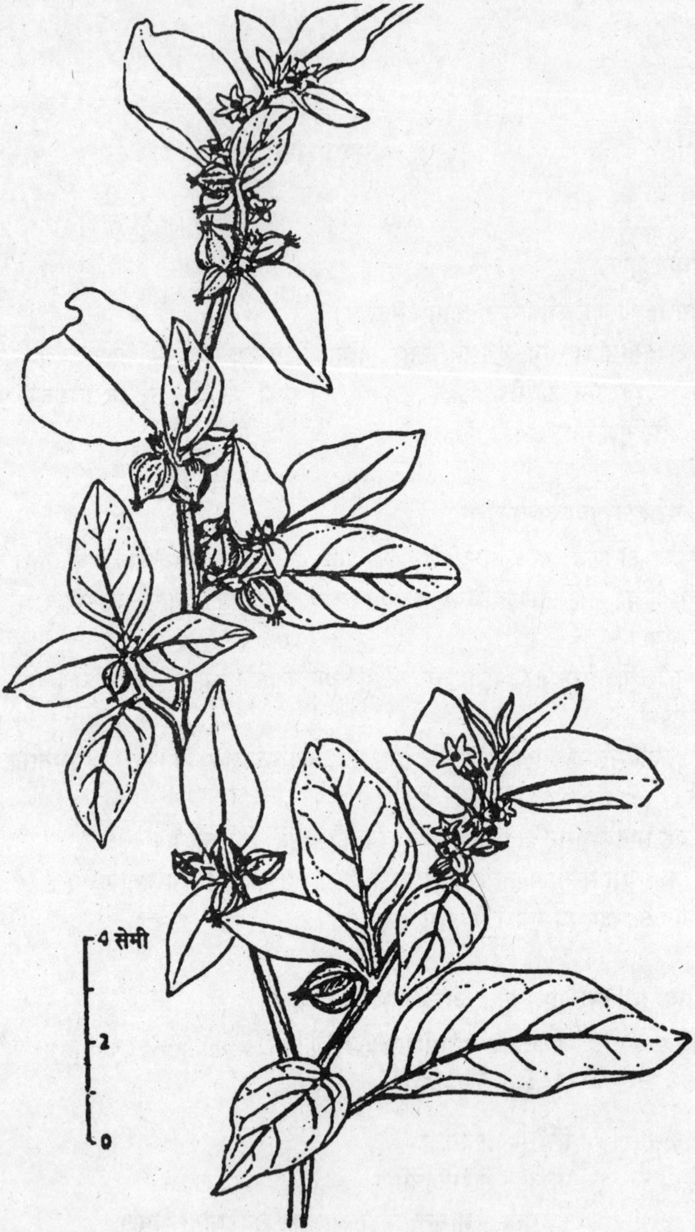

अश्वगंधा (वीदानिआ सोम्नीफेरा)

वर्णन

यह एक छोटी मझोली झाड़ी होती है। कभी-कभी अश्वगंधा के पौधे 1.5 मी. तक ऊंचे हो जाते हैं। इसके तने और शाखाओं पर सूक्ष्म ताराकम रोम होता है। पत्ते लगभग 10 सेमी. तक लंबे, अंडाकार, रोमिल होते हैं। फूल केलई रंग के छोटे, लगभग एक सेमी. लंबे होते हैं और पत्तों के कक्ष में छोटे गुच्छों में लगते हैं। फल छह मिमी. व्यास के गोल, चिकने व लाल होते हैं। फल बाह्य दलपुंज के अंदर ढके रहते हैं।

प्राप्ति-स्थान

अश्वगंधा प्रायः भारत के शुष्क स्थानों में मिलता है। इसकी खेती भी की जाती है।

अन्य जातियां

अश्वगंधा के वंश का एक पौधा आकरी (वीदानिआ कोआगुलेंस– *Withania coagulens* Dunal. पंजाबी– खमजीरा) भारत के उतर-पश्चिमी भाग में मिलता है। इसके फल पाचन संबंधी तथा जिगर के विकारों में उपयोगी होते हैं।

10. असमानियां

(एफेड्रा)

औषधीय गुण

असमानियां की टहनियों को शरद ऋतु में इकट्ठा करके, सुखाकर औषधि में प्रयोग करते हैं। असमानियां से 'एफेड्रीन' निकलती है। यह दमा (विशेषकर श्वास नली की सूजन के कारण हुआ दमा) में लाभप्रद है। दमे के दौरे को शांत करने के लिए औषधि का सेवन मुख से कराते हैं अथवा इंजेक्शन भी देते हैं। यही औषधि हृदय के लिए बलकारक व उत्तेजक है। यदि हृदय पर निमोनिया, डिप्थीरिया आदि का प्रभाव हो गया हो, तो यह औषधि हृदय की गति को उन्नत करने के लिए अत्यंत उपयोगी सिद्ध हुई है।

यह 'हे-फीवर' नामक रोग, खुजली तथा एलर्जी से उत्पन्न रोगों में प्रयुक्त होती है। असमानियां से बनी अनेक औषधियां आजकल काम आती हैं। ये नाक में छिड़कने की औषधियां, दमा, साइनोसाइटिस तथा श्लेष्मा की सूजन पर लाभप्रद होती हैं। यह मूत्राशय के लिए हितकर है और इस कारण जिन बच्चों को रात्रि में बिस्तर में पेशाब करने का रोग हो जाता है, उनको लाभ पहुंचाती है।

इसके अधिक सेवन से मतली (मिचली), अत्यधिक पसीना और त्वचा रोग हो जाते हैं।

वैज्ञानिक (लैटिन) नाम, कुल, अन्य नाम तथा विवरण

वैज्ञानिक नाम : **एफेड्रा गेरार्डिआना** (*Ephedra gerardiana* all.)
(कुल– नीटेसिए)

अन्य नाम : **हिंदी–** फोक, खंदा
पंजाबी– बुदशुर
(जौनसार– तूतगांठा)

वर्णन

यह पौधा लगभग एक मी. ऊंचा, झाड़ीनुमा होता है। इसकी शाखाएं कड़ी, मजबूत

और अत्यंत विभाजित होती हैं। शाखाएं चक्करदार होती हैं अर्थात् एक गांठ पर कई निकलती हैं। वह प्रायः ऊपर की ओर मुड़ी होती हैं। पत्ते छोटे 'शीथ' जैसे होते हैं। नर पुष्प कई-कई एक साथ, छोटी अंडाकार स्पाइकों में लगते हैं। मादा पुष्प एक स्पाइक में केवल एक-दो ही होते हैं। फल 7-10 मिमी. लंबा, अंडाकार, लाल रंग का होता है और सरस सहपत्रों में ढका रहता है।

प्राप्ति-स्थान

यह पौधा हिमालय पर्वत की ऊंची, अंदर की, शुष्क श्रेणियों में, प्रायः 2,000-4,000 मी. ऊंचाई के स्थानों में होता है। इसकी खेती भी की जाती है।

अन्य जातियां

असमानियां के वंश की अन्य जाति एफेड्रा माजोर (*Ephedra major* Host) लाहुल में होती है। इसमें असमानियां से भी अधिक एल्केलाइड होते हैं, इस कारण दोनों ही जातियों की शाखाएं मानक औषधि समझी जाती हैं।

औषधि में प्रयोग करने के लिए एफेड्रीन नियमित रूप से मिलती रहे, इसके लिए आवश्यक है कि इन दोनों जातियों की अथवा दो चीनी जातियों एफेड्रा एक्युईसेटिना– *Ephedra equisetina* Bunge एवं एफेड्रा सिनिका– *Ephedra sinica* Stapf की खेती की जाए। चीन वाली दोनों जातियों में एफेड्रीन की मात्रा भारतीय पौधों से अधिक है।

कश्मीर, पंजाब, हिमाचल प्रदेश व उत्तर प्रदेश की ऊंची पहाड़ियों के क्षेत्र असमानियां वंश के पौधे की खेती के लिए उपयुक्त बताए जाते हैं।

11. आंवला

(एंबलिक-माइरोबलान)

औषधीय गुण

वृक्ष के ताजे या सुखाए हुए फल ही औषधि में काम आते हैं।

आंवला भारत की प्रसिद्ध औषधि त्रिफला में मिलाने वाले तीन फलों में से एक है (अन्य दो हैं, हर्रा और बहेड़ा)। 'त्रिफला' रेचक होता है और जिगर बढ़ जाने पर बवासीर में, नेत्र रोगों में तथा उदर विकारों में उपयोगी है। आंवले के फल जिगर के लिए पौष्टिक होते हैं। कच्चे फल शीतल और मृदुरेचक होते हैं। फलों से बना सिरका अपच, रक्तक्षीणता, पीलिया, कुछ प्रकार के हृदय रोग तथा जुकाम में उपयोगी होता है। यह मूत्रल भी है। विटामिन 'सी' की कमी से होने वाले रोगों (जैसे स्कर्वी) में आंवला अत्यंत लाभप्रद है।

फेफड़ों के क्षय रोग या तपेदिक के कुछ रोगियों पर जो परीक्षण किए गए हैं, उनसे सिद्ध हुआ है कि आंवले से प्राप्त विटामिन 'सी' कैमिकल से बनाए विटामिन 'सी' की अपेक्षा शरीर में अधिक सुविधा से पच जाता है। इससे प्रतीत होता है कि आंवले में कुछ अन्य उपयोगी किंतु अज्ञात तत्त्व भी हैं।

आंवले के सूखे फल अतिसार एवं पेचिश में उपयोगी हैं। आंवले का मुरब्बा भी औषधि के रूप में प्रयुक्त होता है।

आंवले के फूल, जड़, एवं छाल में भी कुछ औषधीय गुण बताए जाते हैं। इसके बीज दमा एवं उदर के रोगों में लाभप्रद बताए गए हैं।

शोध/परीक्षण तथा अन्य सूचना

इस पौधे का प्रायः कुछ अन्य पौधों के साथ मिश्रण से आधुनिक यंत्रों द्वारा बनी औषधियों का नवीनतम विधियों से औषधालयों में अनेक रोगियों पर सफल परीक्षण किया गया।

इसके फल अंतड़ियों तथा वाईरल कामला के विकारों में उपयोगी है। इनसे कोलेस्ट्रॉल कम होता है।

भारत के कई प्रांतों में विभिन्न जनजातियां इस पौधे के फल व पत्ते मधुमेह हेतु प्रयोग करते हैं। अतः इस पर नियमित शोध उपयोगी हो सकता है।

अन्य उपयोग

आंवले के फल रोशनाई (स्याही), रंग, केश धोने के मसाले तथा तेल बनाने के काम आते हैं। फल और टहनियों की छाल में टैनीन होते हैं, जो चमड़ा बनाने व रंगने के काम आते हैं।

आंवले की लकड़ी विविध घरेलू वस्तुएं बनाने के काम आती है। यह पानी में शीघ्र नहीं गलती, इसलिए यह कुएं की चौखट आदि बनाने के काम आती है।

आंवले के पत्ते इलायची के खेतों में खाद के लिए अच्छे समझे जाते हैं; पत्तों की खाद एल्कली भूमि के सुधार के लिए भी उपयोगी है।

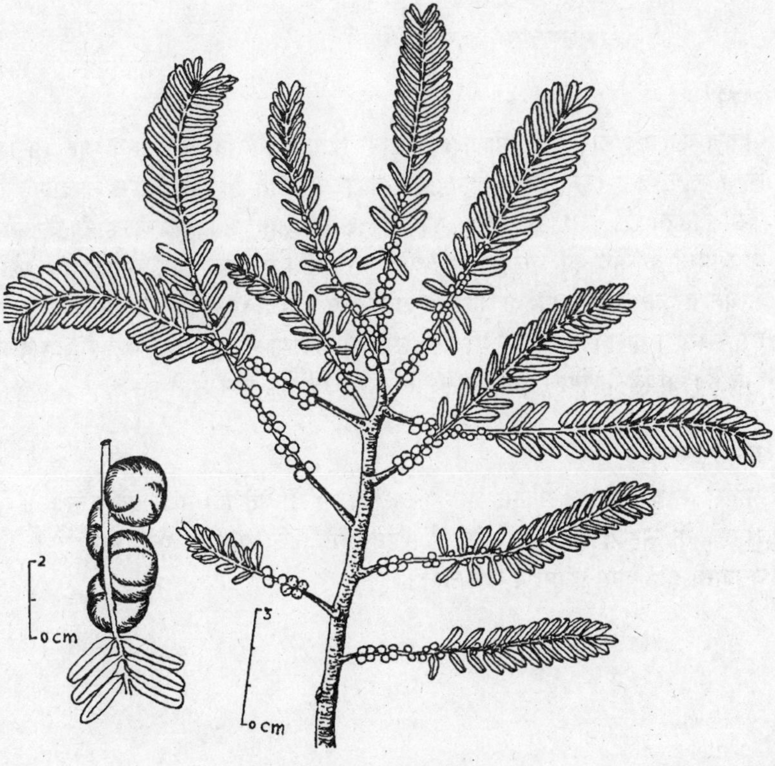

आंवला (एंबलिका ऑफ्फीसिनालिस)

वैज्ञानिक (लैटिन) नाम, कुल, अन्य नाम तथा विवरण

वैज्ञानिक नाम : **फील्लांथुस एंबलिका** (*Phyllanthus emblica* L.)
(**अस्वीकृत नाम : एंबलिका ऑफ्फीसिनालिस** *Emblica officinalis*)
(कुल– एउफोर्बिएसिए)

अन्य नाम : **संस्कृत**– आम्लिका
असमिया– चुकना आमलकी
उड़िया– आवड़ा
कन्नड़– नेल्लिकाई
गुजराती– आमडां, राज्य आमलां
तमिल– नेल्लिक्कई
बंगला– आमलोकी
मराठी– आमला
मलयालम– आमलकं, नेल्ली।

वर्णन

आंवले का वृक्ष छोटा या मझोला व पतझड़ी होता है। इसके पत्ते बहुत छोटे 10-13 मिमी. लंबे, 2-3 मिमी. चौड़े, बहुत पास-पास लगे होते हैं, इस कारण शाखाएं पंख जैसी दिखती हैं। नर व मादा पुष्प एक ही वृक्ष पर लगते हैं। फूल केलई रंग के और प्रायः पत्तों के नीचे की ओर छोटे गुच्छों में लगते हैं। नर पुष्प छोटे, अनेक तथा छोटे से वृंत पर लगे होते हैं। मादा पुष्प संख्या में कम होते हैं। फल 1.5-3 सेमी. व्यास के हरे, सरस व गोल होते हैं, उन पर हल्के रंग की धारियां-सी होती हैं। फल में छह बीज होते हैं। आंवले के रोपण किए हुए वृक्षों पर अधिक बड़े फल आते हैं।

प्राप्ति-स्थान

आंवले के वृक्ष समस्त मैदानी और तलहटी प्रदेश में होते हैं। मध्य प्रदेश के वनों में आंवले के सहस्रों वृक्ष पाए जाते हैं। इनमें से अधिकांश के फल नष्ट होते हैं। वनवासी इन्हें प्रायः प्रयोग में नहीं लाते।

12. इंद्रजौ

(कुरची)

औषधीय गुण

वृक्ष की छाल सुखाकर औषधि के काम आती है। इस औषधि का मुख्य उपयोग अमीबा पेचिश में होता है। छाल का क्वाथ बनाकर प्रयोग किया जाता है अथवा उसमें कुछ अन्य औषधियां मिलाकर सेवन किया जाता है। छाल में पौष्टिक और ज्वरनाशक गुण भी हैं। छाल में 'कोनेसीन' नामक एक एल्केलाइड होता है, जो क्षय रोग के जीवाणुओं (टुबरकुलर बेसिलाई) की बढ़ोतरी कम कर देता है।

इंद्रजौ के बीजों में भी कुछ ऐसे एल्केलाइड हैं जो पेचिश में लाभप्रद हैं। पत्तों में कुछ औषधीय गुण बताए जाते हैं।

शोध/परीक्षण तथा अन्य सूचना

इस पौधे का प्रायः कुछ अन्य पौधों के साथ मिश्रण से आधुनिक यंत्रों द्वारा बनी औषधियों का नवीनतम विधियों से औषधालयों में अनेक रोगियों पर सफल परीक्षण किया गया।

यह पौधा चेहरे पर फुंसी (पिडिका) में उपयोगी है।

इंद्रजौ में मादक गुण बताए गए हैं तथा यह मूर्च्छा में उपयोगी तथा स्मरण-शक्ति बढ़ाता है।

भारत के कई प्रांतों में विभिन्न जनजातियां इस पौधे के तने की छाल तथा पत्ते, श्वेत कुष्ठ हेतु प्रयोग करते हैं। अतः इस पर नियमित शोध उपयोगी हो सकता है।

अन्य उपयोग

अनुपजाऊ भूमि पर उगाने के लिए यह वृक्ष अच्छा है। कटान किए हुए जंगलों में तो यह स्वयं ही उग आता है और प्रायः सर्वप्रथम उग आने वाले पौधों में से है। इसकी लकड़ी नाना प्रकार की घरेलू वस्तुएं जैसे खिलौने, छोटे संदूक, डिब्बे, कलम, कंघी तथा छपाई के ब्लॉक, तस्वीरों के फ्रेम आदि बनाने के लिए उपयुक्त है।

वैज्ञानिक (लैटिन) नाम, कुल, अन्य नाम तथा विवरण

वैज्ञानिक नाम : **होलरहेना आंटीडीसेंटेरिका** [*Holarrhena antidysenterica* (Roth) A. DC)]
(कुल– अपोसाइनेसिए)

अन्य नाम : **हिंदी**– कोड़ई, कुरची
संस्कृत– कुटज, कालिंग
असमिया– दुतखुरी
उड़िया– खुरनी, खेड़वा
कन्नड़– हाले, कोडच्चगा
गुजराती– कुड़ा
तमिल– इंद्रबन
तेलुगू– पालाकोडसा
पंजाबी– केवाड़
मराठी– गाल, कोड़या, दुधारी
मलयालम– कोडगप्पाले

इस पौधे के वैज्ञानिक नाम में 'आंटीडीसेंटेरिका' शब्द इसके मुख्य औषधीय गुण पर आधारित है।

वर्णन

यह एक बड़ा झाड़ीनुमा पौधा अथवा छोटा वृक्ष होता है। कभी-कभी यह 10 मी. तक ऊंचा हो जाता है। इसके पत्ते 10-30 सेमी. लंबे, अंडाकार व पतले होते हैं। शिराएं उभरी हुई होती हैं और स्पष्ट चमकती हैं। पत्तों के डंठल छोटे होते हैं। फूल सफेद, सुगंधित, 1-1.5 सेमी. व्यास के होते हैं। यह शाखाओं के शीर्ष पर लगे बड़े गुच्छों में आते हैं। फलियां 20-45 सेमी. लंबी, केवल 6-8 मिमी. मोटी होती हैं, उनका रंग गहरा भूरा होता है और इन पर सफेद दाने-से होते हैं। बीज लगभग एक सेमी. लंबे होते हैं। उनके शीर्ष पर 2-2.5 सेमी. लंबा, भूरा रोमगुच्छ होता है। पौधे के किसी भी भाग को काटने पर दूध-सा सफेद रस निकलता है।

प्राप्ति-स्थान

इंद्रजौ के पौधे 1,200 मी. ऊंचाई तक के स्थानों में लगभग समस्त भारत में मिलते हैं। मध्य प्रदेश और महाराष्ट्र के वनों में प्रायः खुले स्थानों में या ऊंचे वृक्षों के नीचे सहस्रों पौधे देखे गए हैं।

13. इमली

(टैमरिंड)

औषधीय गुण

इमली का गूदा औषधि में प्रयोग होता है। इमली में हल्का रेचक गुण होता है। इससे एक स्वादिष्ट पेय बनाते हैं, जो ज्वर में लाभप्रद होता है। रेचन के लिए या तो इमली को अन्य रेचक पदार्थों के साथ मिलाकर लेते हैं अथवा अलग ही सेवन करते हैं। इमली के मिश्रण से तीव्र रेचक पदार्थों का गुण कुछ मंद हो जाता है।

शोध/परीक्षण तथा अन्य सूचना

इस पौधे का प्रायः कुछ अन्य पौधों के साथ मिश्रण से आधुनिक यंत्रों द्वारा बनी औषधियों का नवीनतम विधियों से औषधालयों में अनेक रोगियों पर सफल परीक्षण किया गया।

इसके फलों के गूदे के सेवन से अन्य औषधियों का रोगों पर प्रभाव बढ़ जाता है।

पत्तों के रस का लेप गिन्नी कृमि से हुआ दर्द घटाता है तथा कृमि निकालने में भी सहायक पाया गया है।

इमली में कुछ मादक तथा पीड़ाहारक गुण भी बताए गए हैं।

अन्य उपयोग

इमली की लकड़ी पर कीड़ा शीघ्र नहीं लगता, इस कारण यह कृषि में काम आने वाले औजार, घरेलू वस्तुएं, फर्नीचर आदि बनाने के काम आती है। इसका कोयला गन पाउडर बनाने के काम में आता है। पत्तों से एक पीला रंग निकलता है। फल का खट्टा गूदा पीतल या चांदी के बर्तन साफ करने के लिए बहुत उपयुक्त होता है। इमली के बीज जैम व जैली के उद्योग में काम आते हैं। पिसे हुए बीज लकड़ी जोड़ने में, मसाले तथा कपड़ा मिलों में प्रयोग होने वाला स्टार्च बनाने के काम आते हैं।

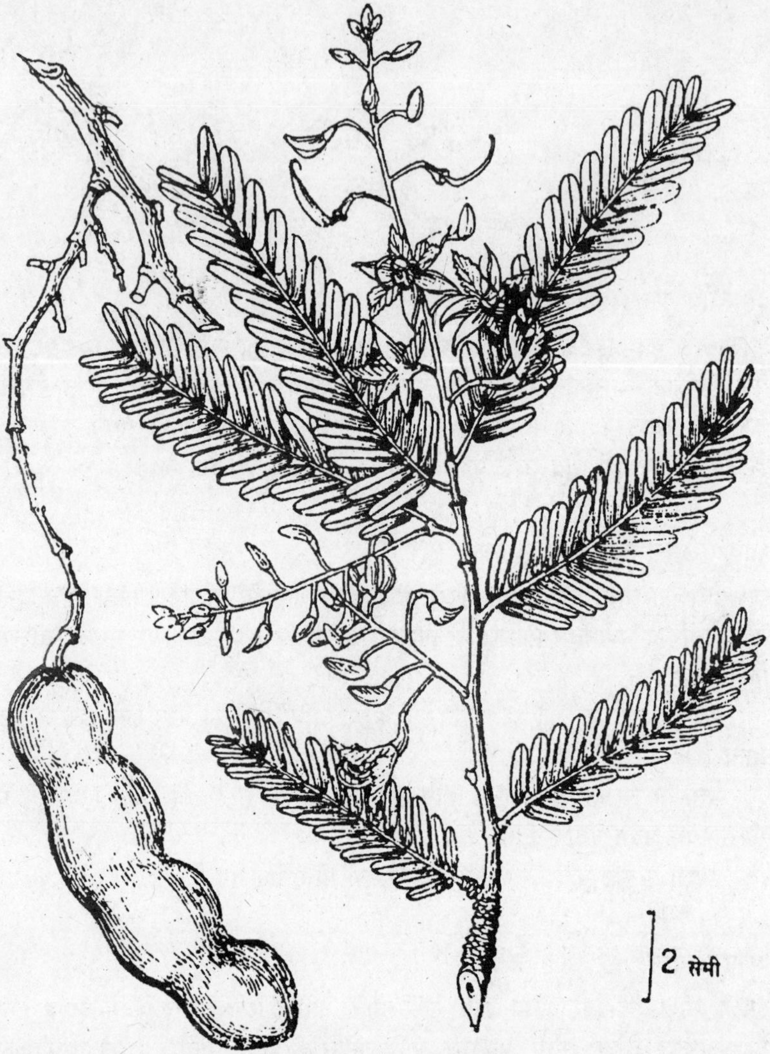

इमली (टामारींडुस ईंडिका)

वैज्ञानिक (लैटिन) नाम, कुल, अन्य नाम तथा विवरण

वैज्ञानिक नाम : टामारींडुस इंडिका (*Tamarindus indica* L.)

(कुल– सीसलपीनिएसिए)

अन्य नाम : **संस्कृत**– आम्लिका
उड़िया– तेंतुली
कन्नड़– हुनेसेमरा, चिंच
तमिल– पुलि
तेलुगू– आम्लिका
बंगला, गुजराती– आंवली
मराठी– चिंच, आंबली
मलयालम– वालमपुली, आम्लम

वर्णन

इमली का वृक्ष सदाहरित तथा काफी बड़ा होता है। इसके पत्ते संयुक्त होते हैं। उनमें लगभग 10-20 जोड़े छोटे-छोटे पत्रक होते हैं। नये पत्ते हल्के हरे रंग के होते हैं। फूल हल्के पीले रंग के होते हैं और उन पर लाल धारियां होती हैं। फूल बड़ी संख्या में आते हैं और बहार के समय वृक्ष के नीचे फूलों की चादर-सी बिछ जाती है। फली 8-20 सेमी. लंबी, 2-3 सेमी. चौड़ी, सीधी या हंसिया-सी मुड़ी हुई , गूदेदार, भूरे रंग की होती है और वृक्ष पर लटकती रहती है। प्रत्येक फली में कई बीज होते हैं। बीज प्रायः कत्थई रंग के व चमकीले होते हैं, और रेशेदार गूदे में लगे रहते हैं। इमली का गूदा खट्टा होता है।

प्राप्ति-स्थान

यह वृक्ष प्रायः मध्य और दक्षिण भारत में होता है। सड़कों के किनारे तथा नगरों व उद्यानों में सारे भारत में ही लगाया जाता है।

14. इलायची

(कार्डेमोम)

औषधीय गुण

पौधे के सुखाए हुए फल अर्थात् इलायची औषधि के काम आते हैं। वास्तव में तो बीज प्रयोग होते हैं, किंतु बीज निकालकर नहीं रखे जाते। प्रयोग करने के समय ही फल छीलकर बीज निकाले जाते हैं। इलायची मुख्यतः पेट के अफारे को दूर करने के लिए लाभप्रद है। यह पाचक होती है। यह रेचक पदार्थों के साथ भी दी जाती है तथा खाद्य पदार्थों को (जैसे मिठाई, हलुआ, खीर आदि) सुगंधित करने के लिए प्रयोग होती है। लौंग, अदरक व जीरे के साथ पीसकर खाने से यह अपच दूर करती है।

अन्य सूचना

छोटी इलायची में मस्तिष्क हेतु बलकारक, पीड़ा निवारक तथा प्रफुल्लित करने वाले गुण बताए गए हैं।

अन्य उपयोग

इलायची नाना प्रकार के खाद्य-पदार्थों में प्रयोग की जाती है। बीज का तेल अनेक पेय पदार्थों को सुगंधित करने के काम आता है।

वैज्ञानिक (लैटिन) नाम, कुल, अन्य नाम तथा विवरण

वैज्ञानिक नाम : **एलेट्टारिआ कार्डामोमुम** (*Elettaria cardamomum* (L.) Maton)
(कुल– जींजीबेरेसिए)

अन्य नाम : **हिंदी–** छोटी इलायची
संस्कृत– एला, उपकंचिका
कन्नड़– येलकी
तमिल– एलम, येलक्कई
तेलुगू– एलाकी

बंगला– छोटो-एलाच
मराठी– वेलदोडे
मलयालम– ऐलम

वर्णन

इस पौधे के प्रकंद मोटे, सरस और शाखित होते हैं। इसके तने सीधे होते हैं और कभी-कभी तीन मी. तक ऊंचे हो जाते हैं। पत्ते बहुत बड़े 30-90 सेमी. लंबे व संकरे

छोटी इलायची (एलोट्टारिआ कार्डामोमुम)

होते हैं। उनमें एक मोटी मध्यशिरा होती है, जिसके दोनों ओर अनेक पतली पार्श्वशिराएं होती हैं। जिस शाखा पर फूल आते हैं वह पौधे के आधार के निकट निकलकर भूमि पर ही फैलती है। फूल लगभग चार सेमी. लंबे, सफेद या केलई रंग के होते हैं और बड़े 30-90 सेमी. लंबे गुच्छों में आते हैं। फल लगभग 1.5 सेमी. लंबे, अंडाकार, तिकोने-से, हरे पीले रंग के होते हैं, उनमें तीन कोष्ठक होते हैं। प्रत्येक में कई बीज होते हैं जो तिकोने, भूरे या काले रंग के होते हैं। पौधे तथा पत्तों का आकार भिन्न स्थानों पर तथा पृथक् किस्मों (वैरायटी) के अनुसार प्रायः बहुत भिन्न होता है, किंतु सबमें फल और बीज (अर्थात् इलायची और उसके दाने) का आकार प्रायः एक सा ही रहता है।

अकसर गंधक के धुएं से इनका रंग उड़ाकर इन्हें बाजार में बेचा जाता है।

प्राप्ति-स्थान

छोटी इलायची का पौधा दक्षिण भारत में स्वाभाविक रूप से उगता है। यह विशेषकर मैसूर व केरल के पर्वतीय क्षेत्रों के नम वनों में अधिक होता है। भारत के कुछ अन्य भागों में इसकी खेती भी की जाती है।

अनंतमूल

अमलतास

अश्वगंध

आंवला

आंवला

इन्द्रजौ

इसपगोल

ईशरमूल

कड़ाया

कड़ाया

कामेला

कालमेघ

कालमेघ

केऊ

खुरासानी-अजवायन

गिलोय

गुंची

गुंची

गुंची

गूगल

गूगल

गूगल

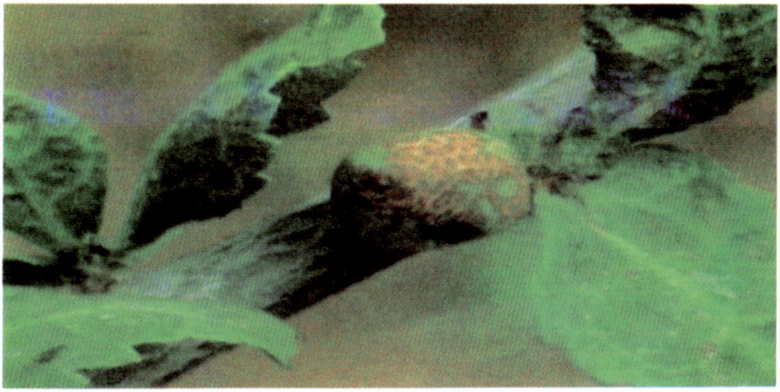

गूगल

गोखरू

घीक्वार

चित्रक

चीड़

जगली-प्याज

तालमखाना

सादा धतूरा

धतूरा

धतूरा

नीम

पलास

पीपलामूल

पुनर्नवा

बच

ब्रह्ममंडूकी

ब्राह्मी

बायबिड़ंग

बीजासाल

बेल

महुआ

मेहंदी

मुलेठी

मुलेठी

लाल दूधी

शतावरी

शतावरी

सदाबहार

सफेद मूसली

सफेद मूसली

सफेद मूसली

सफेद मूसली

सर्पगंधा

बड़ चन्द्रिका

15. इसपगोल

(सिल्लिउम)

औषधीय गुण

इसपगोल के बीज औषधि के काम आते हैं। बीजों में एल्बूमेन तथा म्यूसिलेज बहुत होता है और इसी के कारण इनमें औषधीय गुण हैं।

इसपगोल पुरानी पेचिश में, अमीबा तथा बेसिलरी पेचिश में तथा पुराने अतिसार में बहुत उपयोगी है। यह श्लेष्मक झिल्ली को शांति पहुंचाती है और कब्ज में लाभप्रद है। प्रयोग करने से पहले बीज पानी में भिगो दिए जाते हैं, जिससे वे मुलायम हो जाएं और अंतड़ियों में शीघ्र घुल जाएं। यदि सूखे बीज अंतड़ियों में बहुत समय तक रुके रह जाएं तो जलन पैदा करते हैं तथा भोजन के पाचन में बाधा भी कर सकते हैं।

बीजों का म्यूसिलेज मल को मुलायम करके फुला देता है और उसके बाहर आने में सहायक होता है।

इसपगोल के बीजों को मसलकर उनके ऊपर की भूसी छुड़ा ली जाती है। इन्हें फटककर भूसी अलग कर ली जाती है। भूसी में वही गुण हैं जो बीज में, बल्कि भूसी का प्रयोग अधिक उपयुक्त है क्योंकि इसे न पहले भिगोने की आवश्यकता है, न इसके अंतड़ियों में रुकावट करने का भय रहता है।

इसलिए प्रायः इसपगोल की भूसी का ही प्रयोग होता है। इनके बीजों के भ्रूण तल में 50 प्रतिशत लाइनोलिक एसिड होता है, जो धमनी काठिन्य में उपयोगी होता है। यह तेल कुसुम के तेल की अपेक्षा अधिक क्रियाशील होता है तथा यह देखा गया है कि यह खरगोश में पित्त के स्तर को घटा देता है।

वैज्ञानिक (लैटिन) नाम, कुल, अन्य नाम तथा विवरण

वैज्ञानिक नाम : **प्लांटागो ओवाटा** (*Plantago ovata* Forssk.)
(कुल– प्लाटेंजिनेसिए)

अन्य नाम : भारत की सभी भाषाओं और क्षेत्रों में इस पौधे को प्रायः इसपगोल, इसबगोल अथवा इस्पगोल ही कहते हैं। यह सभी शब्द संस्कृत के नाम पर आधारित हैं। व्यापार कार्य में भी इस औषधि को इसबगोल ही कहते हैं।

वर्णन

इस पौधे का तना अत्यंत छोटा होता है। समूचे पौधे पर घनका या हल्का रोम होता है। पत्ते 8-25 सेमी. लंबे व बहुत संकरे होते हैं। फूल अत्यंत छोटे होते हैं और अंडाकार या बेलनाकार, 1.5-4 सेमी. लंबी स्पाइकों में लगते हैं। फल आठ मिमी. लंबे होते हैं। उनका ऊपरी आधा भाग ढक्कन की तरह अलग हो जाता है। बीज नौकाकार होते हैं, उन पर सफेद झिल्ली भूसी-सी होती है।

प्राप्ति-स्थान

यह पौधा उत्तर-पश्चिमी भारत के कुछ ही स्थानों में स्वाभाविक रूप से उगता है, किंतु इसकी खेती भिन्न प्रदेशों में बड़े पैमाने पर की जाती है।

16. ईपेकाक

(ईपेकाकुआन्हा)

औषधीय गुण

पौधे के प्रकंद ही औषधि के काम आते हैं और ईपेकाक के नाम से प्रख्यात हैं।

यह औषधि अमीबा पेचिश और भूख कम लगने के रोग में लाभप्रद है। इसके अधिक सेवन से कै हो जाती है, अर्थात् यह वमनकारी है। इस गुण के कारण इसे खांसी में शांति पहुंचाने के लिए भी प्रयोग करते हैं। यह स्वेदजनक भी है, अर्थात् इसके सेवन से पसीना आता है।

वैज्ञानिक (लैटिन) नाम, कुल, अन्य नाम तथा विवरण

***वैज्ञानिक नाम* :** **सेफाएलिस ईपेकाकुआन्हा**
(*Cephaelis ipecacuanha* (Brot.) A. Rich)
(कुल– रुबिएसिए)

वर्णन

यह एक झाड़ीनुमा पौधा होता है। इसकी जड़ें पतली होती हैं और दूर तक भूमि के समतल फैलती हैं। इसके प्रकंदों पर पूरी जगह गोल छल्ले जैसे निशान होते हैं। पत्ते आमने-सामने जोड़े में आते हैं। पत्ते निशिताग्र होते हैं, उनके किनारे सीधे होते हैं। फूल सफेद, छोटे तथा छोटे गुच्छों में होते हैं।

प्राप्ति-स्थान

यह पौधा भारत का देशज नहीं है, यह अमेरिका के ब्राजील देश का है, परंतु अब इसकी खेती असम, बंगाल तथा दक्षिण भारत में की जाती है।

ईपेकाक की खेती दुनिया में सबसे अधिक पश्चिमी बंगाल में होती है। यह उपज भारत की ईपेकाक की आंतरिक आवश्यकता की पूर्ति के लिए पर्याप्त है।

17. ईशरमूल

(इंडियन बर्थवर्ट)

औषधीय गुण

ईशरमूल की शाखाएं व जड़ें औषधि में काम आती हैं। यह औषधि अत्यंत नियमित मात्रा में लेने पर ही उपयोगी है। थोड़ी मात्रा में सेवन करने से यह पाचन क्रिया बढ़ाती है तथा मासिक धर्म ठीक करती है। यह पौष्टिक भी है। अधिक मात्रा में लेने से यह हानिकारक है। यह पाचन प्रणाली तथा गुर्दों में तीव्र उत्तेजना करके वेग के साथ वमन, मतली, गर्भपात तथा अन्य विकार पैदा करती है। निर्धारित मात्रा में ईशरमूल उद्दीपक तथा ज्वरनाशक के रूप में प्रयोग होती है। रक्तचाप पर भी इसका कुछ प्रभाव बताते हैं।

वैज्ञानिक (लैटिन) नाम, कुल, अन्य नाम तथा विवरण

वैज्ञानिक नाम : **आरीस्टोलोचिया इंडिका** (*Aristolochia indica* L.)
(कुल– आरीस्टोलोचिएसिए)

अन्य नाम : **हिंदी**– ईश्वरी
संस्कृत– ईश्वरीमूल
कन्नड़– ईश्वरीगिड़ा
गुजराती– अर्कमूल
तमिल– उटामणिएलाए
तेलुगू– गुंटगंजीरा
बंगला– ईशरमूल
मराठी– सापसन

वर्णन

यह एक आरोही पौधा होता है। इसकी नीचे वाली शाखाएं कड़ी व मोटी होती हैं, किंतु ऊपर पतली व मुलायम हो जाती हैं। इसकी मुख्य जड़ भी मोटी व कड़ी होती है। इसके सब पत्तों का आकार एक-सा नहीं होता, कुछ बहुत संकरे, लंबोतरे, कुछ

थोड़े अधिक चौड़े और कुछ शीर्ष की ओर बहुत चौड़े होते हैं। उनके किनारे सीधे या लहरदार होते हैं। फूल छोटे, लगभग 3-4 सेमी. लंबे, केलई रंग के, पत्तों के कक्ष में लगे छोटे गुच्छों में आते हैं। फूलों का अग्र भाग गुलाबी या बैगनी रंग का तथा कीपाकार (भौंपू के आकार का) होता है। फल लगभग पांच सेमी. लंबे होते हैं। इनका आकार कंडील जैसा बड़ा विचित्र होता है। पकने पर ये नीचे से छह भागों में विभाजित होते जाते हैं। इनमें कई बीज होते हैं।

प्राप्ति-स्थान

ईशरमूल भारत के लगभग सभी मैदानी तथा तलहटी प्रदेशों में पाया जाता है। यह विशेषकर दक्षिण एवं पूर्वी भारत में होता है।

अन्य जातियां

ईशरमूल के वंश की एक अन्य जाति कीड़ामारी (आरीस्टोलोचिआ ब्राक्टिवोलाटा *Aristolochia bracteolata* Lamk.) हिंदी– गंदन; संस्कृत– धूम्रपत्र, कन्नड़– कालागुर्की, तमिल– गाडियोरेगुर्पाअश्क) भारत के मैदानी प्रदेश में होती है। यह प्रधानतः रेगूर या काली मिट्टी वाले क्षेत्रों में उगती है। यह कृमि तथा फोड़े व जख्म के लिए उपयोगी है, इसीलिए इसे 'कीड़ामारी' नाम भी दिया गया है।

18. उतरन

(पेर्गुलारिआ)

औषधीय गुण

समूचा पौधा औषधि में काम आता है। पत्तों का रस सर्दी, जुकाम और अतिसार में दिया जाता है। यह गठिया में तथा मासिक धर्म रुकने पर दी जाने वाली एक रेचक औषधि में भी डाला जाता है। पत्तों का रस गर्भाशय के लिए बलकारक, कफ निस्सारक तथा वमनकारी है। गर्भाशय पर इसका लाभप्रद गुण परीक्षणों द्वारा सिद्ध हुआ है। यह स्त्री रोगों में गुणकारी है। उतरन में ऐसे उपयोगी तत्त्व होते हैं जिनमें 'पिटुइट्रेन' जैसी क्षमता होती है।

वैज्ञानिक (लैटिन) नाम, कुल, अन्य नाम तथा विवरण

वैज्ञानिक नाम : **पेर्गुलारिआ डेमिआ** [*Pergularia daemia* (Forsk.) Chivoc.]
(अस्वीकृत नाम : पेर्गुलारिआ एक्सटेंसा, डेमिआ एक्सटेंसा)
(कुल– एस्कलीपिएडेसिए)

अन्य नाम : **हिंदी**– उतर्णी, सदोवनी
संस्कृत– युगफला
कन्नड़– हालुकोरिटिगेगिडा
गुजराती– चमारदूधी, नागलाटूधी, वेडलांवल
तमिल– उत्तमणि
तेलुगू– दुष्टपतिगे
पंजाबी– करियाल
बंगला– छागलवेटे
मराठी– उतरनी
(**मध्य प्रदेश**– कड़वाडोड, घोलककड़ी)

वर्णन

यह एक वल्लरी पौधा होता है। इसके तने रोमिल होते हैं और उनमें दूध-सा सफेद रस

होता है। पत्ते 4-6 सेमी. लंबे (या अधिक), अंडाकार या मंडलाकार, नीचे रोमिल, आधार पर हृदयाकार होते हैं। फूल सफेद या हल्के पीले रंग के होते हैं और छोटे गुच्छों में लगते हैं। फली 5-8 सेमी. लंबी, 1.3 सेमी. मोटी भालाकार, लंबाग्र फॉलीकिल होती है। दो फली एक साथ लगती हैं और नत होती हैं, अर्थात् नीचे को मुड़ी रहती हैं। फलों पर छोटे-छोटे कांटे-से होते हैं।

प्राप्ति-स्थान

यह पौधा 1,000 मी. ऊंचाई तक के स्थानों में लगभग सारे भारत में होता है।

19. कटेरी

(कंटकारी)

औषधीय गुण

पौधे की जड़ों को सुखाकर औषधि में प्रयोग करते हैं।

यह औषधि खांसी, दमा, छाती का दर्द और कुछ प्रकार के ज्वरों में उपयोगी है। यह मूत्रल है तथा मूत्राशय आदि में पथरी हो जाने पर उपयोगी है। इस औषधि के रोगाणुनाशक गुण परीक्षणों द्वारा सिद्ध हुए हैं। कटेरी के फल अनेक रोगों में उपयोगी समझे जाते हैं, जैसे गले में खराश, श्वास नली में सूजन, पेशियों में दर्द, ज्वर आदि। किंतु भारत अथवा अमेरिका के मानक औषधि कोश में इसका उल्लेख नहीं है।

यह जानने के लिए कि इस पौधे में संतति-निरोधक (कंट्रासेप्टिव) गुण है अथवा नहीं, पौधे की टहनियों तथा पत्तों से प्राप्त औषधियों से जानवरों पर कुछ परीक्षण किए गए, किंतु कोई सफलता नहीं मिली। कटेरी सर्प के काटने पर उपयोगी समझी जाती थी, किंतु परीक्षणों द्वारा यह गुण सिद्ध नहीं हो सका।

(बस्तर के आदिवासी कान के दर्द में, फलों को कुचलकर उनका रस कान में डालते हैं।)

अन्य उपयोग

कटेरी की छोटी पत्तियां तथा फल कच्चे तथा उबालकर खाने के काम आते हैं।

वैज्ञानिक (लैटिन) नाम, कुल, अन्य नाम तथा विवरण

वैज्ञानिक नाम : **सोलानुम सूरत्तेंसे** (*Solanum surattense* Burm. F.)
(*अस्वीकृत नाम :* **सोलानुम जांथोकार्पुम**)
(कुल– सोलेनेसिए)

अन्य नाम : **हिंदी**– रींगणी
संस्कृत– कंटकारी
असमिया– कटसरेया
उड़िया– बृहति बैगनी

कन्नड़– रामगुल्ला
गुजराती– भेयरींगणी पटरींगणी
तमिल– कंदनगट्टारी
तेलुगू– छल्लनमुलगा, नेलमुलका
पंजाबी– कंडियारी, मोकरियान
बंगला– कंटकारी

वर्णन

यह एक कंटीला, अत्यंत शाखित पौधा होता है। यह प्रायः भूमि पर फैलता है, कभी सीधा ऊपर को भी बढ़ता है। नई शाखाओं पर घनके, सूक्ष्म, ताराकार रोएं होते हैं। समूचे पौधे पर कांटे होते हैं। कांटे पीले, चमकदार, लगभग 1.5 सेमी. लंबे होते हैं। पत्ते 10 सेमी. तक लंबे होते हैं। उनकी शिराओं पर भी कांटे होते हैं। कई फल एक साथ गुच्छों में लगते हैं। ये गुच्छे प्रायः पत्तों के डंठल की दूसरी ओर निकलते हैं। फूल बैंगनी या फालसाई-से रंग के लगभग दो सेमी. लंबे होते हैं। फल सरस, 1.5-2 सेमी. व्यास के गोल, पीले या केलई रंग के होते हैं; उन पर हरी धारियां होती हैं।

प्राप्ति-स्थान

यह पौधा लगभग सारे भारत में मिलता है और प्रायः सड़कों के किनारे, खुले, सूखे मैदानों में और नगरों में कूड़े-कचरे के आसपास उगता है।

अन्य जातियां

मकोय– (सोलानुम नीग्रुम– *Solanum nigrum* L. बंगाली– गुड़कामाई, काका माची; कन्नड़– काचीगिड़ा; पंजाबी– पिलक): यह अनेक औषधियों में प्रयुक्त होती है और भारत की सुपरिचित वनौषधि है। समूचे पौधे का क्वाथ पेचिश, अन्य उदर रोग व ज्वर में लाभदायक है। यह मूत्रविरेचक भी है। पौधे का रस फोड़ों तथा अन्य त्वचा रोगों में उपयोगी है। मकोय के फल बहुत उपयोगी होते हैं। उनमें पौष्टिक, रेचक तथा क्षुधावर्धक गुण होते हैं। ये दमा, त्वचा रोग, मूत्र संबंधी रोग व अत्यधिक प्यास में लाभप्रद हैं। कच्चे हरे फलों को पीसकर दाद पर लगाते हैं। शोध परीक्षण से मकोय में मादक गुण भी बताए गए हैं। इसके पत्ते का अफ्रीका में मलेरिया तथा गर्भपात हेतु प्रयोग में उल्लेख है।

इस वंश के दो अत्यंत सुपरिचित पौधों आलू और बैगन में औषधीय गुण होते हैं।

आलू– (सोलानुम टूबेरोसुम– *Solanum tuberosum* L.) : जिस जल में आलू उबाले गए हों, वह चेहरे की फुंसियों, जले के जख्मों तथा त्वचा के फोड़े-फुंसियों पर

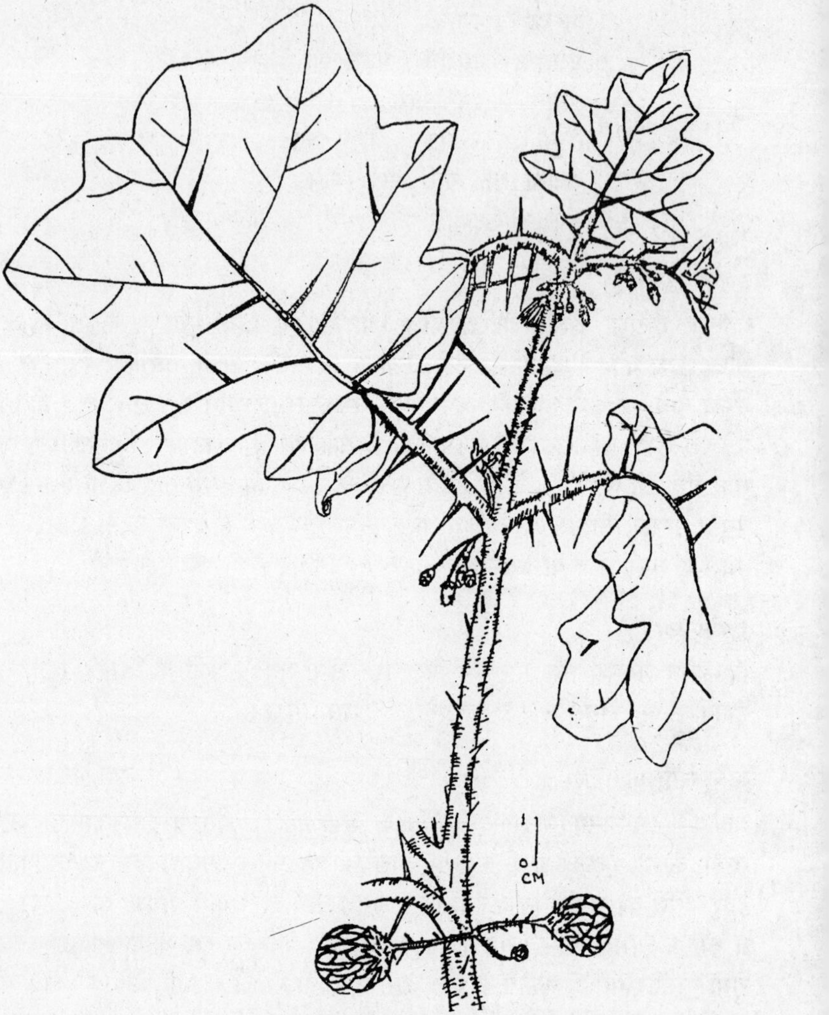

कटेरी (सोलानुम विआरुम)

उपयोगी होता है। आलू का स्टार्च त्वचा पर लगाने के लिए मरहमों में तथा औषधि की गोलियां बनाने के काम आता है।

बैगन– (सोलानुमा मेलोंगेना– *Solanum melongena* L.) बैगन के कच्चे फल हृदय के लिए बलकारक व क्षुधावर्धक होते हैं। पके फल रेचक होते हैं किंतु

उनके सेवन से पित्त का प्रकोप होने की आशंका रहती है। बैगन के पत्तों को पीसकर आतशक के फोड़ों पर लगाते हैं। जड़ों के सार का सेवन भी उपयोगी बताया गया है। शोध परीक्षण से बैगन में निद्राकारक गुण बताए गए हैं।

हाल में असम तथा भारत के अन्य भागों में पाई जाने वाली एक जाति सोलानुम विआरुम (*Solanum viarum* Dunal) ने अत्यंत प्रसिद्धि पाई है। इस पौधे में 'सोलेसोडीन' एल्केलाइड बड़ी मात्रा में होता है। इस एल्केलाइड से 'सेक्स हारमोन' बनते हैं। कोलकाता, मुंबई तथा जोरहाट (असम) आदि की कुछ वैज्ञानिक संस्थाओं में इस पौधे पर शोधकार्य हुआ है। 'सोलेसोडीन' प्राप्त करने के लिए ही एक विदेशी

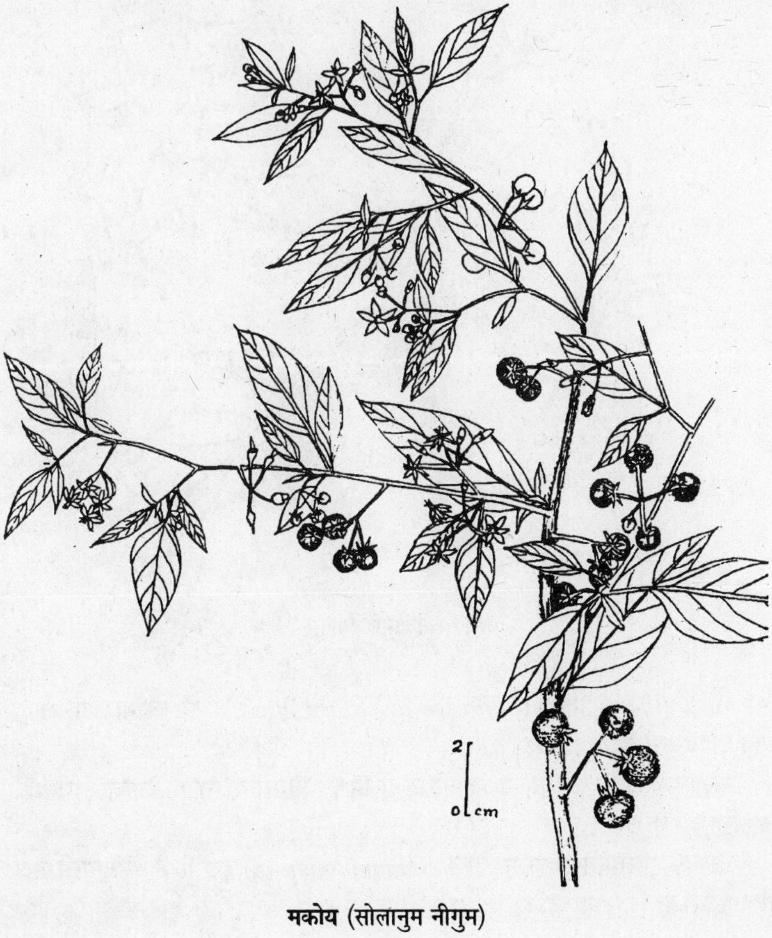

मकोय (सोलानुम नीगुम)

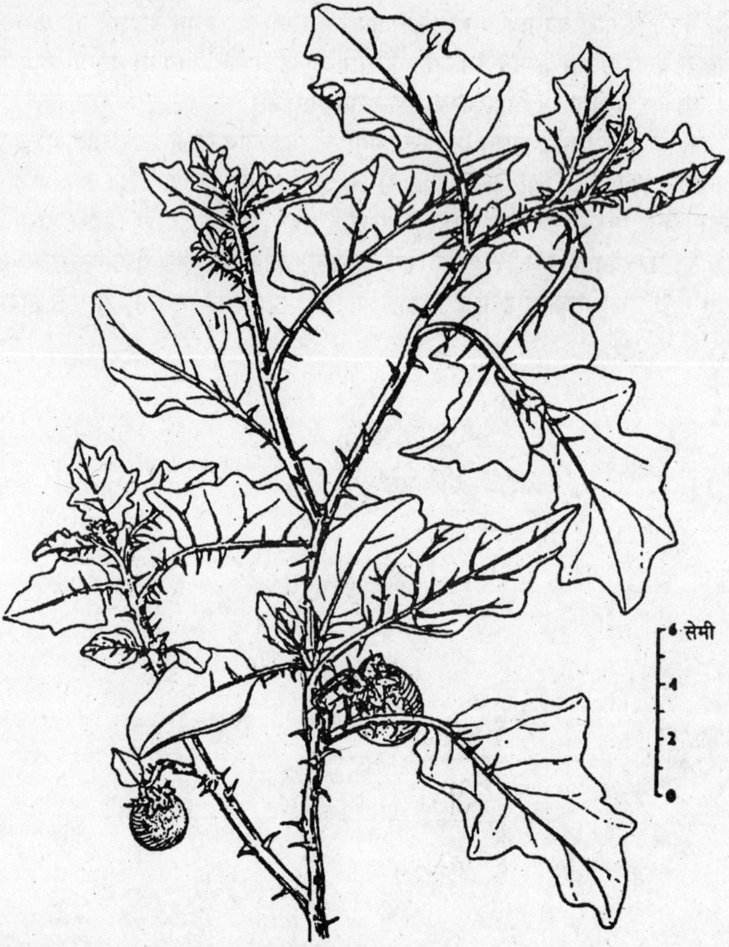

असीद (सोलानुम ईंकानुम)

पौधे सोलानुम अवीकुलारे (*Solanum aviculare* Forst.) को कश्मीर में रोपड़ करने का प्रयत्न किया जा रहा है।

सोलानुम वंश की अन्य जातियां, जिनमें औषधीय गुण बताए जाते हैं, निम्नलिखित हैं :

टसीद– सोलानुम इंकानुम *(Solanum incanum* L.) इसे हिंदी में गागलीभाटा भी कहते हैं।

काकमाची– सोलानुम डुल्कामारा (*Solanum dulcamara* L.) शोध परीक्षण से काकमाची में मादक तथा स्वापक गुण बताए गए हैं।

बृहतिका– सोलानुमा इंडिकुम (*Solanum indicum* L.) बंगाली– तीत भेकुरी।

रामबेगुन– सोलानुम फेरॉक्स (*Solanum ferox* L.) संस्कृत– चंद्रपुष्पा।

20. कड़ाया

औषधीय गुण

वृक्ष के तने से जो गोंद निकलता है, उसे कड़ाया या करीरा गोंद कहते हैं। इसी का औषधि में प्रयोग होता है।

गोंद में रेचक गुण है। त्वचा पर लगाने के लिए कड़ाया गोंद ट्रैगेकैंथ *(Tragacanth)* के गोंद से भी अधिक उपयुक्त है। यह त्वचा पर अधिक सुहाता है। कंठ रोगों में, नकली दांत बनाने के मसाले में तथा नाना प्रकार की मीठी गोलियां, चटनी आदि बनाने में ट्रैगेकैंथ गोंद के स्थान पर कड़ाया गोंद का प्रयोग किया जाता है।

(बस्तर के आदिवासी वृक्ष की छाल को कूटकर प्रसव के समय स्त्रियों को देते हैं। उनका विश्वास है कि इससे प्रसव सुविधा से हो जाता है।)

अन्य उपयोग

कड़ाया की लकड़ी इमारती काम में, पैकिंग के डिब्बे बनाने में तथा नाना प्रकार की घरेलू वस्तुएं बनाने के काम आती है। वृक्ष की छाल से बहुत मजबूत रेशा निकलता है; यह रस्सी तथा मोटा कपड़ा आदि बनाने के काम आता है। कड़ाया गोंद दाल भाजी में डालकर खाया भी जाता है। इसके बीज भी खाए जाते हैं।

वैज्ञानिक (लैटिन) नाम, कुल, अन्य नाम तथा विवरण

वैज्ञानिक नाम : **स्टेर्कूलिआ उरेंस** (*Sterculia urens* Roxb.)
(कुल– स्टेर्कूलिएसिए)

अन्य नाम : **हिंदी**– कुलू, गलू, कड़ई
उड़िया– ग्रिंडोला
कन्नड़– केंपूदाड़े, भूताली
गुजराती– कड़ीयो, कंडोल
तमिल– वेल्लाइपुत्तालि
तेलुगू– पोण्णाकु

मराठी, पंजाबी– कुलू
मलयालम– तुंडी
(**संथाल प्रदेश**– तेलहैच)

वर्णन

यह एक मझोला पतझड़ी वृक्ष होता है। इसकी सफेद या केलई रंग की चमकदार पतली कागजी-सी छाल दूर से दिखाई देती है। इसके पत्ते बड़े, हस्ताकार 20-40 सेमी. व्यास के, पांच पालियों में विभाजित होते हैं। पत्तों की निचली सतह पर घनके रोएं होते हैं। पत्ते शाखाओं के शीर्ष पर अधिक होते हैं। फल छोटे, पीले या भूरे रंग के होते हैं। यह बड़े, रोमिल गुच्छों में लगते हैं। फल में चार या पांच बड़े, लाल रंग के, कड़े अंडप होते हैं। इन पर भी घनका रोम होता है; इन बालों को छूने से खुजली होती है।

प्राप्ति-स्थान

यह वृक्ष हिमालय की निचली पहाड़ियों पर तथा पूर्व, मध्य एवं दक्षिण भारत में होता है। यह प्रायः शुष्क या अर्धशुष्क वनों में पाया जाता है।

अन्य जातियां

कड़ाया के वंश की दो जातियां, ऊदल (स्टेर्कूलिआ वील्लोसा *Sterculia villosa* Roxb. उड़िया– कोदालो) जो लगभग समस्त भारत में पाई जाती हैं तथा जंगली बादाम (स्टेर्कूलिआ फेटिडा– *Sterculia foetida* L.), जो दक्षिण भारत में होता है, औषधि में उपयोगी है। ऊदल के गोंद में कड़ाया जैसे ही गुण हैं। जंगली बादाम के बीज का तेल रेचक होता है।

21. कामेला

औषधीय गुण

फलों पर लगा हुआ लाल रोम अर्थात् पाउडर अलग कर लिया जाता है, यही औषधि में काम आता है।

कामेला मुख्यतः टेपवर्म कृमि दूर करने के काम आता है। कामेला पाउडर का सेवन दूध या दही के साथ किया जाता है। यदि एक खुराक से कीड़ा मरकर नहीं निकल जाता, तो दूसरी खुराक दी जाती है। कभी-कभी अरंडी के तेल (कैस्टर ऑयल) की सहायता से कीड़े को मल के साथ निकाला जाता है। स्वयं कामेला में भी रेचक गुण हैं। कामेला दाद, खुजली आदि त्वचा रोगों पर भी लगाया जाता है।

कामेला के गर्भनिरोधी गुण जांचने के लिए जानवरों पर कुछ परीक्षण किए गए। कामेला के फूलों पर लगे रोम का मुख द्वारा सेवन कराया गया। इससे मादा चूहों और गिनीपिग में प्रजनन क्षमता कम अवश्य देखी गई।

शोध/परीक्षण तथा अन्य सूचना

इस पौधे का प्रायः कुछ अन्य पौधों के साथ मिश्रण से आधुनिक यंत्रों द्वारा बनी औषधियों का नवीनतम विधियों से औषधालयों में अनेक रोगियों पर सफल परीक्षण किया गया।

इसके फलों पर लगा लाल रोम कृमि रोग दूर करने में उपयोगी पाया गया है।

अन्य उपयोग

प्रख्यात कामेला रंग, जो कपड़े एवं सूत रंगने के काम आता है, इसी वृक्ष से प्राप्त होता है। कामेला के बीज का तेल रंग-रोगन व वार्निश बनाने के लिए उत्तम समझा जाता है, क्योंकि यह तेल बहुत शीघ्र सूख जाता है। चित्रकला (पेंटिंग) के लिए भी यह अत्यंत उपयुक्त है और इसकी बहुत मांग है।

वृक्ष की लकड़ी नाना प्रकार की घरेलू वस्तुएं बनाने के काम आती है। यह दियासलाई बनाने के लिए भी उपयोगी है। पत्ते पशुओं के लिए उपयुक्त चारा है। खली खाद के काम आती है। वृक्ष की छाल में टैनीन होते हैं और यह चमड़ा बनाने के

काम आती है। स्त्रियां लाल पाउडर का सिंदूर लगाती हैं। इस वृक्ष को कई भाषाओं में 'सेंदूर' नाम से ही जानते हैं।

वैज्ञानिक (लैटिन) नाम, कुल, अन्य नाम तथा विवरण

वैज्ञानिक नाम : **माल्लोटुस फिलीप्पेंसिस** [*Mallotus Philippensis* (Lank.) Muell.-Arg.]
(कुल– एउफोर्बिएसिए)

अन्य नाम : **हिंदी**– सेंदूरी, रोहिनी
संस्कृत– शेंदूरी
असमिया– कमलगुंडी
कन्नड़– कुंकुममरा, रोणंती, केसलई
गुजराती– कोपिलपोड़ि
तेलुगू– कुंकुम
बंगला– कमलागुंडि, रैनी
मराठी– कपीला, शेंदरी
मलयालम– कपीला, कुंकुम
(**बिहार, सिंहभूम**– गसर्ब; **तिन्नेवली**– कलुपत्ती)

वर्णन

कामेला का वृक्ष छोटे आकार का या मझोला और सदाहरित होता है। कभी-कभी यह अत्यंत शाखित झाड़ीनुमा ही रह जाता है। नई शाखाओं व नये पत्तों पर लाल रंग का सूक्ष्म रोम-सा होता है। पत्ते एकांतर, लंबे डंठलों पर, 7-20 सेमी. लंबे तथा भिन्न-भिन्न आकृति के होते हैं। उनकी नीचे की सतह पर सूक्ष्म, लाल ग्रंथियां होती हैं और मोटी शिराएं चमकती हैं। फूल छोटे तथा नर व मादा पृथक्-पृथक् वृक्षों पर लगते हैं। मादा फूल 5-8 सेमी. लंबी, सीधी ऊर्ध्व स्पाइकों में आते हैं। नर फूल पीले रंग के और 8-15 सेमी. लंबे, नीचे को लटकती हुई स्पाइकों में लगते हैं। फल 8-13 मिमी. व्यास के गोल से किंतु तिपालिक होते हैं। फलों पर सूक्ष्म कत्थई या लाल घना रोम तथा पाउडर-सा लगा रहता है। फलों को हल्के-से मलने से ही वह पाउडर अलग हो जाता है।

प्राप्ति-स्थान

कामेला का वृक्ष हिमालय में 1,500 मी. ऊंचाई वाले स्थानों से लेकर दक्षिण में केरल तक, भारत के सभी उष्ण क्षेत्रों में पाया जाता है।

22. कालमेघ

औषधीय गुण

कालमेघ की जड़ को छोड़कर समूचा पौधा औषधि में काम आता है।

कालमेघ क्षुधावर्धक तथा पौष्टिक होता है। यह ज्वर, कृमि, पेचिश, दुर्बलता तथा पेट के अफारे में उपयोगी है। बच्चों के जिगर तथा अपच के रोग में यह लाभप्रद है। बंगाल में कालमेघ के पत्तों से एक घरेलू दवाई बनाते हैं, जिसे अलुई कहते हैं। यह शिशुओं को अपच आदि उदर रोगों में देते हैं।

पहले ऐसा विचार था कि कालमेघ सर्प के काटने पर भी उपयोगी होता है, किंतु परीक्षणों में ऐसी धारणा निर्मूल सिद्ध हुई है। परीक्षणों में यह देखा गया है कि कालमेघ में एंटीबायोटिक तथा एंटीफाइड (अर्थात् टाइफाइड ज्वर के तथा कुछ अन्य जीवाणुओं को रोकने वाले) तत्त्व हैं।

(बस्तर के आदिवासी लोग कालमेघ के पौधों को सरसों के तेल में पीसकर खुजली पर लगाते हैं।)

शोध/परीक्षण तथा अन्य सूचना

इस पौधे का प्रायः कुछ अन्य पौधों के साथ मिश्रण से आधुनिक यंत्रों द्वारा बनी औषधियों का नवीनतम विधियों से औषधालयों में अनेक रोगियों पर सफल परीक्षण किया गया।

यह समूचा पौधा सामान्य जुकाम, ज्वर, गले की खराश, कामला, मूत्र में मवाद आना, वायरल कामला (हैपेटाइटिस) में उपयोगी सिद्ध हुआ है।

वेस्टइंडीज में इस पौधे का मधुमेह में प्रयोग होने का उल्लेख है।

वैज्ञानिक (लैटिन) नाम, कुल, अन्य नाम तथा विवरण

वैज्ञानिक नाम : **एंडोग्राफिस पानीकुलाटा** (*Andrographis paniculata* all. ex Nees.)
(कुल– अकैंथेसिए)

अन्य नाम : **हिंदी–** किरयात, कुलुफनाथ

संस्कृत– किराता
कन्नड़– नेलबेवू, नीलबेरु
गुजराती– लीलू-करियातू
तमिल– नेलबेंबू
बंगला– अलुई, कालमेघ
मराठी– ओलिकिरयात
मलयालम– नेलवेपू

वर्णन

यह एकवर्षीय पौधा लगभग एक मी. तक ऊंचा हो जाता है। इसकी शाखाएं, जो चौकोर होती हैं, अनेक छोटी शाखाओं में विभाजित होकर चारों ओर फैल जाती हैं और आसपास की झाड़ियों पर चढ़ जाती हैं। पत्ते लंबोतरे, लगभग 6-8 सेमी. लंबे होते हैं। फूल गुलाबी रंग के लगभग एक सेमी. लंबे होते हैं तथा खुली, लंबी, फैली हुई शाखाओं पर लगते हैं। फल चिलगोजे जैसे, 1.2-2 सेमी. लंबी संपुटिका होती हैं।

प्राप्ति-स्थान

कालमेघ का पौधा लगभग सारे भारत में पाया जाता है। यह विशेषकर मैदानी क्षेत्रों में होता है।

23. काला दाना

औषधीय गुण

पौधे के बीज सुखाकर औषधि में प्रयोग करते हैं।

यह रेचक होते हैं। अधिक सेवन से यह उदर में जलन पैदा करते हैं।

अन्य सूचना

काला दाना तथा इस वंश की कई जातियों में मतिभ्रामक गुण बताए गए हैं।

अन्य उपयोग

पौधों के ताजे फलों की सब्जी बनाई जाती है। सुंदर फूलों के कारण यह पौधा प्रायः उद्यानों में लगाया जाता है।

वैज्ञानिक (लैटिन) नाम, कुल, अन्य नाम तथा विवरण

वैज्ञानिक नाम : **ईपोमेआ नील** [*Ipomoea nil* (L.) Roth]
(अस्वीकृत नाम : ईपामेआ हेडेरासेआ)
(कुल– कनवॉलवुलेसिए)

अन्य नाम : **हिंदी**– नीलकलमी
संस्कृत– कृष्ण बीज
उड़िया– कणिखोंडो
गुजराती– काला कुंपान, त्रिकोणी पोटियाल
तमिल– सिरीखी
तेलुगू– तीरीकि
बंगला, गुजराती– काला दाना
मराठी– नील पुष्पी
(नैनीताल– भोरड)

इस पौधे के वैज्ञानिक नाम में 'नील' शब्द फूलों के नीले रंग पर आधारित है।

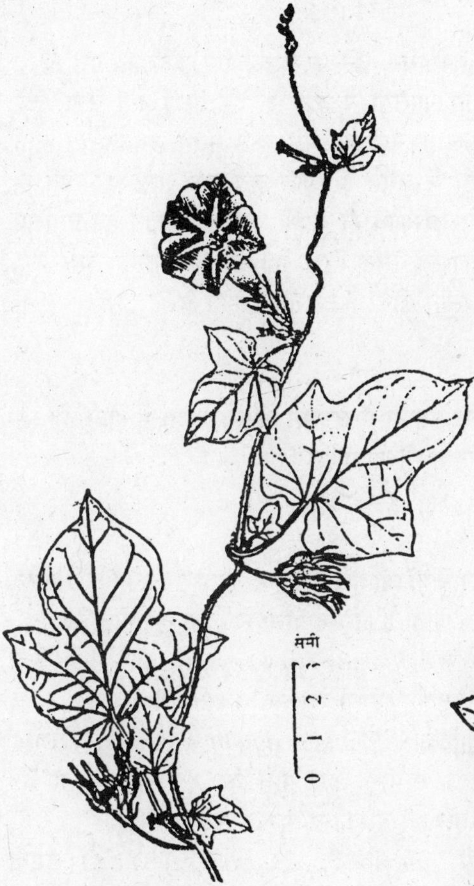

काला दाना (ईपोमेआ नील)

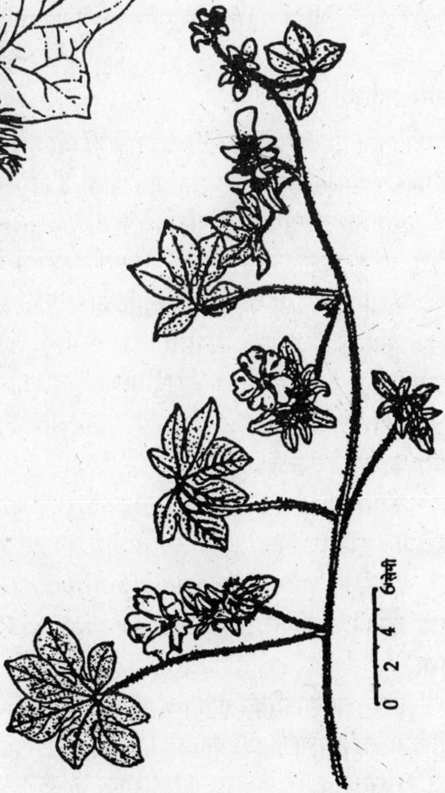

पंचपत्री (ईपोमेआ पेसटिग्रिडिस)

वर्णन

यह एकवर्षीय वल्लरी पौधा होता है। इसके तने पर हल्का रोम होता है। पत्ते 5-12 सेमी. व्यास के, अंडाकार और तीन पालियों में कटे होते हैं। फूल 4-5 सेमी. लंबे कीपाकार, नीले रंग के होते हैं। फूल के नीचे का भाग कुछ नारंगी रंग का-सा होता है। कई फूल एक साथ छोटे गुच्छों में लगते हैं। फूल जब तक शाख पर रहते हैं, उनका रंग नीला होता है, तोड़ने पर वे शीघ्र ही बैगनी रंग के हो जाते हैं। इसलिए बहुत-सी पुस्तकों में भूल से फूलों का रंग बैगनी लिखा है। फल आठ मिमी. व्यास का, गोल या अंडाकार होता है। बीज अत्यंत छोटे और अरोमिल होते हैं।

प्राप्ति-स्थान

यह पौधा 1,800 मी. ऊंचाई तक के स्थानों में लगभग समस्त भारत में होता है। यह प्राकृत रूप में भी उगता है और लगाया भी जाता है।

अन्य जातियां

काला दाना के वंश की कई अन्य जातियां औषधि में प्रयुक्त होती हैं। इनमें कुछ भारत में प्राकृत रूप से उगती हैं, कुछ बोई जाती हैं। निम्न पौधों में रेचक गुण होते हैं।

पंचपत्री (ईपोमेआ पेसटिग्रिडिस– *Ipomoea pes-tigridis* L. हिंदी– घिआ बाटी; मध्य प्रदेश– बड़ी पासवी) : इसकी जड़ों में रेचक तत्त्व होते हैं।

कलमीशाक (ईपोमेआ आक्वाटिका– *Ipomoea aquatica* Forssk, अंग्रेजी– स्वैंप कैबेज; पंजाबी– सोनार्ली का साग) : इस पौधे का रस रेचक होता है। कलमीशाक में स्वापक तथा नाणी तंत्र हेतु बलकारक गुण बताए गए हैं।

दोपत्तीलता (ईपोमेआ पेसकाप्रे– *Ipomoea pescaprae* (L.) Sweet) : इसके पौधे का रस रेचक है।

कामलता (ईपोमेआ क्वामोक्लिट– *Ipomoea quamoclit* L. बंगला– तोरुमला; अंग्रेजी– इंडियन पिंक) इसके समूचे पौधे का रस रेचक होता है।

ईपोमेआ पुर्पुरिया (*Ipomoea purpurea* (L.) Roth) अंग्रेजी– मॉर्निंग ग्लोरी) तथा ईपोआ ऊनीफ्लोरा (*Ipomoea uniflora* Roem et Schult) के पौधे का रस तथा

ईपोमेआ काइरिका (*Ipomoea cairica* (L.) Sweet अंग्रेजी– रेलवे क्रीपर) के बीज में रेचक गुण बताए जाते हैं।

(बस्तर के आदिवासी कलमीशाक के फूल मसलकर उनका रस सूजी हुई आंखें ठीक करने के लिए आंखों में डालते हैं।)

कलमीशाक (ईपोमेआ आक्वाटिका)

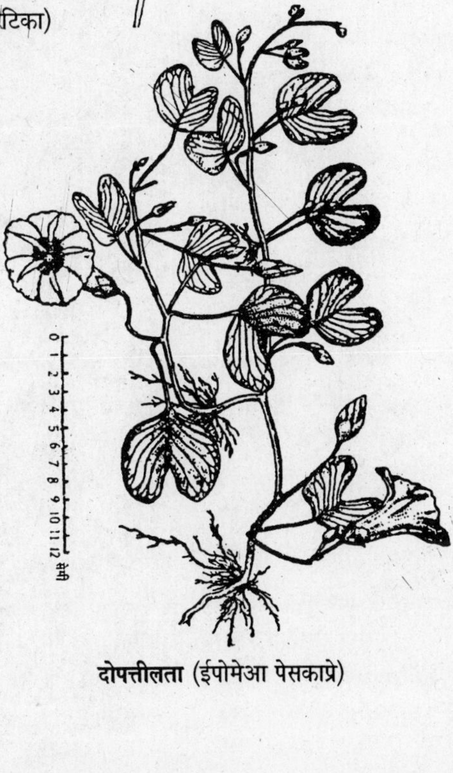

दोपत्तीलता (ईपोमेआ पेसकाप्रे)

ईपोमेआ पुर्गा (*Ipomoea purga* Heyne), जिसका अब सही नाम एक्सोगोनिउम पुर्गा (*Exogonium purga* Benth.) है, की मोटी जड़ें रेचक होती हैं। यह पौधा अमेरिका का देशज है। यह भारत में, विशेषकर दक्षिण एवं पूर्वी भागों में, उद्यानों में शोभा के लिए लगाया जाता है। इस औषधि के स्थान पर भारत में होने वाली जातियों से भी भली भांति काम चल जाता है।

24. काली मूसली

औषधीय गुण

काली मूसली का नाम इसके काले रंग की कंदमय मूल के आधार पर है, यही औषधि में काम आती है। यह औषधीय पौधा मूत्रवर्धक, पौष्टिक तथा कोमल त्वचा पर लगाने में शांतिदायक है। यह श्वेत प्रदर, मूत्र में श्वेत पदार्थ रिसने में, मूर्च्छा में, त्वचा रोगों में तथा नासिका से रक्त रोकने में लाभदायक है। यह नेत्र के विकारों जैसे पुतली पर श्वेत दाग में भी उपयोगी होता है।

ग्रामीण क्षेत्रों में इसे विषैले जानवरों के काटने तथा बच्चों की बेहोशी में भी प्रयोग करते हैं। कुछ अन्य द्रव्यों के मिश्रण में काली मूसली बवासीर, कामला, अतिसार तथा श्वास के रोगों में प्रयोग में आती है।

अन्य उपयोग

पौधे के कंद कूटकर आटे की भांति प्रयोग होते हैं। ग्रामीण क्षेत्रों में काली मूसली जानवरों के ज्वर, नेत्र रोग तथा जख्मों पर प्रयोग होती है।

वैज्ञानिक (लैटिन) नाम, कुल, अन्य नाम तथा विवरण

वैज्ञानिक नाम : **कुर्कूलीगो ऑर्चिऑइडेस** [*Curculigo orchioides* Gaertn.]
(कुल– एमारिल्लिडेसिए)

अन्य नाम : **हिंदी**– काली मूसली
संस्कृत– मूशली
बंगाली– तालामूली
तेलुगू– निलतगड्डा
कन्नड़– नीलातती गड्डा
और भारतीय नाम– कवराकंडा, पिलीतेगा, तुरुम

वर्णन

काली मूसली का पौधा एकवर्षीय, स्तंभहीन, मृदुल, लगभग 30-35 सेमी. ऊंचा होता

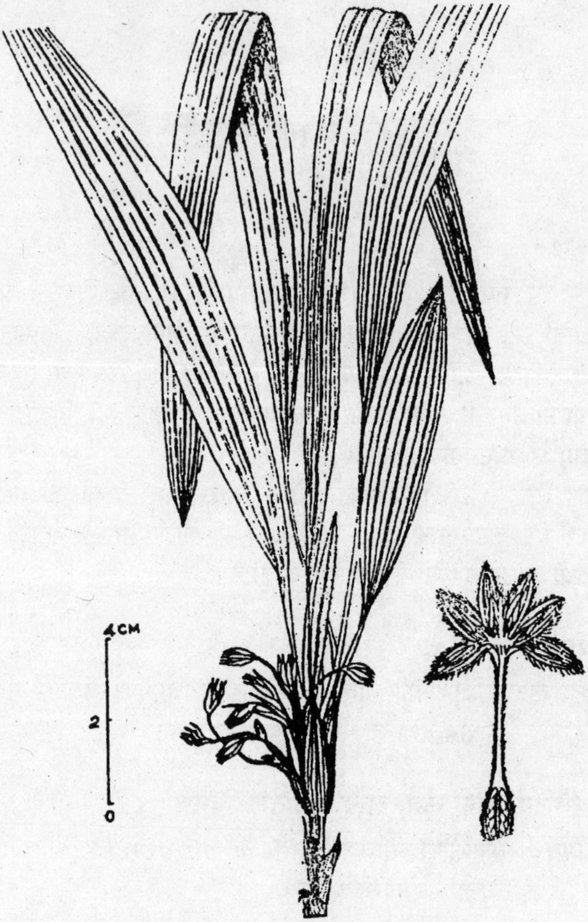

काली मूसली (कुर्कूलीगो ऑर्चिऑइडेस)

है। इसके पत्ते लगभग 25 सेमी. तक लंबे, खड्गाकार अर्थात् शीर्ष तथा आधार पर संकरे होते हैं। पुष्पचक्र पीले 1.5 से 2 सेमी. व्यास के होते हैं। फल संपुट होते हैं। मूल कंदमय काले रंग की होती है।

प्राप्ति-स्थान

यह पौधा हिमालय के उष्णकटिबंधीय क्षेत्रों से लेकर पूर्व में खासी पहाड़ियों तथा दक्षिण भारत तक पाया जाता है।

25. किरमानी अजवायन

(वर्म-सीड)

औषधीय गुण

पौधे की नई पत्तियों तथा पुष्पडोडियों को सुखाकर औषधि में प्रयोग करते हैं। ग्रीष्म ऋतु के आरंभ में अथवा वसंत ऋतु के अंत में, अर्थात् जब पौधों पर पुष्प पूरी तरह पक न गए हों, उनके पत्ते तथा पुष्पडोडियां एकत्रित की जाती हैं। इस समय इनमें सैंटोनीन की मात्रा अधिक होती है और सैंटोनीन पर ही पौधे के औषधीय गुण निर्भर हैं। फूल विकसित होने पर सैंटोनीन की मात्रा कम हो जाती है।

सैंटोनीन मुख्यतः कृमि नष्ट करने के लिए प्रसिद्ध है। यह विशेषकर थ्रेडवर्म तथा राउंडवर्म पर उपयोगी है। इसके सेवन से कृमि बड़ी अंतड़ी में पहुंच जाते हैं, वहां से किसी रेचक पदार्थ की सहायता से मल के साथ निकल जाते हैं। यह औषधि ज्वर तथा जलोदर में उपयोगी है तथा उद्दीपक भी है।

वैज्ञानिक (लैटिन) नाम, कुल, अन्य नाम तथा विवरण

वैज्ञानिक नाम : **आर्टेमीसिआ मारीटिमा** (*Artemisia maritima* L.)
(कुल– आस्टेरेसिए)

अन्य नाम : **हिंदी**– छूहरी अजमूद, किरमला
संस्कृत– गदाधर
कश्मीरी– मूर्नी
पंजाबी– फिल्लौर
मराठी– किरमानी ओवा

व्यापार कार्य में इसको सैंटोनीन कहते हैं। यह नाम इस पौधे से प्राप्त कुछ तत्त्वों पर आधारित है।

वर्णन

यह लगभग एक मी. ऊंचा, बहुवर्षीय, सुगंधित पौधा होता है। इसकी शाखाएं काफी

संख्या में विभाजित होती हैं। पत्ते 2.5 सेमी. लंबे, सफेद-से होते हैं। शाखाओं के निचले भाग वाले पत्ते पतले-पतले अनेक भाग में कटे होते हैं; प्रायः ऊपर के पत्ते कटे-फटे नहीं होते। फूल अत्यंत छोटे और छोटी पुष्पडोडियों में होते हैं। पुष्पडोडी पतली स्पाइकों में लगती हैं।

प्राप्ति-स्थान

किरमानी अजवायन के पौधे उत्तरी भारत में कश्मीर से कुमाऊं तक लगभग 2,000 से 3,000 मी. ऊंचाई वाले पर्वतों पर पाए जाते हैं।

अन्य जातियां

किरमानी अजवायन के वंश की कुछ अन्य जातियां भी उपयोगी हैं।

नागदौना (आर्टेमीसिआ नीलगीरिका *Artemisia nilagirica* (Cl.) Pamp. संस्कृत– नागदमनी, तमिल– मचिपत्रि) भारत के पर्वतीय क्षेत्रों में पाया जाता है। यह कृमि, दमा आदि में उपयोगी है। नागदौना (अ. नीलगीरिका) के सेवन से प्रोस्ट्रेट की शल्य चिकित्सा के बाद रक्तस्राव कम हो जाता है।

अफसंतीन (आर्टेमीसिआ अबसींथिउम *Artemisia absinthium* L.) कश्मीर में उगता है और पाचक तथा पौष्टिक होता है। अफसंतीन स्वापक तथा उत्तेजक होता है तथा मूर्च्छा में उपयोगी बताया गया है।

विशेषज्ञों का सुझाव है कि सैंटोनीन देने वाले पौधों की खेती भारत में और अधिक क्षेत्रों में की जाए। आर्टेमीसिआ वंश के पौधे हिमालय की ऊंची पहाड़ियों पर 2,000-3,000 मी. ऊंचाई वाले स्थानों में, विशेषकर कश्मीर, पंजाब, हिमाचल प्रदेश तथा उत्तर प्रदेश में उगाए जा सकते हैं।

26. कुटकी

(पीक्रोर्हीजा)

औषधीय गुण

पौधे के प्रकंद सुखाकर औषधि में प्रयोग करते हैं।

यह औषधि कटु, पौष्टिक और रोग की मियाद (अवधि) और चक्र को भंग करने वाली होती है। इसके सेवन से पित्त अधिक बनता है। इसमें नीलकंठ (जेंशियन) की तरह क्षुधावर्धक गुण होते हैं। यह पाचक रस तत्त्वों का स्रवण बढ़ाती है। यह जलोदर में भी लाभप्रद है। कुटकी के एंटीबायोटिक गुणों की परीक्षण द्वारा पुष्टि हुई है। हिमालय पर्वत की ऊंची श्रेणियां, जैसे 3,000-4,000 मी. ऊंचाई वाले स्थान इस पौधे की खेती के लिए उपयुक्त समझे जाते हैं। क्योंकि कुटकी असली जेंशियन (जेंशिआना लुटेआ *Gentiana lutea* L.) के स्थान पर प्रयोग की जा सकती है, इसलिए यह एक महत्त्वपूर्ण औषधि है।

शोध/परीक्षण तथा अन्य सूचना

इस पौधे का प्रायः कुछ अन्य पौधों के साथ मिश्रण से आधुनिक यंत्रों द्वारा बनी औषधियों का नवीनतम विधियों से औषधालयों में अनेक रोगियों पर सफल परीक्षण किया गया।

इसकी मूल दमा रोग तथा वाईरल कामला में उपयोगी पाई गई है। समूचा पौधा हृदय रोग में उपयोगी पाया गया है।

वैज्ञानिक (लैटिन) नाम, कुल, अन्य नाम तथा विवरण

वैज्ञानिक नाम : **पीक्रोर्हीजा कुर्रोआ** (*Picrorhiza kurrooa* Royle ex Benth.)
(कुल– स्क्रोफुलेरिएसिए)

अन्य नाम : **हिंदी**– कुरु
संस्कृत– कटुकी
कश्मीरी– करू

गुजराती– कडू
तमिल– रोगिणी
तेलुगू– कटुकू रोणि
पंजाबी– काली कुटकी
बंगला– कटकी
मलयालम– कटुक रोहणी

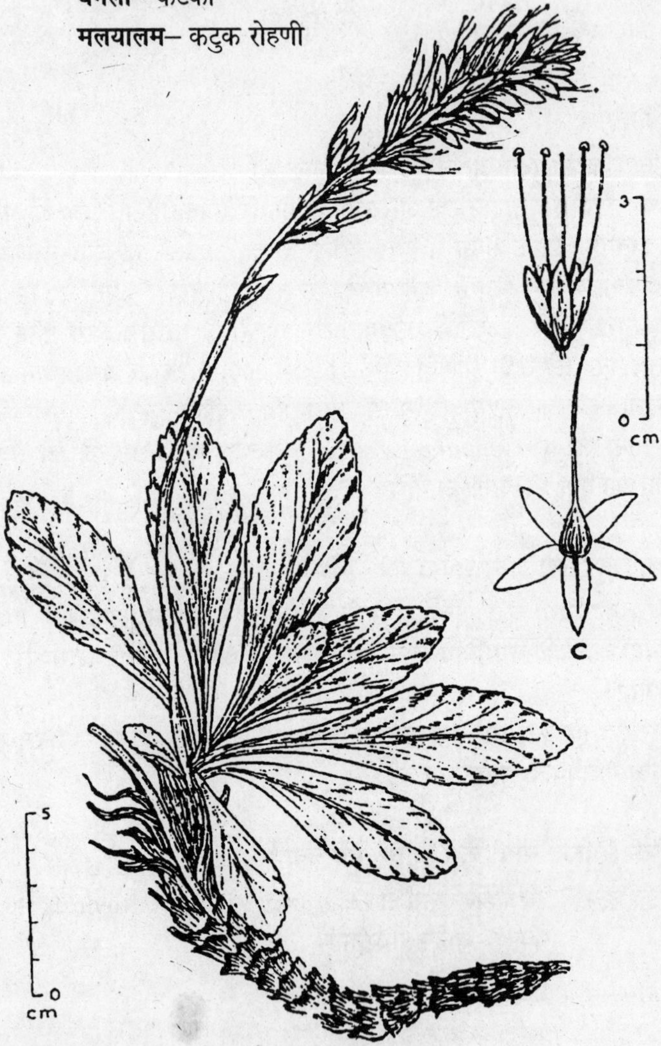

कुटकी (पीक्रोर्हीजा कुर्रोआ)

वर्णन

कुटकी का पौधा छोटा होता है। इसके पत्ते 5-10 सेमी. लंबे स्पैचुला के आकार के होते हैं; ये शीर्ष पर अधिक चौड़े होते हैं। कुटकी के प्रकंद 15-25 सेमी. लंबे, कड़े होते हैं। फूल छोटे व पतली स्पाइकों में लगते हैं। फूल दो प्रकार के होते हैं, कुछ छोटे पतली स्पाइकों में लगते हैं। केवल आठ मिमी. लंबे पुतंतु (फ़िलामेंट) होते हैं। दूसरों में दो सेमी. लंबे पुतंतु होते हैं। फल 1.3 सेमी. लंबे होते हैं।

प्राप्ति-स्थान

यह पौधा कश्मीर से सिक्किम तक केवल हिमालय की 3,000-4,000 मी. ऊंची पर्वत श्रेणियों में पाया जाता है।

27. कुनैन

(सींकोना)

औषधीय गुण

इस वृक्ष की छाल सुखाकर औषधि के काम आती है। सींकोना में अनेक उपयोगी तत्त्व होते हैं, इनमें क्विनीन सबसे प्रमुख है।

यह ज्वरनाशक (विशेषकर मलेरिया में) गुण के लिए प्रसिद्ध है। इस औषधि के सेवन से ज्वर तुरंत उतर जाता है और नियमित मात्रा में सेवन करते रहने से फिर ज्वर नहीं होता।

कुनैन कुछ प्रकार के बैक्टीरिया द्वारा उत्पन्न रोगों को दूर करती है। इसकी बनी औषधियां निमोनिया, अमीबा पेचिश और नेत्र रोगों में भी उपयोगी सिद्ध हुई है।

कुनैन से बने मरहम, घोल आदि गठिया के दर्द पर लगाने के तथा कुल्ला या गरारे करने के भी काम आते हैं।

कुनैन के अधिक मात्रा में सेवन करने से मतली व चक्कर आ जाते हैं तथा नेत्र एवं कर्ण थोड़े समय के लिए अथवा कभी-कभी पूरी तरह से नष्ट होने का भय रहता है। गर्भवती स्त्रियों तथा हृदय रोगियों को कुनैन की बनी औषधियां नहीं दी जाती हैं। इनसे गर्भपात हो सकता है।

अन्य उपयोग

कुनैन की छाल से प्राप्त क्विनीन पर तथा इनके अन्य तत्त्वों पर आधारित अनेक कीटनाशक पदार्थ कपड़ों आदि की सुरक्षा के लिए प्रयोग होते हैं। यह जूं मारने के लोशन बनाने के काम आती है। क्विनीन निकालने के बाद बची हुई छाल को टैनीन पदार्थों के लिए भी प्रयोग कर लेते हैं।

वैज्ञानिक (लैटिन) नाम, कुल, अन्य नाम तथा विवरण

वैज्ञानिक नाम : **सींकोना आफ्फीसिनालिस** (*Cinchona. officinalis* L.)
(कुल– रुबिएसिए)

इस औषधि का कुनैन नाम क्विनीन शब्द पर आधारित है। क्विनीन ही इस वृक्ष की छाल का मुख्य उपयोगी तत्त्व है।

अन्य जातियां

सींकोना भारत में स्वाभाविक रूप से नहीं होता। इस वंश की कोई जाति यहां स्वयं नहीं उगती, किंतु कई जातियों का रोपण किया जाता है। इनमें से चार मुख्यतः उपयोगी हैं–

1. सींकोना चालीसाया *(Cinchona calisaya* Wedd. 'कालीसाया बार्क', 'पेरुवियन बार्क), यह वृक्ष नीलगिरी पर्वत तथा सिक्किम में उगाया जाता है।
2. सींकोना आफ्फीसिनालिस (*C. officinalis* L. 'क्राउन बार्क', लोक्सा बार्क) यह नीलगिरी क्षेत्र में ही लगाया जाता है।
3. सींकोना सुक्कीरुब्रा *(C. succirubra Pav. ex Klotzsch,* 'रैड बार्क') यह सतपुड़ा पहाड़ियों में, दक्षिण भारत तथा सिक्किम में लगाया जाता है।
   इन तीन जातियों के वृक्ष प्रायः बड़े या मझोले होते हैं।
4. सींकोना लेजेरिआना *(C. ledgeriana Moens,* 'लेजर बार्क') यह बंगाल, असम तथा दक्षिण भारत में उगाया जाता है। भारत में सींकोना की सबसे अधिक प्रचलित जाति यही है।
   सींकोना लेजेरिआना का पौधा झाड़ीनुमा, फैला-सा होता है।

28. कुलंजन

(ग्रेटर गलंगल)

औषधीय गुण

कुलंजन के प्रकंद औषधि में काम आते हैं। यह औषधि गठिया, श्वास संबंधी विकार (विशेषकर बच्चों के) तथा खांसी-जुकाम में उपयोगी होती है।

कुलंजन उदर के रोगों में भी लाभप्रद है। इसमें बलवर्धक, निसंक्रामक तथा दुर्गंध हरने के गुण भी बताए जाते हैं। कुलंजन में अदरक जैसे उद्दीपक सुगंधित तत्त्व होते हैं।

वैज्ञानिक (लैटिन) नाम, कुल, अन्य नाम तथा विवरण

वैज्ञानिक नाम : **आल्पीनिआ गलांगा** (*Alpinia galanga* (L.) Willd.)
(कुल– जींजीबेरेसिए)

अन्य नाम : **हिंदी**– सुगंध-बच
संस्कृत– कुलंजन
कन्नड़– दुमपरास्मे
तमिल– पेरारट्टई
बंगला– कुलंजन
मराठी– कोष्ठ-कुलिंजन

व्यापार कार्य में इस औषधि को गलंगल कहते हैं। यह नाम वैज्ञानिक नाम पर आधारित है। इसे बड़ा गलंगल भी कहते हैं, क्योंकि इस वंश की ही एक दूसरी जाति को छोटा गलंगल कहते हैं।

वर्णन

यह पौधा लगभग दो मी. तक ऊंचा हो जाता है। इसके पत्ते 70 सेमी. तक लंबे तथा 15 सेमी. चौड़े, ऊपर हरे व नीचे केलई-से होते हैं। पत्तों के किनारे सफेद-से होते हैं। मध्यशिरा (बीच की नस) बहुत मोटी होती है। फूल लगभग तीन सेमी. लंबे केलई या सफेद रंग के लाल चित्तिदार होते हैं तथा 30 सेमी. तक लंबे, घन के गुच्छों में लगते

हैं। फूलों की पंखुड़ी पर सुंदर लाल लाइनें-सी होती हैं। फल नारंगी लाल रंग के लगभग अंगूर जितने बड़े होते हैं। इसके प्रकंद सुगंधित होते हैं।

प्राप्ति-स्थान

कुलंजन हिमालय की पूर्वी पहाड़ियों में तथा पश्चिमी घाट में स्वाभाविक रूप से उगता है। देश के कई क्षेत्रों में इसका रोपण भी किया जाता है।

अन्य जातियां

कुलंजन के वंश की एक दूसरी जाति– आल्पीनिआ ऑफ्फीसिनारुम *(Alpinia officinarum* Hance.*)* है; इसे लेसर गलंगल कहते हैं। यह चीन देश का पौधा है। इससे प्राप्त औषधि में गंध और स्वाद अत्यंत तीव्र होते हैं। यह पौधा भारत में उगाया जा सकता है। हमारे देश के पूर्वी क्षेत्र इसके रोपण के लिए उपयुक्त बताए गए हैं। बंगाल तथा उत्तरी भारत में यह काफी पैदा किया जाता है।

29. कूथ

(साउस्सुरेआ)

औषधीय गुण

कूथ की जड़ों को सुखाकर औषधि के काम में लाते हैं।

इस औषधि में ऐंटीसेप्टिक अथवा निसंक्रामक तथा रोगाणुनाशक गुण हैं। यह दमा, श्वास नली की सूजन, अफारा, उदरशूल तथा हृदय के कुछ रोगों में उपयोगी है। यह मूत्रविरेचक है। कूथ शरीर की अनैच्छिक पेशियों को शांति पहुंचाता है, शमक है और इस कारण खांसी, दमा आदि में उपयोगी है। किंतु इसका प्रभाव बहुत स्थायी नहीं होता। यह औषधि त्वचा रोगों और गठिया में भी लाभप्रद बताई गई है।

परीक्षणों द्वारा यह दिखाया गया है कि यदि पहले जड़ों में से पेट्रोल ईथर में घुलने वाले तत्त्व दूर कर दिए जाएं, और तब उनका सार या अर्क बनाया जाए, तो वह श्वास नली के रोगों में अधिक लाभप्रद है।

शोध/परीक्षण तथा अन्य सूचना

इस पौधे का प्रायः कुछ अन्य पौधों के साथ मिश्रण से आधुनिक यंत्रों द्वारा बनी औषधियों का नवीनतम विधियों से औषधालयों में अनेक रोगियों पर सफल परीक्षण किया गया।

इसकी मूल हृदय रोग में तथा रक्त में शर्करा कम करने में उपयोगी पाई गई है।

कूथ मूर्च्छा तथा शरीर की ऐंठन में उपयोगी बताया गया है। पौधे के मूल अफीम के स्थान पर भी प्रयोग होते हैं।

वैज्ञानिक (लैटिन) नाम, कुल, अन्य नाम तथा विवरण

वैज्ञानिक नाम : **साउस्सुरेआ कॉस्टुस** [*Saussurea costus* (Falc.) Lipsch]
(***अस्वीकृत नाम :*** **साउस्सुरेआ लाप्पा**)
(कुल– आस्टेरेसिए)

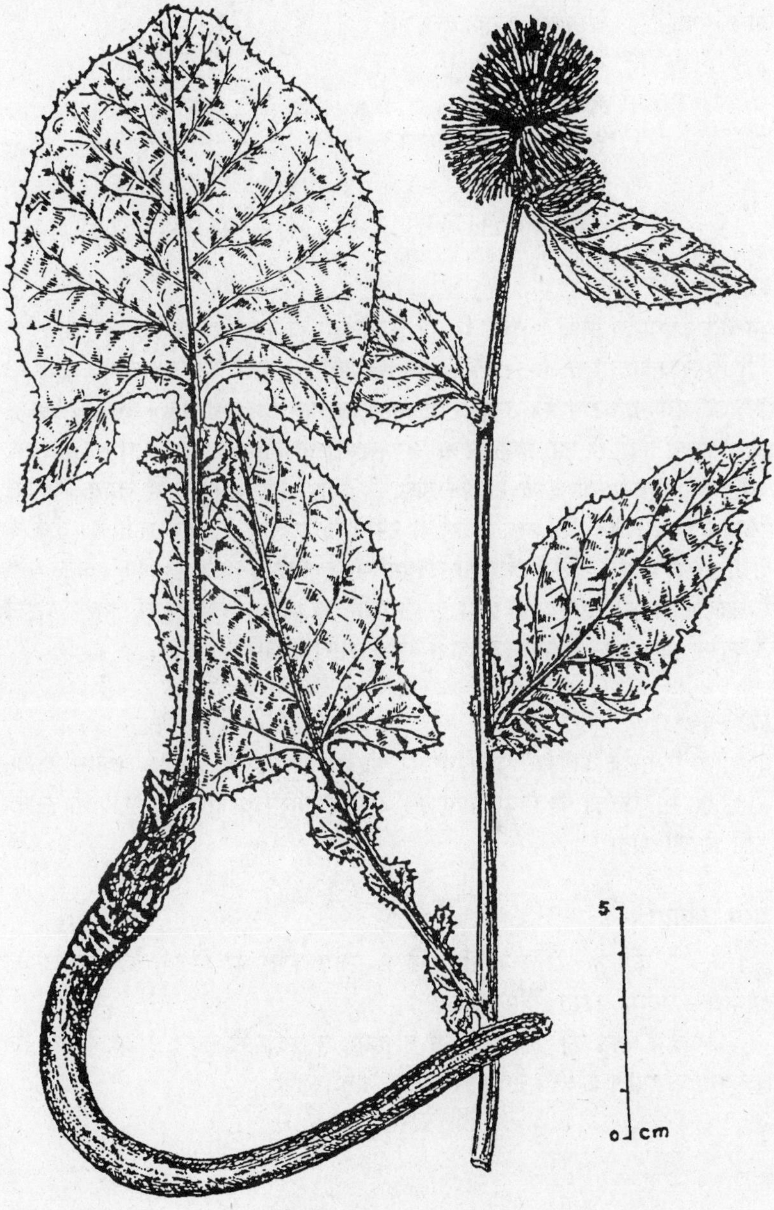

कूथ (साउस्सुरेआ कॉस्टुस)

अन्य नाम : **संस्कृत**– अगद, कुष्ट
कन्नड़– कोष्ट
गुजराती– कूथ
तमिल, तेलुगू– कोष्टम्
बंगला– कुर
मलयालम– कोट्टम

वर्णन

यह एक बहुवर्षीय पौधा है और दो मी. तक ऊंचा हो जाता है। इसके पत्ते बहुत बड़े होते हैं; नीचे वाले पत्ते तो 1-2 मी. तक हो जाते है। पत्तों के डंठल सापेक्ष होते हैं। ऊपर के पत्ते छोटे होते हैं। उनमें कभी तो डंठल होते हैं, कभी नहीं। पत्तों के आधार पर दो पाली होती हैं, जो पौधों के तने पर लिपटी-सी होती हैं। फूल लगभग दो सेमी. लंबे, नीले, बैगनी या काले रंग के होते हैं, और गोल पुष्पपुंजों में लगते हैं। कई पुष्पपुंज इकट्ठे पत्तों के कक्ष में अथवा टहनियों के शीर्ष पर लगे रहते हैं। कूथ के बीजों पर लंबे बाल होते हैं और गोल पुष्पपुंजों में लगते हैं। कई पुष्पपुंज इकट्ठे पत्तों के कक्ष में अथवा टहनियों के शीर्ष पर लगे रहते हैं। कूथ के बीजों पर लंबे बाल होने के कारण बीज बनने में पुष्पपुंज रुई के गोले सरीखे दिखते हैं।

प्राप्ति-स्थान

यह पौधा हिमालय की ऊंची पहाड़ियों पर कश्मीर तथा उसके पास के क्षेत्रों में 2,500 से 4,000 मी. ऊंचाई पर पाया जाता है। जम्मू-कश्मीर तथा हिमाचल प्रदेश में इसकी कृषि भी की जाती है।

अन्य जातियां

कूथ के वंश की कुछ अन्य जातियां भी हिमालय पर्वत पर मिलती हैं, किंतु उनका औषधि में प्रयोग अत्यंत सीमित है।

हिमालय पर्वत की ऊंची श्रेणियों में हिमाचल प्रदेश से लेकर सिक्किम तक का क्षेत्र कूथ के रोपण के लिए उपयुक्त समझा जाता है।

30. केऊ

(कॉस्टुस)

औषधीय गुण

केऊ के हरे या सूखे प्रकंद औषधि में काम आते हैं। प्रकंदों में म्यूसीलेज और किंचित् कषाय होता है। इनमें पौष्टिक तथा रेचक गुण बताए जाते हैं। उत्तर प्रदेश में जड़ों को शोधक, पौष्टिक, कृमिनाशक तथा कामोद्दीपक गुणों के लिए प्रयोग करते हैं। ये सर्दी, ज्वर, खांसी, त्वचा रोग, सर्पदंश तथा अपच में भी प्रयोग होती हैं।

गर्भनिरोधक औषधियां बनाने के लिए स्टीराइडल संश्लेषण के हेतु केऊ भी एक स्वदेशी स्रोत उपलब्ध है, किंतु इसमें डायोस्जेनिन की मात्रा डिओस्कोरेआ (चिंगली मंगली) से कम है।

केऊ से प्राप्त स्टीराइडल पदार्थों में गर्भरोधक, आमवातहर तथा सूजन कम करने के गुण परीक्षणों द्वारा सिद्ध हुए हैं। कुछ पदार्थों में स्थानिक निश्चेतक (लोकल एनेस्थीसिआ) के गुण भी दर्शाए गए हैं।

प्रकंदों से प्राप्त क्षारों में मरोड़ व हृदय रोग में उपयोगी अंश पाए गए हैं, वे मूत्रविरेचक भी होते हैं। ये केंद्रीय तंत्रिका तंत्र पर अवसादक भी हैं।

अन्य उपयोग

प्रकंद पकाने के बाद खाने के काम में भी आते हैं। उनमें स्टार्च तो बहुत होता है किंतु अन्य खाद्य प्रकंदों व जड़ों की तुलना में इनमें रेशे बहुत होते हैं।

वैज्ञानिक (लैटिन) नाम, कुल, अन्य नाम तथा विवरण

वैज्ञानिक नाम : **कॉस्टुस स्पेसिओसुस**
[*Costus speciosus* (Koen. ex Retz.) Sm.]
(कुल– जींजीबेरेसिए)

अन्य नाम : **संस्कृत**– कुस्थ
कन्नड़– चंगलवकोष्टू

गुजराती– पोकरामुल
तमिल– कुरारम
तेलुगू– किमुक
पंजाबी– केवली
बंगला– कुस्ट
मराठी– पेंवा
मलयालम– कोएट्टम

वर्णन

यह पौधा सीधा, लगभग एक मीटर तक ऊंचा होता है। इसके मूल प्रकंद जैसे होते हैं। पत्ते 15-30 सेमी. लंबे होते हैं, उनमें डंठल अत्यंत छोटे या नहीं होते। पत्तों की

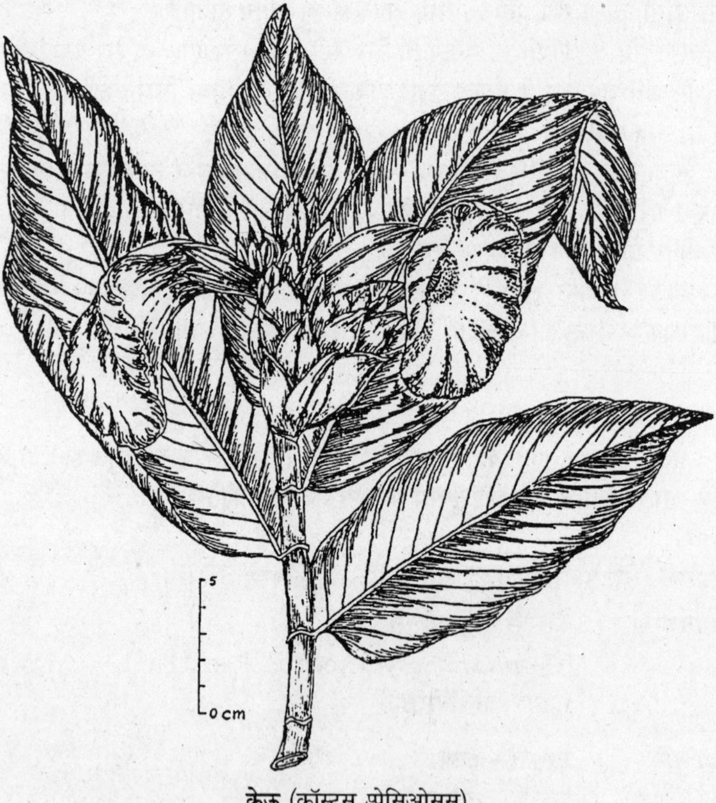

केऊ (कॉस्टुस स्पेसिओसुस)

निचली सतह रोमिल होती है। फूल नलिकाकार और सफेद होते हैं, उनके सहपत्र लाल होते हैं। फूल 15-18 सेमी. घनकी लंबी स्पाइकों में लगते हैं। फल लाल, लगभग दो सेमी. व्यास के संपुट होते हैं। बीज काले होते हैं।

प्राप्ति-स्थान

यह पौधा लगभग सारे भारत में, विशेषतः मैदानी तथा 1200 मी. ऊंचाई तक के क्षेत्रों में मिलता है। प्रायः ही ऊसर भूमि, नगरों, सड़कों व खेतों के निकट रिक्त स्थानों में भी उग जाता है। पौधे के सुंदर पुष्पों तथा उपयोगी प्रकंदों के लिए केऊ की कृषि भी की जाती है।

31. खुरासानी अजवायन

(इंडियन हेनबेन)

औषधीय गुण

पौधे के फूलने के तुरंत बाद पत्ते और फूलों वाली ऊपर की शाखाएं इकट्ठी करके सुखा ली जाती हैं। ये ही खुरासानी अजवायन नाम से औषधि में प्रयुक्त होती हैं।

इस औषधि में वही गुण हैं जो अंगूरशफा (बेल्लाडोन्ना) में। यह निद्रा लाने के लिए, मांसपेशियों की ऐंठन दूर करने के लिए एवं हिस्टीरिया आदि दौरों में, ज्ञान तंतुओं की उत्तेजना को शांत करने के लिए लाभप्रद है। यह खांसी को भी शांत करती है तथा एट्रोपीन की तरह आंख की पुतली को फैला देती है।

पौधे के बीज में भी औषधीय गुण होते हैं। दर्द को दूर करने के लिए बीज पीसकर लगाते हैं।

यह पौधा हिमालय के उत्तर-पश्चिमी क्षेत्रों में भली भांति बोया जा सकता है।

वैज्ञानिक (लैटिन) नाम, कुल, अन्य नाम तथा विवरण

वैज्ञानिक नाम : **हिओस्सिआमुस नीगेर** *(Hyoscyamus niger* L.)
(कुल– सोलेनेसिए)

अन्य नाम : **संस्कृत–** मदकारिणी, पारसीकय
गुजराती, बंगला– खुरासानी अजवायन
मराठी– खुरासानी ओवा

वर्णन

यह लगभग एक मी. ऊंचा, एकवर्षीय अथवा द्विवर्षीय पौधा होता है। समूचे पौधे पर घनका ग्रंथिल रोम होता है और पौधे में दुर्गंध होती है। नीचे के पत्ते 15-20 सेमी. लंबे, किनारों पर दंतुर होते हैं। ऊपर के पत्ते छोटे अनेक पालियों में कटे होते हैं। फूल 2-3 सेमी. व्यास के होते हैं। दलपुंज केलई रंग का होता है, किंतु उस पर बैगनी धारियां-सी होती हैं। कुछ फूल शाखाओं के शीर्ष पर लंबी स्पाइकों में लगते हैं, कुछ अलग। शाखाएं निकलने के स्थान पर एक फल 1.3 सेमी. व्यास का गोल-सा होता है।

प्राप्ति-स्थान

यह पौधा हिमालय के पश्चिमी प्रदेशों में, कश्मीर से गढ़वाल तक, प्रायः 1,500 से 3,000 मी. ऊंचाई के स्थानों में मिलता है। यह प्रायः बस्तियों के निकट बेकार स्थानों में उग आता है। कश्मीर, पंजाब, उत्तर प्रदेश, महाराष्ट्र, नीलगिरी तथा अन्य स्थानों में इसकी खेती की गई है।

अन्य जातियां

इसी वंश की एक जाति इजिप्शियन हेनबेन (हिओस्सिआमुस मूटीकुस *Hyoscyamus muticus* L.) कश्मीर में बोई जाती है। भारत के अन्य प्रांतों में पाए जाने वाली जातियों की तुलना में इस जाति में अधिक एल्केलाइड होते हैं। इसमें स्वापक गुण भी अधिक होते हैं और नशे के लिए इसके पत्तों का, सुलफे की तरह, धूम्रपान करते हैं।

32. खोकली

(आकालिफ)

औषधीय गुण

खोकली के पौधों पर जिस समय फूल आते हैं, उस समय उन्हें समूचा उखाड़कर सुखा लेते हैं और औषधि में प्रयोग करते हैं।

इस पौधे में ईपेकाक जैसे गुण बताते हैं। यह (ब्रोंकाइटिस) श्वास नली की सूजन, श्वास रोग या दमा, निमोनिया तथा गठिया में उपयोगी है। इसकी जड़ व पत्ते रेचक होते हैं। पत्तों का रस वमनकारी होता है अर्थात् उसके सेवन से कै हो जाती है। ताजे पत्तों को पीसकर फोड़ों पर भी लगाते हैं।

वैज्ञानिक (लैटिन) नाम, कुल, अन्य नाम तथा विवरण

वैज्ञानिक नाम : **आकालिफा इंडिका** (*Acalypha indica* L.)
(कुल– एउफोर्बिएसिए)

अन्य नाम : **हिंदी**– कुप्पी
संस्कृत– हरितमंजरी
कन्नड़– कुप्पीगिडा
गुजराती– वेंछिकांटो, चररजो-झाड़, रुंछाडो-दादरो
तमिल– कुप्पेमणि
तेलुगू– कुप्पेमणि
बंगला– मुक्तझूरि, मुक्तबर्सी
मराठी– खोकली
मलयालम– कुप्पामणि

व्यापार कार्य का नाम 'आकालिफा' वैज्ञानिक नाम पर आधारित है।

वर्णन

यह लगभग 75 सेमी. ऊंचा पौधा होता है। इसके पत्ते 3-8 सेमी. लंबे, अंडाकार

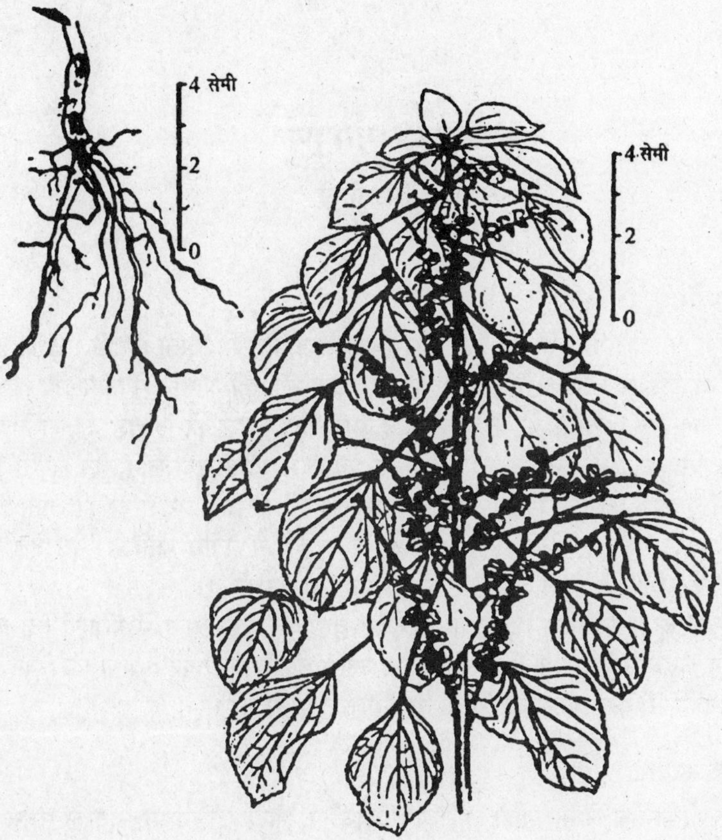

खोकली (आकालिफा इंडिका)

अथवा चतुर्कोण अंडाकार-से होते हैं। पत्तों में प्रायः तीन शिराएं होती हैं और उनके किनारे दंतुर होते हैं। पत्तों के डंठल पत्तों से भी लंबे होते हैं। फूल छोटे-छोटे होते हैं तथा पत्तों के कक्ष में, स्पाइक जैसे, सीधे गुच्छों में लगते हैं। मादा पुष्प के नीचे एक तिकोना-सा सहपत्र होता है। नर पुष्प अत्यंत छोटे होते हैं तथा स्पाइक के ऊपरी भाग में लगते हैं। फल रोयेंदार होते हैं तथा सहपत्रों में ढके रहते हैं।

प्राप्ति-स्थान

खोकली का पौधा भारत के सभी मैदानी भागों में पाया जाता है। यह प्रायः उद्यानों व खेतों में तथा सड़कों व मकानों के आसपास उग आता है।

33. गंधपूर्ण

(विंटरग्रीन)

औषधीय गुण

गंधपूर्ण के ताजे पौधे से एक वाष्पशील (वोलेटाइल) तेल निकलता है, इसे गंधपूर्ण का तेल या गंधपूरा का तेल (विंटरग्रीन ऑयल) कहते हैं। यही औषधि में काम आता है।

यह तेल भिन्न प्रकार के वातरोग में उपयोगी है। तेल की मालिश की जाती है। कुछ औषधियों से बने मरहम व तेलों के प्रयोग से त्वचा पर जलन होने लगती है, उनमें गंधपूर्ण का तेल मिलाने से जलन या तो होती ही नहीं अथवा दूर हो जाती है। इस प्रकार गंधपूर्ण अनेक औषधीय तेलों व मरहमों में प्रयोग होता है। इस तेल से हुकवर्म कृमि नष्ट हो जाते हैं। यह पाचक एवं उत्तेजक भी है।

परीक्षणों से संकेत मिलता है कि जिन चूहों को थोड़ी मात्रा में गंधपूर्ण तेल का सेवन कराया गया उनमें कैंसर रोग देर से उत्पन्न किया जा सका तथा इसके सेवन से (जानवरों में) कुछ प्रकार की गिल्टी या रसौली ठीक हो गई।

अन्य उपयोग

गंधपूर्ण का तेल लेमन, सोडा आदि पेय पदार्थों में, मीठी गोलियों में, दांत के मंजन व पेस्टों आदि में सुगंध के लिए मिलाया जाता है। मच्छर व अन्य कीड़े मारने या भगाने की अनेक औषधियों में भी यह तेल प्रयुक्त होता है।

इसके पौधे इतने सुंदर होते हैं कि पहाड़ी स्थानों के उद्यानों में ये प्रायः शोभा के लिए लगाए जाते हैं।

वैज्ञानिक (लैटिन) नाम, कुल, अन्य नाम तथा विवरण

वैज्ञानिक नाम : **गाउल्थेरिया फाग्रांटीस्सिमा** (*Gaultheria fragrantissima* all.)
(कुल– एरिकेसिए)

अन्य नाम : **हिंदी**– गंधपूरा
संस्कृत– हेमंतहरित
असमिया– जिरहप

वर्णन

यह पौधा सदाहरित, लगभग तीन मी. ऊंचा, झाड़ीनुमा होता है। तने शाखित होते हैं, उनकी छाल नारंगी या भूरे रंग की होती है। पत्ते 13 सेमी. तक लंबे, काफी चौड़े, चर्मिल होते हैं। इनके किनारे दंतुर होते हैं। समूचे पत्ते पर ग्रंथियां होती हैं। फूल छोटे, हल्के रंग के और पत्तों के कक्ष में लगे छोटे गुच्छों में आते हैं। फल गोल होते हैं और नीले बाह्य दल से ढके रहते हैं।

प्राप्ति-स्थान

यह पौधा उत्तरी, पूर्वी एवं दक्षिणी भारत के पर्वतीय क्षेत्रों में 1,500-2000 मी. ऊंचाई वाले स्थानों में होता है।

34. गिलोय

(टिनोस्पोरा)

औषधीय गुण

गिलोय की शाखाएं ग्रीष्म ऋतु में इकट्ठी करके सुखा ली जाती हैं। शाखाओं की छाल को क्षति नहीं पहुंचनी चाहिए। ये सूखी शाखाएं ही औषधि में काम आती हैं।

गिलोय पौष्टिक और कामोद्दीपक होता है। यह कालिक ज्वरों में उपयोगी है। पौधे के तनों और जड़ों से प्राप्त स्टार्च अतिसार और पेचिश में लाभप्रद है। यह स्टार्च बलवर्द्धक होता है।

शोध/परीक्षण तथा अन्य सूचना

इस पौधे का प्रायः कुछ अन्य पौधों के साथ मिश्रण से आधुनिक यंत्रों द्वारा बनी औषधियों का नवीनतम विधियों से औषधालयों में अनेक रोगियों पर सफल परीक्षण किया गया।

पौधा गुर्दे तथा मूत्राशय में पथरी रोग तथा हृदय रोग में उपयोगी पाया गया है। इसके पत्ते अनिद्रा में उपयोगी पाए गए हैं। यह पौधा शल्य द्वारा कुछ प्रकार के कामला के उपचार में शरीर की रोग निरोधक क्षमता बढ़ाता है तथा संक्रमण से बचाता है।

इस पौधे में मादक तथा सकोचन (Liklle) में हितकारी गुण बताए गए हैं।

वैज्ञानिक (लैटिन) नाम, कुल, अन्य नाम तथा विवरण

वैज्ञानिक नाम : **टिनोस्पोरा कॉर्डीफोलिया** (*Tinospora cordifolia* (Willd.) Hook f.& Th.)
(कुल– मेनीस्पेर्मेसिए)

अन्य नाम : **हिंदी**– गिलोय
संस्कृत, तमिल– अमृतवल्ली
गुजराती– गड़ो, गलो, गुलवेला

कन्नड़– अमृतवल्ली, अनेबुले
तेलुगू– गुडुची
बंगला– गुलंचो
मराठी– गुलवेल
मलयालम– अमृत
(**मद्रास**– थिप्पाथेगा)

वर्णन

यह एक बड़ी लता होती है। इसकी शाखाएं सरस होती हैं। बरगद की तरह इसकी शाखाओं में से अनेक जड़ें फूटकर नीचे लटक जाती हैं। शाखाओं पर अनेक छोटी सफेद ग्रंथियां होती हैं। पत्ते 5-10 सेमी. लंबे, अंडाकार अथवा मंडलाकार होते हैं। फूल बहुत छोटे होते हैं। नर व मादा पुष्प अलग-अलग उगते हैं। नर पुष्प सहपत्रों के कक्ष में गुच्छों में लगते हैं। मादा पुष्प अकेले उगते हैं। फल बड़ी मटर के दाने के बराबर व लाल होते हैं।

प्राप्ति-स्थान

गिलोय के पौधे भारत के सभी उष्ण क्षेत्रों में पाए जाते हैं।

35. गुंची

(इंडियन लिकोरिस)

औषधीय गुण

इस पौधे की मूल पौष्टिक, वमनकारी तथा मूत्रवर्धक है तथा पथरी रोग में उपयोगी है तथा शाखाओं का रस कटे पर लगाने से रक्त रोकने हेतु भी प्रयोग होती है। पत्तियों का रस खांसी में उपयोगी है। यह श्वेत कुष्ठ तथा अन्य त्वचा रोगों में उपयोगी है। बीजों के चूर्ण का लेप अंगों के शूल जैसे साइटिका, कंधों का जमना आदि में उपयोगी है। बीज के अंदर का द्रव्य (एबिरिन) अत्यंत विषैला होता है, अतः इसे सावधानी से बच्चों से दूर रखना चाहिए। (भूल से भी बच्चे के बीज चबा जाने पर उसकी मृत्यु तक हो सकती है।)

अन्य गुण

गुंची के बीज, जिन्हें चौटली या रत्ती कहते हैं, प्राचीन काल से स्वर्णकार सोना, चांदी की छोटी मात्रा तोलने के काम लाते थे। आठ बीजों (रत्ती) का वजन एक माशा तथा 12 माशा का एक तोला होता है; 80 तोला एक सेर होता है। वर्तमान तौल में एक बीज का भार 1.75 ग्रेन होता है।

अफ्रीका में इस पौधे के पत्ते हृदय रोग, मलेरिया, रक्तचाप तथा मूल कामला में प्रयोग होते हैं।

चीन में बीज मलेरिया में प्रयोग करते हैं।

वैज्ञानिक (लैटिन) नाम, कुल, अन्य नाम तथा विवरण

वैज्ञानिक नाम : **आब्रुस प्रेकाटोरिउस** [*Abrus precatorius* L.]
(कुल– फाबेसी)

अन्य नाम : **हिंदी**– गुंची, रत्ती
संस्कृत– गुंजा
बंगाली– कुंच

मराठी– गुंजा
गुजराती– चोनठी
तमिल– गंडुमानी
तेलुगू– गुरुजीनिया
मलयालम– कुन्नी

वर्णन

गुंची का पौधा अवरोही अथवा अवरोहीनुमा क्षुप होता है। इसकी शाखाएं पकने पर कड़ी-कड़ी हो जाती हैं। पत्ती अनेक छोटी-छोटी पत्तियों में 5-6 मि.मी. लंबी पिच्छकाओं में विभाजित होती है। पुष्पावली सुंदर एवं लंबी होती है तथा डंठलों पर लगी होती है। फलियां छोटी मटर जैसी पकने पर कष्टमय होती हैं। बीज 3-4 मि.मी. गोलाकार गहरे सिंदूरी रंग के अथवा कभी-कभी श्वेत होते हैं। बीजों पर गहरा काला बिंदु-सा होता है, इन्हें रत्ती कहते हैं।

प्राप्ति-स्थान

यह पौधा भारत के मैदानी तथा तलहटी के क्षेत्रों में सर्वत्र पाया जाता है। यह वनों की पगडंडियों तथा मार्गों के किनारे झाड़ियों पर लिपटा हुआ तथा नगरों में, उद्यानों में उगता है।

36. गूगल

(इंडियन बिडलियम)

औषधीय गुण

पौधे की छाल तथा शाखाओं से निकला गोंद (निर्यास) औषधीय द्रव्य है। छाल फोड़े, फुंसी पर तथा मसूड़ों की सूजन पर लगाते हैं। स्तंभ में चीरा लगाने पर गोंद जैसा रस निकलता है। शोधन के बाद यही औषधि में काम आता है। गोंद मूत्रवर्धक, पसीना लाने वाला, कफ निस्सारक है तथा गर्भाशय के विकारों में उपयोगी है। यह अपच व वातरोग में प्रयोग होता है तथा रक्त में कोलेस्ट्रॉल की मात्रा घटाता है। इसमें शमक तथा जीवाणुनाशक गुण भी हैं।

वैज्ञानिक (लैटिन) नाम, कुल, अन्य नाम तथा विवरण

वैज्ञानिक नाम : **कोम्मीफोरा वाइटिई** [*Commiphora wightii* (Arn.) Bhandari.]
(कुल– बुर्सरेसिएसी)

अन्य नाम : **हिंदी**– गूगल
संस्कृत– कौशीखाना, देवासधुपा
बंगाली– गुग्गल
मराठी, कन्नड़– गुग्गलू
गुजराती– गुग्गल
तमिल– मैसाक्षी गुक्कूल
तेलुगू– गुग्गल

वर्णन

गूगल बहुवर्षीय पर्णपाती, काष्टमय क्षुप होता है। शाखाएं चिकनी व छाल पतली भोजपत्र की भांति उतरती रहती है। पत्ते तीन पत्रकों के होते हैं जिसमें निचले दो छोटे होते हैं। पुष्प छोटे, एकलिंगी और गुच्छों में होते हैं। फल छोटे मटर के दाने के आकार के गूदेदार, गहरे लाल रंग के होते हैं।

प्राप्ति-स्थान

यह पौधा भारत के सभी शुष्क एवं अर्धशुष्क क्षेत्रों में मिलता है। कभी-कभी इसे बाड़े में भी उगाते हैं। इसके औषधीय गोंद के लिए इसकी कृषि भी की जाती है।

37. गोखरु

औषधीय गुण

गोखरु के फल ही औषधि में काम आते हैं। गोखरु मूत्र संबंधी रोगों एवं यौन दुर्बलता में उपयोगी है। यह शीतल होता है। फलों का क्वाथ गठिया और गुर्दे के रोगों में लाभप्रद है। यह मूत्र विरेचक भी होता है।

इस पौधे को प्रायः छोटा गोखरु और पेडालिउम मूरेक्स को बड़ा गोखरु कहा जाता है। औषधि में दोनों प्रयोग होते हैं।

शोध/परीक्षण तथा अन्य सूचना

इस पौधे का प्रायः कुछ अन्य पौधों के साथ मिश्रण से आधुनिक यंत्रों द्वारा बनी औषधियों का नवीनतम विधियों से औषधालयों में अनेक रोगियों पर सफल परीक्षण किया गया।

समूचा पौधा गुर्दे की पथरी रोग में उपयोगी है। पौधे से प्राप्त सैपोनीन हृदय रोग में उपयोगी पाए गए हैं।

यह पौधा नाड़ी तंत्र हेतु बलकारक तथा ज्ञानशून्यता के उपचार में सहायक है।

चीन में इस पौधे की शाखाओं का त्वचा रोग, पुष्प का कुष्ठ रोग तथा बीज का गर्भपात हेतु प्रयोग होता है।

वैज्ञानिक (लैटिन) नाम, कुल, अन्य नाम तथा विवरण

वैज्ञानिक नाम : **ट्रिबुलुस टेरेंस्ट्रिस** (*Tribulus terrestris* L.)
(कुल– जाइगोफील्लेसिए)

अन्य नाम : **संस्कृत**– लघु गोक्षुर
कन्नड़– नेग्गलू
तमिल– नेरुजी
मलयालम– नेरिगिल
मराठी, बंगला, पंजाबी– छोटा गोखरु

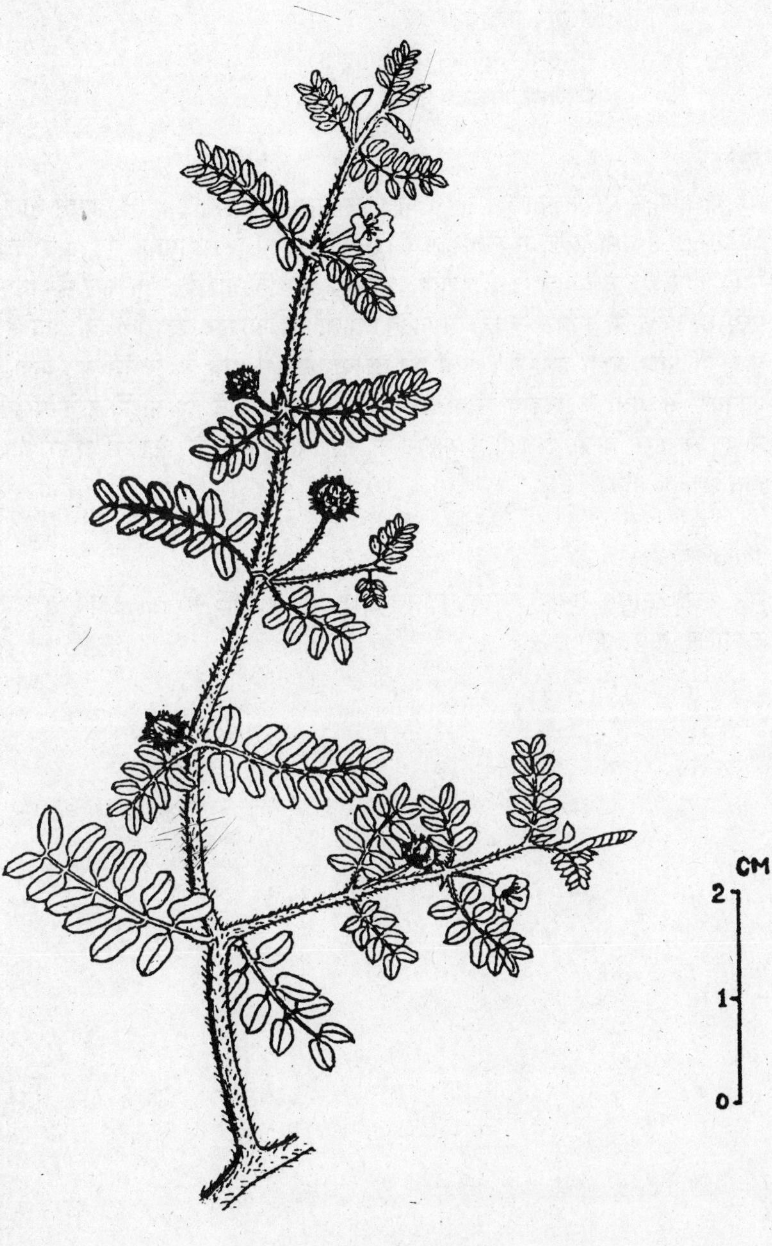

गोखरु (ट्रिबुलुस टेरेंस्ट्रिस)

तेलुगू– पल्लेरु
गुजराती– एकाटी, बैठा गोखरु
(**अजमेर, मेवाड़**– कांटी)

वर्णन

यह पौधा भूमि पर फैलता है। समूचे पौधे पर सूक्ष्म रोम होते हैं। पत्ते आमने-सामने जोड़े में, 5-8 सेमी. लंबे, संयुक्त होते हैं। प्रत्येक पत्ते में 8-12 मिमी. लंबे, 4-7 जोड़े पत्रक होते हैं। फूल पीले, 1-1.5 सेमी. व्यास के होते हैं और पत्तों के कक्ष में अथवा पत्तों के डंठल के सामने अकेले लगते हैं। फलों का आकार बड़ा विचित्र होता है। फलों में पांच अंडप होते हैं। फलों पर अनेक कांटे-से होते हैं, जिनसे यह कपड़ों, जानवरों के बालों व गाड़ियों के पहियों आदि में चिपक जाते हैं। साइकिल के पहियों में पंक्चर करने वाली वस्तुओं में गोखरु के फल भी शामिल हैं। फल में अनेक बीज होते हैं।

प्राप्ति-स्थान

यह पौधा लगभग समस्त भारत में मिलता है और 3,000 मी. की ऊंचाई तक के स्थानों में पहुंच जाता है।

38. घीक्वार

(अलोए)

औषधीय गुण

यह पौधा आयुर्वेद में बहुत समय से प्रयोग होता था, परंतु पिछले लगभग एक दशक से ही इस पर आधारित अनेक औषधियां प्रचलित हो गई हैं। पत्तों का गूदेदार रस शोधन के पश्चात् ही औषध होता है। यह रेचक, कृमिनाशक, शीतल होता है तथा यकृत, प्लही, त्वचा तथा मासिक धर्म संबंधी विकारों में हितकर है। यह सूजन कम करने के काम आता है। इससे बनी औषधि के सेवन से शरीर की सभी क्रियाओं में संतुलन के तथा अनेक हानिकारक सूक्ष्म जीवाणुओं को नष्ट करने के गुण कहे जाते हैं।

शोध/परीक्षण तथा अन्य सूचना

इस पौधे का प्रायः कुछ अन्य पौधों के साथ मिश्रण से आधुनिक यंत्रों द्वारा बनी औषधियों का नवीनतम विधियों से औषधालयों में अनेक रोगियों पर सफल परीक्षण किया गया।

पत्तों का गूदा मधुमेह, जलने के छाले तथा सोरिआसिस में उपयोगी सिद्ध हुआ है। यह ट्रीग्लीसेराइड घटाता है।

आजकल पत्तों का रस अनेक शृंगार प्रसाधनों में प्रयोग होता है।

इस पौधे का हज़रत मोहम्मद की हदीसों में भी उल्लेख है।

वैज्ञानिक (लैटिन) नाम, कुल, अन्य नाम तथा विवरण

वैज्ञानिक नाम : **अलोए बार्बडेंसिस** (*Aloe barbadensis* Mill.)
(कुल– लीलिएसिए)

अन्य नाम : **हिंदी**– घीक्वार, ग्वारपाठा
संस्कृत– घृतकुमारी
मराठी– कोरफाड़
गुजराती– कुमारपाठा

तमिल– चिरुकाट्टाली
तेलुगू– चिन्ना काटाबंदा
कन्नड़– लोलो सारा
मलयालम– कुमारी

वर्णन

यह बहुवर्षीय पौधा है। पत्ते गूदेदार 60 सेमी. तक लंबे हरे, चमकीले तथा किनारों पर कांटेदार होते हैं। ये गुल्माकार लगे होते हैं। पुष्पावली पत्तों के नीचे से निकलती है।

प्राप्ति-स्थान

यह शुष्क क्षेत्रों में प्रायः खेतों के किनारे तथा उद्यानों में उगाया जाता है। इसे घर में गमलों में भी उगा सकते हैं।

39. चंदन

(सैंडलवुड)

औषधीय गुण

चंदन के अंदर की लकड़ी (अंतःकाष्ठ) से प्राप्त तेल औषधि में प्रयुक्त होता है।

इस तेल में मूत्रविरेचक गुण है। यह मूत्रकृच्छ के इलाज में दिया जाता है। इसे मूत्राशय की सूजन, सूजाक और खांसी में भी उपयोगी बताया गया है। मूत्राशय के क्षय रोग में चंदन का तेल लाभदायक बताते हैं।

शोध/परीक्षण तथा अन्य सूचना

इस पौधे का प्रायः कुछ अन्य पौधों के साथ मिश्रण से आधुनिक यंत्रों द्वारा बनी औषधियों का नवीनतम विधियों से औषधालयों में अनेक रोगियों पर सफल परीक्षण किया गया।

चंदन का तेल चेहरे की फुंसी (पिडिका) तथा मूत्र-प्रणाली के संक्रमण में उपयोगी पाया गया है।

चंदन मस्तिष्क हेतु बलकारक तथा अनिद्रा में भी उपयोगी बताया गया है।

अन्य उपयोग

चंदन की लकड़ी नाना प्रकार की छोटी-छोटी घरेलू वस्तुएं, खिलौने, देवी-देवताओं की मूर्ति आदि बनाने के काम आती है। लकड़ी में बहुत समय तक गंध बसी रहती है। चंदन की लकड़ी का चूरा अगरबत्ती और होम हवन के चूरे बनाने के काम आता है। चंदन का तेल अनेक सुगंधित साबुन व शृंगार सामग्री बनाने के भी काम आता है। इससे कुछ कीटनाशक औषधियां भी बनती हैं।

वैज्ञानिक (लैटिन) नाम, कुल, अन्य नाम तथा विवरण

वैज्ञानिक नाम : **सांटालुम आल्बुम** (*Santalum Album* L.)
(कुल– सेंटेलेसिए)

चंदन (सांटालुम आल्बुम)

अन्य नाम **हिंदी**– संदल
संस्कृत– मलयज, भोगिवल्लभ
कन्नड़– श्रीगंध, अगाडुगंध
बंगला, गुजराती– सुखड़
मराठी, संस्कृत, तमिल, तेलुगू– चंदन, संदल

वर्णन

यह छोटा या मझोला सदाहरित वृक्ष होता है। इसकी शाखाएं नीचे की ओर झुकी-सी रहती हैं। छाल काली व खुरदरी और सुगंधित होती है। पत्ते 4-6 सेमी. लंबे, आमने-सामने लगे होते हैं तथा प्रायः चमकीले होते हैं। फूल छोटे, गुलाबी या बैगनी रंग के होते हैं और छोटे गुच्छों में आते हैं। फल गोल, छह मिमी. व्यास के, सरस, गाढ़े बैगनी या काले रंग के होते हैं।

प्राप्ति-स्थान

चंदन के वृक्ष भारत के दक्षिणी भाग में अधिक होते हैं।

40. चालमोगरा

औषधीय गुण

ताजे पके बीजों का तेल औषधि के काम आता है। तेल कुष्ठ रोग में उपयोगी है। पहले तो तेल का सेवन कराया जाता था, किंतु अब इस तेल की बनी औषधियां इंजेक्शनों द्वारा शरीर में पहुंचाई जाती हैं। इस वृक्ष की छाल में टैनीन होते हैं, इस कारण यह छाल ज्वर में लाभप्रद समझी जाती है।

अन्य उपयोग

चालमोगरा की खली खाद के काम आती है। कुछ जानवर इसके फल खा लेते हैं, किंतु ऐसे जानवरों का मांस खाना हानिकारक होता है। चालमोगरा के फलों के विष से मारी हुई या बेहोश की हुई मछलियां भी नहीं खानी चाहिए, ये हानिकारक हो सकती हैं।

वैज्ञानिक (लैटिन) नाम, कुल, अन्य नाम तथा विवरण

वैज्ञानिक नाम : **हीड्नोकार्पुस कुर्ज़िई** [*Hydnocarpus kurzii* (King) arb.]
(कुल– फ्लेकूर्शिएसिए)

अन्य नाम : **हिंदी**– चालमोगरा
असमिया– लमटनी
बंगला– चौलमूगरा, दालमूगरी
मलयालम– मरवेट्टी

वर्णन

यह वृक्ष प्रायः 10-15 मी. ऊंचा होता है, कभी-कभी अधिक भी हो जाता है। इसका मुख्य तना लंबा होता है। शाखाएं प्रायः नीचे की ओर झुकी हुई होती हैं। पत्ते लगभग 20 सेमी. लंबे, निशिताग्र और चर्मिल होते हैं। फल छोटे व पीले होते हैं और कक्ष में लगे गुच्छों में आते हैं। फल 6-7 सेमी. व्यास का, छोटा, गेंद-सा गोल, भूरे रंग का होता है। इसमें कई बीज होते हैं।

प्राप्ति-स्थान

यह वृक्ष असम और त्रिपुरा के सदाहरित वनों में होता है। कुछ स्थानों पर तो यह बहुसंख्या में होता है।

अन्य जातियां

चालमोगरा के वंश की एक अन्य जाति गरुड़फल (हीड्नोकार्पुस लाऊरीफोलिया *Hydnocarpus laurifolia* (Dennst.) Sleumer पुराना अस्वीकृत नाम– हीड्नोकार्पुस वाइटियाना; मराठी– कटुकवथ; कन्नड़– तोरत्ति; तमिल– मरावेट्टी) पश्चिमी घाट में पाई जाती है। इस वृक्ष के बीज से प्राप्त तेल औषधि में काम आता है। इसमें वही गुण होते हैं जो चालमोगरा के तेल में। यह कुष्ठ रोग में लगाया जाता है और कोढ़ के नोड्यूल्स को कम कर देता है। तेल गठिया, मोच, सूजन आदि पर भी उपयोगी है। परीक्षणों से इसके बैक्टीरियानाशक गुणों की पुष्टि हुई है।

41. चिंगली मंगली

वर्णन तथा औषधीय गुण

चिंगली मंगली (डिओस्कोरिआ) (कुल– डिओस्कोरिएसिए) के वंश की अनेक जातियां भारत में मिलती हैं। यह औषधि तथा भोजन आदि में बहुत उपयोगी है। यह कुंडलाकार बूटी है। कुछ जातियों में दाईं ओर बढ़कर घूमती है तथा कुछ में बाईं ओर। पत्तियां सामान्य या संयुक्त होती हैं। अधिकतर शिराएं सुस्पष्ट होती हैं। अधिकतर जाति के प्रकंदों की जड़ें कंदील होती हैं तथा कंद गोलाकार या विभिन्न आकृतियों की बनावट के होते हैं जो तने और पत्तियों के कक्ष में होते हैं।

भारत में इसकी लगभग 50 जातियां पाई जाती हैं। इसकी कई जातियों जैसे– अरबी, रतालू आदि की खेती भी की जाती है। गत वर्षों में इसने डायोस्जेनिन आदि स्टेरोइडल सेपोजेनिनों के स्रोत के रूप में काफी ख्याति पाई है। इनसे कार्टिजोन के संश्लेषण के लिए काफी पदार्थ मिलते हैं। कार्टिजोन गठिया के इलाज के लिए तथा यौन हारमोनों के निर्माण के लिए काफी उपयोगी होता है।

प्रमुख जातियां

डिओस्कोरिआ डेल्टोइडिआ (Dioscorea deltoidea all.) हिंदी– चिंगली मंगली, पंजाबी– क्रिस, कित्र; कश्मीरी– किंस, किथि, किल्डी) आरोही पौधा है तथा उत्तर पश्चिमी हिमालय व सुदूर मध्य हिमालय क्षेत्रों में पाया जाता है। इसके प्रकंदों में डायोस्जेनिन काफी मात्रा में होता है।

डि. प्रेजेरी (Dioscorea prazeri Prainμ Burkill syn.) अस्वीकृत नाम– डि. डेल्टोइडिया, डि. सिक्किमेसिस) पूर्वी हिमालय, बिहार के उत्तरी भागों, बंगाल, नेपाल, सिक्किम, भूटान तथा असम में पाया जाता है। अब यह भारत के अन्य भागों में भी सफलतापूर्वक उगाया गया है। इसके प्रकंदों में डायोस्जेनिन काफी मात्रा में होता है।

करुकंडू (डि. हिस्पिडा Dioscorea hispida Dennst. syn.) में स्वापक गुण बताए गए हैं।

डि. बेलोफिल्ला (Dioscorea belophyllaVoigt.) (अस्वीकृत नाम : डि. गलेबरा) (तुरहुर) में मादक गुण बताए गए हैं।

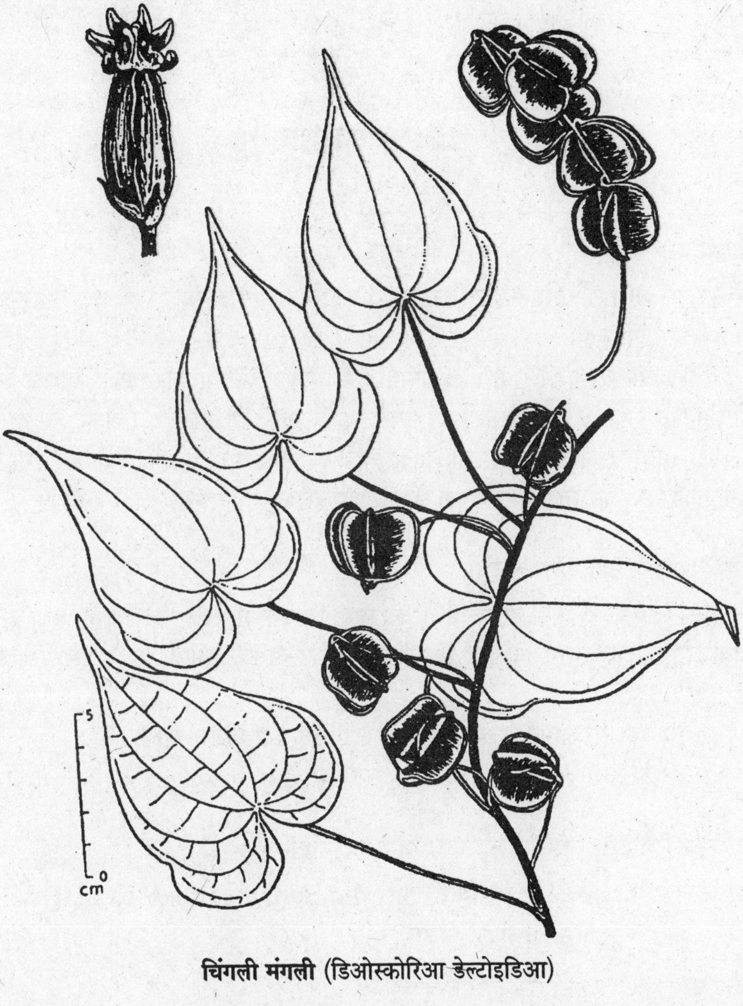

चिंगली मंगली (डिओस्कोरिआ डेल्टोइडिआ)

डि. एलाटा (Dioscorea alata L.) हिंदी तथा बंगाली– खामल, चुपड़ी, आल; कन्नड़– ओंधाला इगासू, तंगजेनासु; मलयालम– कावाथु; तमिल– पेरुवल्लोकिझांगु; तेलुगू– पेंडालामु) एक बड़ा आरोही पौधा होता है जो खाद्य प्रकंद होने के कारण उगाया जाता है। डि. बल्बिफेरा, डि-हिस्पिडा तथा पेंटाफिला भारत में लगभग सभी स्थानों पर पाए जाते हैं। इनके प्रकंद भी खाए जाते हैं। डिओस्कोरिआ की कुछ जातियां औद्योगिक स्टार्च भी देती हैं।

42. चिरायता

औषधीय गुण

यह समूचा पौधा औषधि में काम आता है। पुष्पन के समय समूचे पौधे को उखाड़कर सुखा लिया जाता है।

चिरायता भारत की सुपरिचित वनौषधि है। यह मुख्यतया ज्वरनाशक, पाचक एवं कृमिनाशक गुणों के लिए प्रसिद्ध है। इसमें वही गुण हैं जो नीलकंठ (जेंशिआना कुरु) में ज्वर, अतिसार और दुर्बलता की चिकित्सा में इसका प्रयोग होता है। यह मलेरिया में दिया जाता है। पर हाल के परीक्षणों में ज्वर पर इसका प्रभाव सिद्ध नहीं हुआ।

शोध/परीक्षण तथा अन्य सूचना

इस पौधे का प्रायः कुछ अन्य पौधों के साथ मिश्रण से आधुनिक यंत्रों द्वारा बनी औषधियों का नवीनतम विधियों से औषधालयों में अनेक रोगियों पर सफल परीक्षण किया गया।

समूचा पौधा रक्त की शर्करा कम करने में उपयोगी पाया गया है।

चिरायता मनोविकारों में उपयोगी बताया गया है।

वैज्ञानिक (लैटिन) नाम, कुल, अन्य नाम तथा विवरण

वैज्ञानिक नाम : **स्वेर्टिआ चिरायता** [*Swertia chirayita* (Roxb.) Karst]
(कुल– जेंशिएनेसिए)

अन्य नाम : **संस्कृत**– किराततिक्त
कन्नड़– नेलाबेव
तेलुगू, तमिल– नीलवेंबू
बंगला– चिरेता
मराठी– चिरागिता

वर्णन

यह एकवर्षीय पौधा होता है। यह कभी-कभी 1.5 मी. तक ऊंचा हो जाता है। इसके

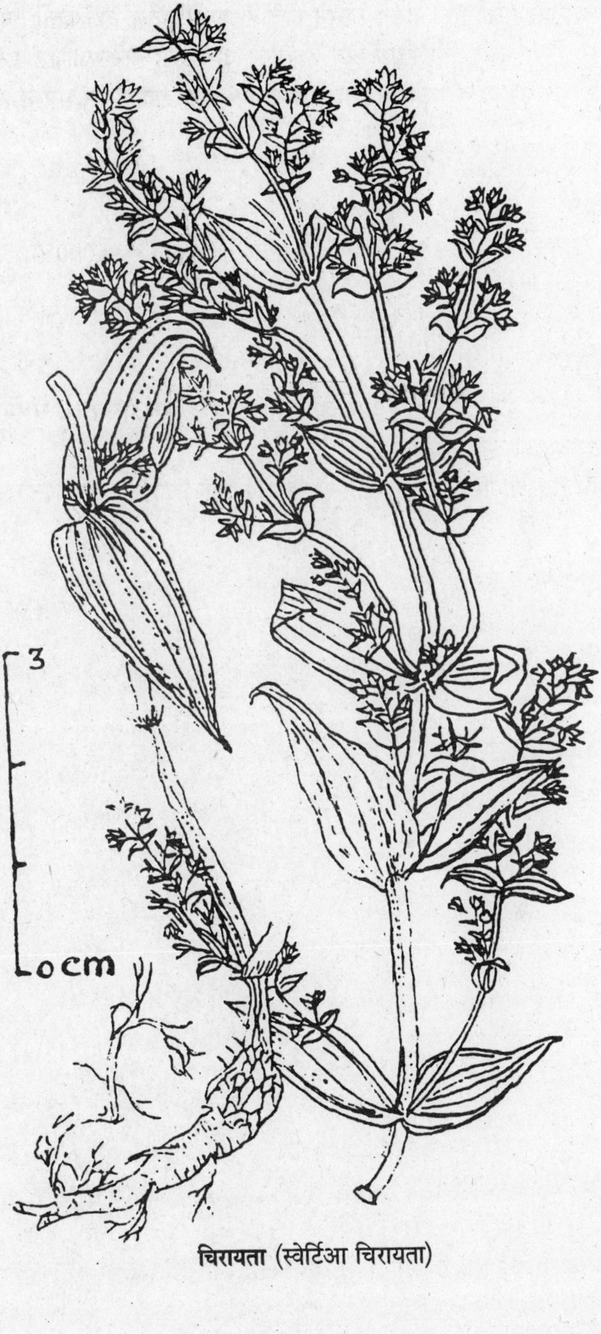

चिरायता (स्वेर्टिआ चिरायता)

पत्ते टहनियों की गांठों पर आमने-सामने होते हैं, उनमें डंठल नहीं होती। पत्ते लंबोतरे, लगभग 10 सेमी. लंबे, निशिताग्र होते हैं। फल केलई या हल्के फालसाई रंग के होते हैं। प्रत्येक दल पर दो हरी ग्रंथियां-सी होती हैं। फल अंडाकार लगभग छह मिमी. लंबे होते हैं।

प्राप्ति-स्थान

चिरायता कश्मीर से असम तक, हिमालय पर्वत में 1,200 से 3,000 मी. ऊंचाई वाले स्थानों में होता है।

अन्य जातियां

चिरायता के वंश की सात-आठ और जातियां भारत के पर्वतीय क्षेत्रों में मिलती हैं। वे सभी चिरायता की तरह उपयोगी हैं।

असम तक के ऊंचे पर्वतीय क्षेत्र इसके रोपण के लिए उपयुक्त बताए जाते हैं।

43. चित्रक

औषधीय गुण

पौधे के मूल औषधीय होते हैं। इनका भीतरी भाग हल्का पीला होता है। मूल गर्भपातक तथा मूत्रल है। यह अपच, अधिक दस्त, बवासीर, फ्लू का ज्वर तथा त्वचा रोगों में उपयोगी है। मूल को कूटकर बनाई लुगदी फोड़े पकाने में तथा वातरोग के शूल में लगाई जाती है। यह मादक है तथा पक्षाघात में उपयोगी है। बिना शोध किए मूल के रस से त्वचा पर फफोले पड़ जाते हैं।

भारत के कई प्रांतों में विभिन्न जनजातियां पौधे का गर्भरोधक के रूप में तथा यकृत के रोगों में प्रयोग करती हैं।

अफ्रीका में भी यह यकृत रोगों में प्रयोग होता है। अतः इस गुण पर शोध उपयोगी हो सकता है।

वैज्ञानिक (लैटिन) नाम, कुल, अन्य नाम तथा विवरण

वैज्ञानिक नाम : **प्लुम्बागो ज़ेयलानिका** (*Plumbago zeylanica* L.)
(कुल– प्लुम्बागोनिऐसी)

अन्य नाम : **हिंदी**– चित्रक, चिता
संस्कृत– चित्राका
मराठी– चित्रामूल, चित्राका
गुजराती– चिताओ, चित्रक
तमिल– चित्रमूलम्
तेलुगू– अग्निमाता, चित्रामूलम
कन्नड़– चित्रामूल
मलयालम– तुम्बा कोदोवेली, वेला कोदूवेली
उड़िया– चितामूला, चितापरू,

वर्णन

यह बहुवर्षीय एंव बहुशाखित छोटा क्षुप होता है। पत्ते एकांतर, सवृंत, भालाकार,

3.5 से 10 सेमी. लंबे होते हैं। पुष्प शाखाओं के शीर्ष पर छोटे, श्वेत रंग के होते हैं। बाह्य दलपुंज घनका ग्रंथिल, चिपचिपा होता है।

प्राप्ति-स्थान

यह पौधा भारत के अनेक मैदानी क्षेत्रों विशेषकर विंध्याचल के दक्षिणी प्रांतों में मिलता है तथा प्रायः उद्यानों में उगाया जाता है।

44. चीड़

औषधीय गुण

चीड़ तथा इसके वंश के कुछ अन्य वृक्षों से एक राल जैसा (रेजिनी) पदार्थ तारपीन निकलता है। इससे तारपीन का तेल (ऑयल ऑफ टर्पेंटाइन) निकालते हैं। यह औषधि में काम आता है।

यह तेल लगाने से त्वचा में उत्तेजना पैदा हो जाती है। अत्यंत सीमित मात्रा में सेवन करने से यह उत्तेजक, कफ निस्सारक है और पुरानी खांसी या श्वास नली की सूजन में लाभदायक है। इससे पेट का अफारा व ऐंठन ठीक होते हैं। कुछ मात्रा में यह मियादी ज्वर, मसूड़ों व नाक से खून आना आदि में लाभप्रद है। इसका एनीमा देने से कब्ज दूर हो जाता है।

यह विशेषतया गठिया आदि पीड़ा में लगाने के लोशन, लेप व प्लास्टर आदि बनाने के काम आता है। तारपीन का तेल सूंघने से ही खांसी-जुकाम में लाभ होता है।

अन्य सूचना

यह पौधा मस्तिष्क तथा नाड़ी तंत्र हेतु बलदायक बताया गया है।

अन्य उपयोग

चीड़ की लकड़ी नाना प्रकार से उपयोगी है। विशेषकर यह चाय की पेटियां, दियासलाई, खेल के सामान, संगीत के सामान, बाजे आदि बनाने के काम आती है।

बेरोजा चूड़ियां बनाने के काम आता है।

छाल में टैनीन तथा कुछ रंग होते हैं।

वैज्ञानिक (लैटिन) नाम, कुल, अन्य नाम तथा विवरण

वैज्ञानिक नाम : **पीनुस रॉक्सबुर्घि** (*Pinus roxburghii* Sargent)
(अस्वीकृत नाम **: पीनुस लोंगीफोलिआ)**
(कुल– पाइनेसिए)

अन्य नाम : **असमिया**– तेल्लिया
तमिल– सिमईदेवदारी
पंजाबी– चील
बंगला– सरलगाछ

इस वृक्ष का वैज्ञानिक नाम रॉक्सबुर्घि एक प्रसिद्ध वनस्पतिज्ञ डॉ. विलियम रॉक्सबर्घ के सम्मान में दिया गया है। डॉ. रॉक्सबर्घ ने 18वीं शताब्दी के अंत से 19वीं शताब्दी के आरंभ तक भारत में सहस्रों पौधे एकत्रित किए, उनका वर्णन लिखा और अनेक पुस्तकों की रचना की। उन्हें 'भारतीय वनस्पतिशास्त्र का जन्मदाता' कहा गया है।

वर्णन

चीड़ का वृक्ष काफी बड़ा हो जाता है। इसके पत्ते सूच्याकार (ऊन बुनने की छोटी सलाई जैसे) होते हैं और तीन पत्ते एक साथ लगते हैं। नर कोन छोटी होती है; मादा कोन 10-50 सेमी. लंबी होती है।

प्राप्ति-स्थान

चीड़ का वृक्ष हिमालय की निचली पहाड़ियों पर तथा अन्य पर्वतीय क्षेत्रों में होता है। उद्यानों आदि में इसे प्रायः लगाने की चेष्टा की जाती है।

45. छातिन

(डीटा बार्क)

औषधीय गुण

इस वृक्ष की छाल औषधि के काम आती है। यह औषधि पुराने (जीर्ण) अतिसार एवं पेचिश में अत्यंत उपयोगी बताई जाती है। यह मलेरिया बुखार में उपयोगी है और ज्वर को भी धीरे-धीरे उतार देती है। इसकी विशेषता यह है कि मलेरिया की अन्य औषधियों की तुलना में इसके सेवन से ज्वर उतरने से पहले न अधिक पसीना आता है और न ही शरीर में अधिक दुर्बलता आती है। छातिन त्वचा के रोगों में भी लाभप्रद है।

यह औषधि रक्तचाप घटाने के लिए भी उपयोगी बताई गई है।

अन्य उपयोग

छातिन की लकड़ी मामूली फर्नीचर, पैकिंग के बक्से, चाय की पेटियां, पेंसिल व दियासलाई की सींक बनाने के काम आती है।

वैज्ञानिक (लैटिन) नाम, कुल, अन्य नाम तथा विवरण

वैज्ञानिक नाम : **आल्स्टोनिया स्कोलारिस** (*Alstonia scholaris* (L.) Br.)
(कुल– अपोसाइनेसिए)

अन्य नाम : **संस्कृत**– सप्तवर्ण
असमिया– छाइतेन
उड़िया– छातियाना
कन्नड़– मद्दाले
तमिल– पाला
तेलुगू– पालैग
बंगला– छात्तिम
मराठी– सातविन, शैतान
मलयालम– एडिलमपाला
अंग्रेजी– डेविल्स ट्री

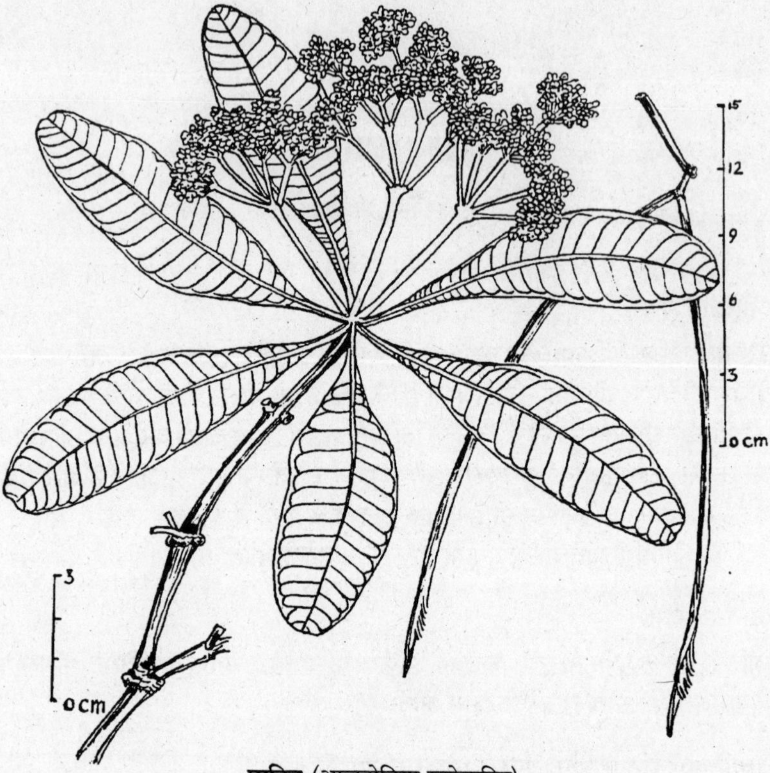

छातिन (आल्स्टोनिया स्कोलारिस)

इस वृक्ष को 'आल्स्टोनिया' नाम एडिनबरा के एक वनस्पतिज्ञ प्रोफेसर एल्सटन (1685-1760 ई.) के सम्मान में दिया गया था। 'स्कोलारिस' शब्द इसलिए दिया गया था क्योंकि पहले इसकी लकड़ी से विद्यार्थियों के लिखने के लिए तख्ती बनाई जाती थी।

वर्णन

छातिन का वृक्ष अत्यंत विशाल, लगभग 25 मी. तक ऊंचा, सदाहरित होता है। वृक्ष की शाखाओं, पत्तों आदि में सफेद दूध जैसा, किंतु कड़वा रस होता है। वृक्ष की छाल खुरदरी व भूरी होती है। इसकी शाखाएं चक्करदार होती हैं अर्थात् एक ही स्थान पर कई-कई निकलती हैं। वृक्ष के निचले भाग में तने के चारों ओर पुश्ते होते हैं अथवा तना काफी मोटा होता है। इसके पत्ते 10-20 सेमी. लंबे, चीमड़ तथा एक गांठ पर

4-7 तक लगे होते हैं। इसके फूल सफेद या केलई रंग के, छोटे, अत्यंत सुगंधित तथा शाखाओं के शीर्ष पर लगे छोटे-छोटे गुच्छों में होते हैं। इसकी फली 30-60 सेमी. लंबी, केवल तीन-चार मिमी. मोटी होती है तथा दो-दो एक साथ लगती हैं। ये बहुत भारी संख्या में आती हैं और इनसे लदा हुआ वृक्ष शोभनीय होता है।

प्राप्ति-स्थान

यह वृक्ष लगभग समस्त भारत में, विशेषकर अधिक वर्षा वाले क्षेत्रों में पाया जाता है।

46. जंगली प्याज

(इंडियन स्कविल)

औषधीय गुण

इस पौधे के शल्य कंद के बाहरी सूखे छिलके हटा दिए जाते हैं। तब कंद के पतले फल को सुखा लेते हैं; यह औषधि में काम आते हैं।

इस औषधि में लगभग वही गुण होते हैं, जो तिलपुष्पी में, किंतु इसका प्रभाव कुछ हल्का होता है और इसीलिए इस औषधि का सेवन अधिक मात्रा में करना पड़ता है। जंगली प्याज उन रोगियों के लिए विशेषकर उपयोगी होता है जिनकी चिकित्सा के लिए तिलपुष्पी का प्रयोग उपयोगी तो होगा, किंतु एलर्जी आदि किन्हीं कारणों से तिलपुष्पी का प्रयोग नहीं किया जा सकता। यह हृदय के रोगों में, खांसी और श्वास नली की सूजन में उपयोगी है। यह मूत्रविरेचक भी है।

भारत में होने वाली स्कविल में अर्थात् जंगली प्याज में यूरोपीय स्कविल ऊर्जीनिआ मारीटिमा (*Urginea maritima* (L.) Baker) जैसी ही क्षमता व गुण है। अस्पतालों में रोगियों पर किए गए परीक्षणों से यह सिद्ध हो गया है कि जंगली प्याज पुरानी खांसी व श्वास नली की सूजन में लाभप्रद है।

लगभग समस्त भारत की भूमि व जलवायु इसके रोपण के लिए उपयुक्त है और खेती सुविधा से हो सकती है।

वैज्ञानिक (लैटिन) नाम, कुल, अन्य नाम तथा विवरण

वैज्ञानिक नाम : **ऊर्जीनिआ इंडिका** (*Urginea indica* (Roxb.) Kunth.)
(कुल– लिलिएसिए)

अन्य नाम : **हिंदी**– बनप्याज, कोलिकंदा
संस्कृत– कोलकंद
कन्नड़– काडुबल्लुलि
गुजराती– जंगली कांदो, पेण कांदो
तमिल– नरिवेंगायम

तेलुगू– नक्कवल्लिगड्ड
बंगला– बोनपियांज
मराठी– रानकांदा

वर्णन

यह एक छोटा पौधा होता है। इसमें कंद आता है। कंद 5-10 सेमी. व्यास का अंडाकार या गोल, मटमैले सफेद या पीले रंग का होता है। कंद के पास वाले पत्ते लंबे, संकरे और नुकीले होते हैं। स्तंभ सीधा, लगभग 45 सेमी. ऊंचा होता है। फूल भूरे रंग के होते हैं और स्तंभ के शीर्ष पर लंबे गुच्छों में आते हैं। फल 1.5-2 सेमी. लंबे तथा आधार एवं शीर्ष दोनों ओर संकरे होते हैं। बीज काले होते हैं।

प्राप्ति-स्थान

यह पौधा उतर-पश्चिमी भारत में हिमालय पर्वत के 2,000 मी. ऊंचाई वाले प्रदेश से लेकर दक्षिण में केरल तक तथा पूर्व में बिहार तक पाया जाता है।

47. जटामांसी

औषधीय गुण

जटामांसी के प्रकंद एवं जड़ें सुखाकर औषधि में प्रयोग करते हैं।

जटामांसी पौष्टिक, उत्तेजक तथा मरोड़ व ऐंठन दूर करने वाली है। यह कुछ प्रकार के दौरे या आपेक्ष (कनवलजन) और हृदय की धड़कन जैसे रोगों में उपयोगी है। यह रेचक, मूत्रल तथा पाचक है और रजोधर्म को भी ठीक करती है।

जटामांसी, बिल्लीलोटन (वालेरिआना) नामक औषधि के स्थान पर भी प्रयोग की जा सकती है।

हिमालय की ऊंची श्रेणियों में इसकी खेती की जा सकती है।

शोध/परीक्षण तथा अन्य सूचना

इस पौधे का प्रायः कुछ अन्य पौधों के साथ मिश्रण से आधुनिक यंत्रों द्वारा बनी औषधियों का नवीनतम विधियों से औषधालयों में अनेक रोगियों पर सफल परीक्षण किया गया।

इस पौधे के कंद चेहरे पर फुंसी (पिडिका) तथा अनिद्रा में उपयोगी पाए गए हैं।

वैज्ञानिक (लैटिन) नाम, कुल, अन्य नाम तथा विवरण

वैज्ञानिक नाम : **नार्डोस्टाचिस जटामांसी** [*Nardostachys jatamansi* (Don) DC.]
(अस्वीकृत नाम : **नार्डोस्टाचिस ग्रांडीफ्लोरा)**
(कुल– वेलीरिएनेसिए)

अन्य नाम : **हिंदी**– जटामांसी
संस्कृत, तमिल, तेलुगू– जटामांसी
कश्मीरी– भूतजट
बंगला, गुजराती– जटामांसी
अंग्रेजी– स्पाइकनार्ड

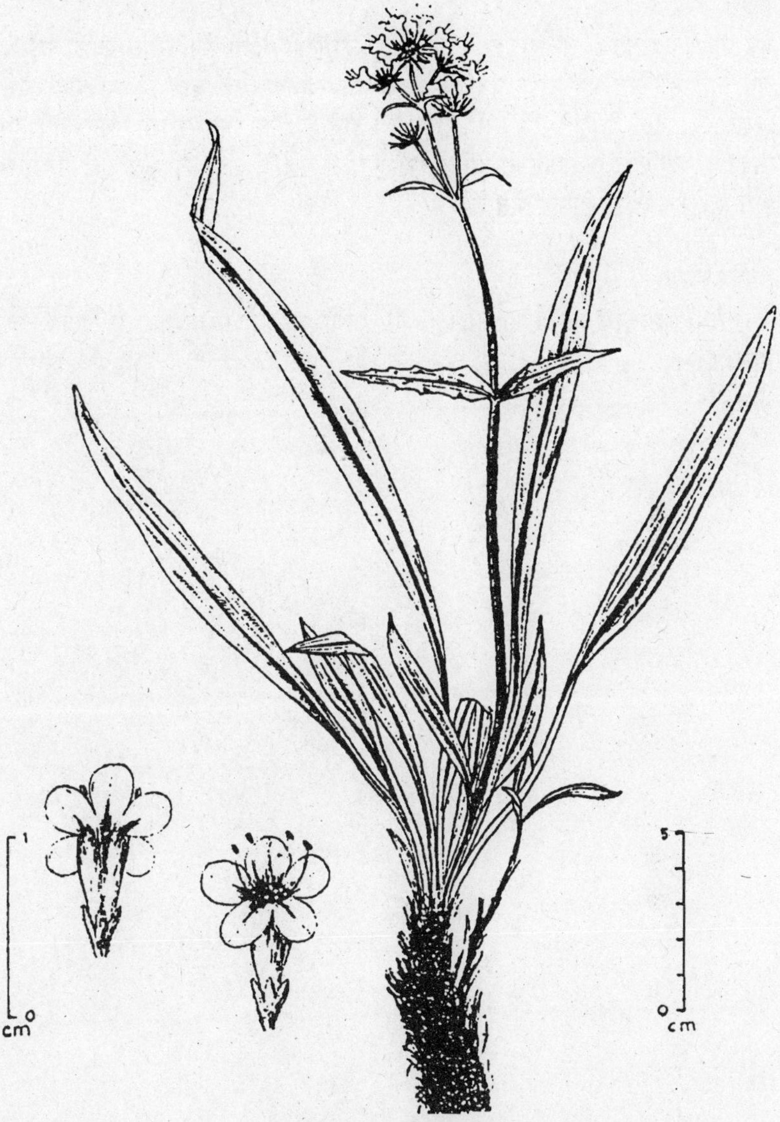

जटामांसी (नार्डोस्टाचिस जटामांसी)

इस पौधे के प्रकंदों पर दाढ़ी जैसे लंबे रेशे होते हैं, इस कारण इसे भारतीय भाषाओं में जटामांसी कहते हैं; वैज्ञानिक नाम में भी यही शब्द अपना लिया गया है।

वर्णन

यह पौधा बहुवर्षीय, लगभग 60 सेमी. तक ऊंचा हो जाता है। इसके प्रकंद कड़े व लंबे होते हैं। उन पर पुराने पत्तों के डंठलों के रेशे लगे रह जाते हैं, जो दाढ़ी जैसे दिखते हैं। नीचे के पत्ते 20 सेमी. तक लंबे होते हैं। यह आधार पर संकरे होते हैं। ऊपर के पत्ते छोटे अंडाकार-से होते हैं। फूल छोटे होते हैं; कई-कई फूल छोटे गुच्छों में होते हैं। फल छोटे, रोमिल होते हैं।

प्राप्ति-स्थान

यह पौधा हिमालय की 3,000-4,500 मी. ऊंची श्रेणियों में कश्मीर से भूटान तक मिलता है।

48. जामुन

(जंबोलन)

औषधीय गुण

जामुन की छाल, फल तथा बीज (गुठली) औषधि में काम आते हैं।

वृक्ष की छाल स्तंभक होती है और कंठ के रोग, श्वास नली की सूजन, खांसी, दमा, पेचिश, फोड़े तथा फुंसी पर उपयोगी है। यह रक्त के शोधन हेतु तथा गरारे करने के लिए भी उपयोगी है। छाल का ताजा रस बकरी के दूध के साथ सेवन करने से अतिसार में लाभप्रद है।

बीज मधुमेह में उपयोगी होते हैं। यद्यपि फलों के रस में भी वही गुण है किंतु बीज अधिक लाभप्रद होते हैं। यह औषधि इंजेक्शन द्वारा लेने पर ही लाभप्रद है, खाने से नहीं। मूत्र की शर्करा को रोकने का गुण (एंटीडाएबेटिक) इसमें बीजासाल से कहीं अधिक है।

अन्य उपयोग

जामुन का फल बड़ी मात्रा में कच्चा ही खाया जाता है। इसकी लकड़ी नाना प्रकार से उपयोग होती है।

वैज्ञानिक (लैटिन) नाम, कुल, अन्य नाम तथा विवरण

वैज्ञानिक नाम : **सीजीजिउम कूमिनी** [*Syzygium cumini* (L.) Skeels]
(***अस्वीकृत नाम :*** **एइजेनिआ जांबोलाना**)
(कुल– मिर्टेसिए)

अन्य नाम : **संस्कृत**– जंबूल
असमिया– जामू, जांबू
उड़िया– जामकूक
कन्नड़– जंबूनेरेले
गुजराती– जांबू

तमिल– नगई, सांबल
बंगला– जाम
मराठी– जांभूल
मलयालम– यावेल
(**ललितपुर, उत्तर प्रदेश**– काठ जामुन)

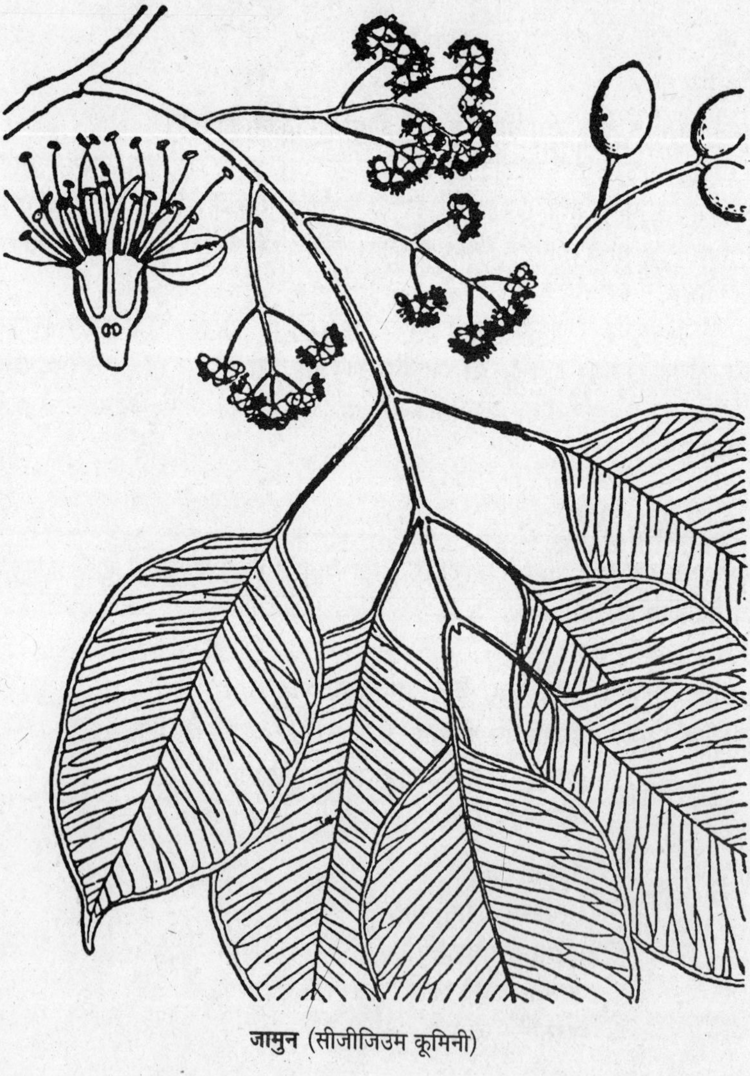

जामुन (सीजीजिउम कूमिनी)

वर्णन

जामुन का वृक्ष सदाहरित और प्रायः बहुत बड़ा होता है। इसके पत्ते 8-20 सेमी. लंबे, चर्मिल, चिकने तथा चमकदार होते हैं; वह आमने-सामने जोड़े में लगते हैं। जामुन के फूल छोटे, मटमैले सफेद रंग के, बड़े-बड़े गुच्छों में आते हैं। फलों से हम सभी परिचित हैं। वह 1.5-4 सेमी. लंबे अंडाकार, पहले बैगनी रंग के, तदुपरांत पकने पर गहरे जामुनी या काले रंग के, सरस, गुठलीदार होते हैं। प्रायः उनमें एक गुठली होती है। जामुन खाने के बाद जीभ पर जामुनी गूदे का रंग बहुत समय तक रहता है।

प्राप्ति-स्थान

यह वृक्ष प्रायः नम पतझड़ी या सदाहरित वनों के आसपास उगता है। यह पानी के निकट अर्थात् नदी-नालों के किनारे अधिक होता है। अधिक शुष्क क्षेत्रों में यह नहीं होता, किंतु इसके रोपे हुए वृक्ष राजस्थान के अत्यंत शुष्क क्षेत्रों में भी जल के निकट अथवा उद्यानों में दिखाई देते हैं।

अन्य जातियां

जामुन के वंश का एक अन्य वृक्ष लौंग (सीजीजिउम आरोमाटीकुम *Syzygium aromaticum* (L.) Merr. & Perry जिसका पुराना नाम एइजेनिआ कारिओफील्लाटा था) बहुत उपयोगी होता है। इस वृक्ष की कलियों को सुखा लेते हैं। यही लौंग कहलाती है और औषधि में प्रयोग होती है। लौंग अत्यंत सुगंधित, उद्दीपक और वायुसारी होती है तथा पेट का अफारा, अपच, वमन व मतली आने के रोगों में लाभप्रद है। लौंग का तेल एंटीसेप्टिक होता है अर्थात् उसकी उपस्थिति में रोगाणु शीघ्र नहीं बढ़ते या फलते। यह तेल पेट के मरोड़े, दंत रोग तथा अफारे में भी उपयोगी है।

49. झाड़ी हल्दी

(कॉस्सीनिउम)

औषधीय गुण

झाड़ी हल्दी की शाखाएं सुखाकर औषधि में काम आती हैं। इनमें बेर्वेरीन नामक तत्त्व होता है।

यह औषधि ज्वर, शरीर की दुर्बलता और कुछ प्रकार के अजीर्ण में उपयोगी है। यह एंटीसेप्टिक भी है और इस कारण फोड़े या जख्म पर लगाने के काम आती है। परीक्षणों से ज्ञात होता है कि पौधे की जड़ों में एंटीबायोटिक तत्त्व होते हैं।

अन्य उपयोग

झाड़ी हल्दी की शाखाओं से एक पीला रंग निकलता है जो हल्दी के साथ मिलाकर या अलग प्रयोग किया जाता है।

वैज्ञानिक (लैटिन) नाम, कुल, अन्य नाम तथा विवरण

वैज्ञानिक नाम : **कॉस्सीनिउम फेनेस्ट्राटुम** [*Coscinium fenestratum* (Gaertn.) Colebr.]
(कुल– मेनीस्पर्मेसिए)

अन्य नाम : **संस्कृत**– दारुहरिद्र
कन्नड़– मरामंजलि, दोड्डामराद् अरिसिना
तमिल– मरामंजलि
तेलुगू– मनुपसुप
बंगला– हल्दी-गाछ
मराठी– वेनीवेल

वर्णन

यह एक बड़ी मोटी, आरोही लता होती है। इसकी छाल पीली होती है। नये पौधों की शाखाएं अत्यंत रोमिल होती हैं। पत्ते चीमड़, चमकदार, ऊपर चिकने, नीचे मृदु-रोमिल,

वर्तुल या अंडाकार और निशिताग्र होते हैं। उन पर पांच या सात मोटी शिराएं होती हैं। फूल छोटे होते हैं और छोटे गुच्छों में लगते हैं।

प्राप्ति-स्थान

यह पौधा दक्षिण भारत में, विशेषकर पश्चिमी घाट में होता है।

50. तालमखाना

औषधीय गुण

तालमखाना का मूल सहित समूचा पौधा औषधि में काम आता है।

यह जलोदर, पीलिया, गठिया और मूत्र एवं जननेंद्रियों के रोगों में काम आता है। पौधे के बीज सूजाक व आतशक आदि रति संबंधी रोगों में उपयोगी बताए जाते हैं। पौधे में मूत्रविरेचक गुण हैं। बीज व जड़ में भी यही गुण हैं। तालमखाना के पत्ते खांसी एवं मूत्र में धात जाने के रोग में उपयोगी हैं।

अन्य सूचना

अफ्रीका में इस पौधे के पत्तों का एक्जिमा रोग हेतु उल्लेख है।

वैज्ञानिक (लैटिन) नाम, कुल, अन्य नाम तथा विवरण

वैज्ञानिक नाम : **हीग्रोफिला आउरीकुलाटा** [*Hygrophila auriculata* (Schum) Heine.]
(***अस्वीकृत नाम :*** **हीग्रोफिला स्पीनोसा, आस्टेकांथा लोंगीफोलिआ**)
(कुल– अकांथेसिए)

अन्य नाम : **हिंदी**– कुलियाकांटा
संस्कृत– कोकिलाक्ष
कन्नड़– कोड़वंके
गुजराती– एखरो
तमिल– निर्मुल्ली
तेलुगू– नीरुगुब्बी
बंगला– कुलेखाड़ा, कल्पकांटा
मराठी– तामिलखाना
मलयालम– वायलचुल्ली

वर्णन

यह पौधा 60-150 सेमी. ऊंचा होता है। इसके तने चौकोर होते हैं। एक पौधे में प्रायः

एक सीधा तना होता है, शाखाएं नहीं होतीं। तना (विशेषकर गांठ के पास) रोमिल होता है। प्रत्येक गांठ पर छह पत्ते चक्राकार लगते हैं। प्रत्येक पत्ते के कक्ष में एक नुकीला कांटा होता है, जिनके कारण पौधा अत्यंत कंटीला होता है। फूल नीले या बैंगनी रंग के, लगभग तीन सेमी. लंबे, द्विओष्ठी होते हैं। प्रत्येक गांठ पर पत्तों के कक्ष में आठ फूल होते हैं।

प्राप्ति-स्थान

तालमखाना कीचड़ आदि नम स्थानों में सारे भारत में मिलता है। यह प्रायः सड़क के किनारे की सूखी नालियों में, उथले सूखे तालाबों में और गड्ढों में उग आता है।

51. तिलपुष्पी

(डीजिटालिस)

औषधीय गुण

तिलपुष्पी के पत्ते सुखाकर औषधि में प्रयोग करते हैं। पत्तों को लगभग 60 डिग्री सेल्सियस पर सुखाना चाहिए तथा यह कार्य पौधे उखाड़ने के तुरंत बाद ही करना उपयुक्त है।

इस औषधि का मुख्य उपयोग हृदय रोगों में होता है। यह हृदय की पेशियों को उत्तेजित करती है और उनकी गति बढ़ाती है। यदि रक्त के संकुचन के कारण हृदय की गति बंद हो जाए तो उसमें यह लाभप्रद है। तिलपुष्पी कोरोनरी धमनियों में अधिक रक्त भेजती है और इस कारण हृदय के लिए बलकारक है।

रक्त का संचार शिथिल होने से यदि जलोदर होने लगे तो तिलपुष्पी लाभ करती है और हृदय की गति एवं क्रिया ठीक करने में सहायक होती है।

यह गुर्दे में भी रक्त-प्रवाह ठीक करती है और इस कारण मूत्रल है तथा गुर्दे के अवरोध दूर करती है।

तिलपुष्पी के बने मरहम फोड़ों पर तथा जले के जख्मों पर भी लगाए जाते हैं।

इस औषधि का अधिक अथवा निरंतर सेवन कुछ हानिकारक भी है। इससे सिर में दर्द, चक्कर आदि आ सकते हैं। औषधि के सेवन के समय इस बात का ध्यान रखना आवश्यक है।

अन्य सूचना

इस पौधे में मतिभ्रामक गुण भी बताए गए हैं।

वैज्ञानिक (लैटिन) नाम, कुल, अन्य नाम तथा विवरण

वैज्ञानिक नाम : **डीजिटालिस पर्पुरिआ** (*Digitalis purpurea* L.)
(कुल– स्क्रोफुलेरिएसिए)

अन्य नाम : **अंग्रेजी–** फॉक्स ग्लब।

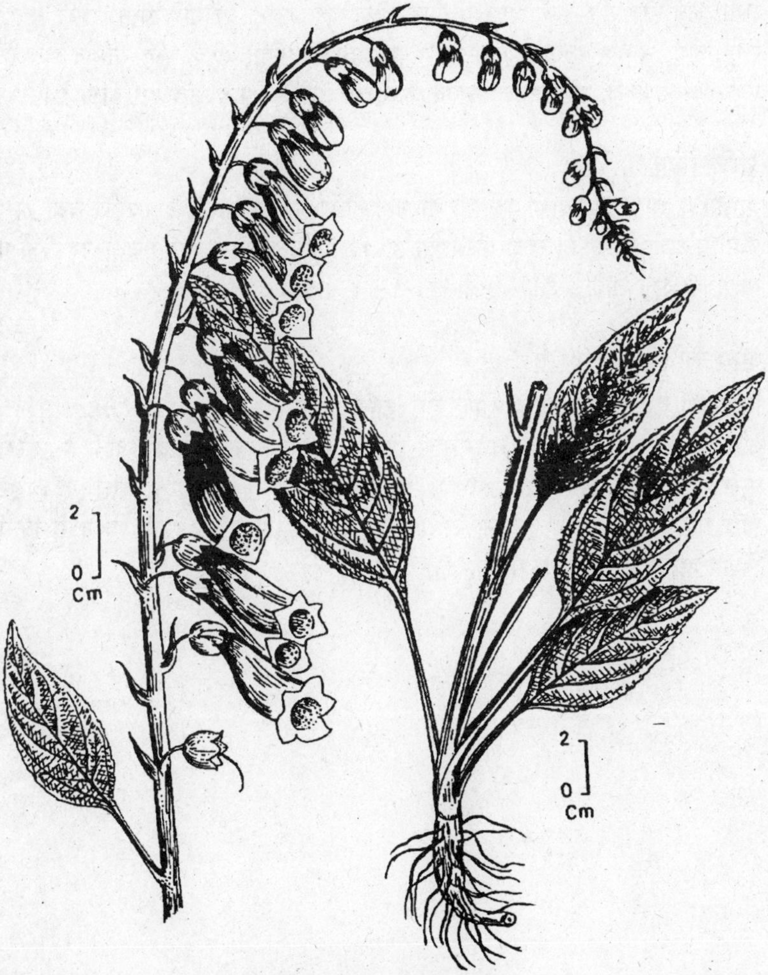

तिलपुष्पी (डीजिटालिस पर्पुरिआ)

इस पौधे के फूल तिल (सेसामुम ईडिकुम–*Sesamum indicum* L.) के पौधे जैसे होते हैं, इसलिए इसे 'तिलपुष्पी' नाम दिया गया है।

वर्णन

यह पौधा बहुवर्षीय अथवा द्विवर्षीय होता है और प्रायः 1-2 मी. तक ऊंचा हो जाता है। नीचे वाले पत्तों के डंठल बहुत लंबे होते हैं। ये पत्ते रोमिल, अंडाकार, 15-30

सेमी. लंबे होते हैं। ऊपर वाले पत्तों में डंठल बहुत छोटा या नहीं होता। फूल 5-8.5 सेमी. लंबे, सफेद, हल्के फालसाई रंग के होते हैं। पंखुड़ियों के खंड रोमिल होते हैं। फूल 30-60 सेमी. लंबी डंठल के एक ओर लगे होते हैं। फल अंडाकार होता है।

प्राप्ति-स्थान

यह पौधा भारत में स्वाभाविक रूप से नहीं होता। उत्तरी भारत में कश्मीर तथा अन्य पर्वतीय क्षेत्रों में इसकी खेती की जाती है। तिलपुष्पी के पौधे कुछ स्थानों पर खेतों के बाहर भी फैल जाते हैं और जंगली रूप से उग आते हैं।

अन्य ज़ातियां

तिलपुष्पी के वंश की अन्य जाति डीजिटालिस लानाटा (*Digitalis lanata* Ehrh. अंग्रेजी– वूली-फॉक्स-ग्लब) कश्मीर में होती है। इसकी खेती भी की जाती है। इसके फूल छोटे, रोमिल तथा गेहुंए, पीले या बैगनी रंग के होते हैं। इस पौधे में औषधीय गुण और भी अधिक उग्र होते हैं, साथ ही इसके सेवन से किसी विशेष हानि की संभावना भी कम है।

52. तुलसी

(सेक्रेड बेसिल)

औषधीय गुण

तुलसी के पत्ते तथा बीज औषधि में काम आते हैं।

पत्तों से प्राप्त तेल बैक्टीरियानाशक होता है तथा कुछ प्रकार के कीड़ों को भी नष्ट करता है। पत्तों का रस या क्वाथ श्वास नली की सूजन, जुकाम व अपच में उपयोगी होता है। यह दाद, खुजली व अन्य त्वचा रोगों पर भी लगाया जाता है। कान का दर्द दूर करने के लिए पत्तों के रस की बूंदें कान में डालते हैं।

तुलसी के पत्तों की 'चाय' बनाकर जुकाम में प्रायः ही दी जाती है। यह एक घरेलू नुस्खा है। बीज मूत्र रोगों में लाभप्रद हैं।

जड़ का क्वाथ पीने से पसीना आ जाता है, इसलिए इसे मलेरिया ज्वर में देते हैं।

शोध/परीक्षण तथा अन्य सूचना

इस पौधे का प्रायः कुछ अन्य पौधों के साथ मिश्रण से आधुनिक यंत्रों द्वारा बनी औषधियों का नवीनतम विधियों से औषधालयों में अनेक रोगियों पर सफल परीक्षण किया गया।

इसके पत्ते मधुमेह में उपयोगी पाए गए हैं।

तुलसी में स्वापक गुण बताए गए हैं।

कुछ वैज्ञानिकों का मत है कि तुलसी के एक-दो पत्ते पानी से पूरे निगलने पर अधिक लाभप्रद है; चबाकर उनका रस निगलना कम लाभप्रद है।

अन्य उपयोग

अनेक भारतीय घरों में इस पौधे की पूजा की जाती है। हिंदू देवी-देवताओं की पूजा सामग्री में प्रायः तुलसी अवश्य ही होती है। मध्य प्रदेश के सुदूर वनों में रहने वाले कुछ आदिवासियों के घरों में भी पूजा के लिए लगाए हुए तुलसी के पौधे देखे गए।

वैज्ञानिक (लैटिन) नाम, कुल, अन्य नाम तथा विवरण

वैज्ञानिक नाम : **ऑसीमुम सांक्टुम** (*Ocimum sanctum* L.)
(कुल– लैमिएसिए)

अन्य नाम : **संस्कृत**– मंजरी, कृष्ण तुलसी
कन्नड़– विष्णु तुलसी
तमिल, तेलुगू, बंगला, गुजराती, मराठी– तुलसी
मलयालम– त्रित्ताव
अंग्रेजी– सेक्रेड बेसिल, होली बेसिल।

वर्णन

तुलसी भारत का सुपरिचित पौधा है। अनेक घरों में तो इसे पूज्य समझा जाता है। यह उर्ध्व, अत्यंत शाखित, लगभग 60-75 सेमी. ऊंचा, अत्यंत रोमिल पौधा होता है। पत्ते आमने-सामने जोड़े में, लगभग पांच सेमी. लंबे, किनारों पर सीधे या दंतुर, ऊपर तथा नीचे दोनों ओर रोमिल होते हैं। उन पर कई छोटी ग्रंथियां होती हैं। फूल छोटे, सुगंधित, गुलाबी या हल्के नीले रंग के, छोटी स्पाइकों में लगते हैं। फल छोटे होते हैं, बीज पीले या लाल-से रंग के होते हैं।

प्राप्ति-स्थान

तुलसी का पौधा प्रायः ही घरों, उद्यानों एवं मंदिरों में लगाया जाता है। कई स्थानों में अब यह जंगली तौर पर भी फैल गया है।

अन्य जातियां

काली तुलसी [ऑसीमुम अमेरिकानुम *Ocimum americanum* L. (अस्वीकृत नाम– ऑसीमुम कानुम *Ocimum canum*) अंग्रेजी– होअरी बेसिल, हिंदी– रामतुलसी, भरभरी] : यह पौधा समस्त भारत में, विशेषकर बस्तियों के आसपास के खेतों और बेकार के स्थानों में उगता है। इसके बीज काले होते हैं। बीज पौष्टिक और मूत्रविरेचक होते हैं। इसके पत्तों के तेल में भी वही गुण होते हैं जो तुलसी से प्राप्त तेल में। अफ्रीका में काली तुलसी की शाखाओं का कामला रोग में व इसके पत्तों तथा बीज का मलेरिया रोग हेतु उल्लेख है।

बबुई तुलसी (ऑसीमुम बासीलिकुम *Ocimum basilicum* L. अंग्रेजी– स्वीट बेसिल; हिंदी– सब्जाह; संस्कृत– मंजरीकी) : यह उत्तर-पश्चिम भारत में होती है, किंतु समस्त भारत में इसके पौधे लगाए जाते हैं। यह पौधा ज्वर, खांसी, कृमि, उदर

विकार तथा गठिया में उपयोगी है। पत्तों का रस नासिका तथा त्वचा रोगों में लाभप्रद है। बीजों के सेवन से कब्ज और बवासीर ठीक हो जाते हैं। बबुई तुलसी में स्वापक तथा साथ ही उत्तेजक गुण भी बताए गए हैं। यह मूर्च्छा में भी उपयोगी बताया गया है।

तुलसी की एक पूर्वी अफ्रीका की जाति (आसीमुम किलिमंडशारीकुम *Ocimum kilimandscharicum* Guerke. अंग्रेजी– कैंफर बेसिल) हाल में ही बहुत प्रसिद्ध हो गई है। इससे कर्पूर निकाला जाता है। तुलसी की अन्य जातियों से पृथक् करने के लिए इसे कर्पूर तुलसी कहना चाहिए। इस जाति की कश्मीर, उत्तर प्रदेश, पश्चिमी बंगाल, महाराष्ट्र, मैसूर, मद्रास व केरल आदि में खेती की गई है। लगभग 1,000 मी. ऊंचाई तक के स्थान इसकी खेती के लिए उपयुक्त हैं। उत्तर प्रदेश का तराई क्षेत्र इसके लिए उत्तम है।

कर्पूर औषधि में नाना रूप में प्रयोग होता है, जैसे शरीर की पीड़ा, मोच आदि पर लगाने के लोशन या मरहम में। इनका वर्णन अगले अध्याय में है [देखें : दालचीनी (सीन्नामोमुम कांफोरा कर्पूर)]।

53. दालचीनी

(सीन्नामोमुम)

औषधीय गुण

दालचीनी अतिसार, मतली और वमन रोगों में उपयोगी है। यह खाने के मसालों में बहुत प्रयोग होती है। छाल के तेल में भी वही गुण होते हैं जो छाल में। कुछ विचार से तेल का प्रयोग ही अधिक उपयुक्त होता है, यह पाचक, वायुसारी और उद्दीपक (उत्तेजक) होता है। यह पेट का अफारा कम करता है और अंतड़ियों के लिए बलकारक है। इससे कुछ प्रकार के कीटाणु तथा कवक (फंगस) भी नष्ट हो जाते हैं।

अन्य उपयोग

पत्तों से प्राप्त तेल मिठाइयों तथा साबुन को सुगंधित करने के काम आता है। यह गठिया के दर्द में भी लगाया जाता है।

इस वृक्ष के रोपण के लिए दक्षिण भारत, बंगाल, असम तथा अंडमान द्वीप अधिक उपयुक्त स्थान बताए गए हैं।

वैज्ञानिक (लैटिन) नाम, कुल, अन्य नाम तथा विवरण

वैज्ञानिक नाम : **सीन्नामोमुम वेरुम** (*Cinnamomum verum* Presl.)
(अस्वीकृत नाम : सीन्नामोमुम जेईलानिकुम)
(कुल– लॉरैसिए)

अन्य नाम : **हिंदी**– दालचीनी
संस्कृत– दारुशिला
उड़िया, गुजराती, मराठी, बंगला– दालचीनी
कन्नड़– लवंगपट्टी, लवंगचेक्के
तमिल– कन्नलवंगपट्टे

इस वृक्ष के वैज्ञानिक नाम में 'जेईलानिकुम' शब्द यह संकेत करता है कि इस वृक्ष का संबंध सीलोन अर्थात् लंका देश से है। यह लंका में प्राकृत रूप से उगता है।

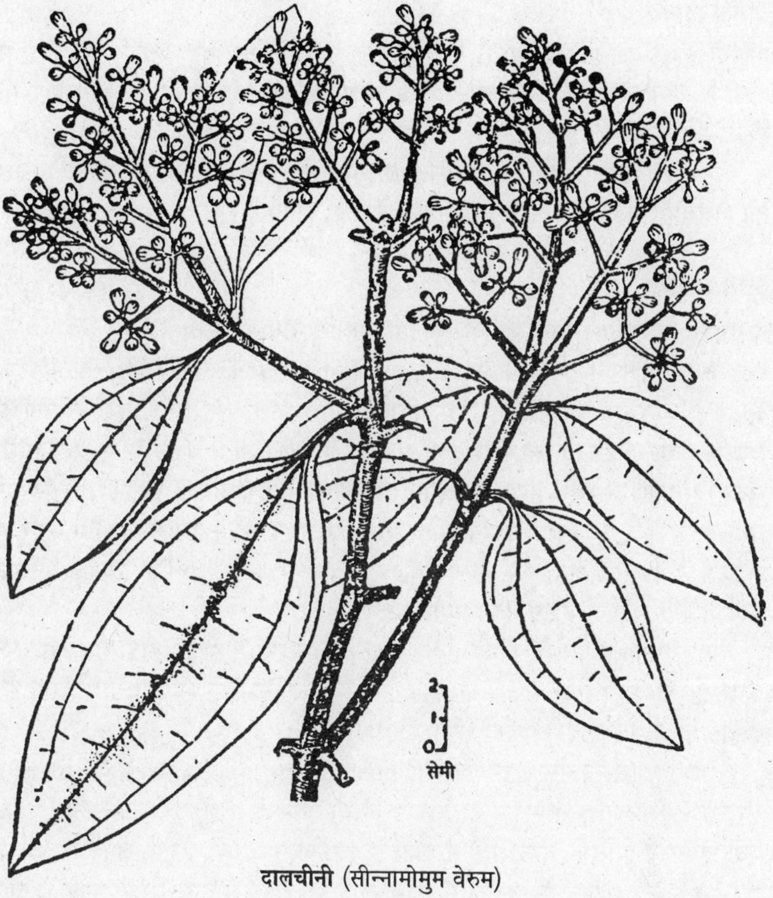

दालचीनी (सीन्नामोमुम वेरुम)

वर्णन

दालचीनी का वृक्ष सदाहरित होता है अर्थात् यह पूर्णतः पर्णहीन कभी नहीं होता। यह लगभग छह से आठ मी. तक ऊंचा हो जाता है। इसके पत्ते बड़े, अंडाकार, मोटे, चीमड़, निशिताग्र, ऊपर चमकीले, गहरे हरे रंग के और नीचे हल्के हरे रंग के होते हैं। इनमें तीन या पांच मोटी शिराएं होती हैं जो पत्तों के आधार से शीर्ष तक अथवा मध्य तक स्पष्ट दिखाई देती हैं। फूल अत्यंत छोटे होते हैं और रोमिल गुच्छों में लगते हैं। फल गहरे बैगनी या नीले रंग के, अंडाकार या दीर्घायत 1.5-2 सेमी. लंबे होते हैं। उनमें एक बीज होता है।

प्राप्ति-स्थान

दालचीनी का वृक्ष दक्षिणी भारत में लगभग 1,500 मी. तक की ऊंचाई वाले क्षेत्रों में होता है, कम ऊंचे स्थानों में यह अधिक होता है। कई स्थानों पर इसका रोपण भी किया गया है।

वृक्ष की शाखाएं काटकर उनकी छाल उतार ली जाती है। अंदर की सूखी छाल को दालचीनी कहते हैं। यह छाल औषधि में काम आती है।

अन्य जातियां

दालचीनी के वंश की अन्य अनेक जातियां औषधि में काम आती हैं।

कर्पूर (सीन्नामोमुम कांफोरा *Cinnamomum camphora* (L.) Presl. अंग्रेजी– कैंफर-ट्री) यह वृक्ष नीलगिरी की पहाड़ियों में तथा उत्तरी भारत के कुछ उद्यानों में लगाया गया है। इसकी लकड़ी व पत्तों से कर्पूर निकाला जाता है। कर्पूर मुख्यतः मोच, सूजन, गठिया, खुजली आदि पर लगाने के काम आता है। कुछ प्रकार के अतिसार तथा हृदय रोगों में कर्पूर की बनी औषधियों का सेवन भी कराया जाता है। कर्पूर में स्वापक तथा मतिभ्रामक गुण भी बताए गए हैं। कर्पूर अनेक धार्मिक तथा सामाजिक प्रथाओं जैसे पूजा, हवन में बहुत प्रयोग होता है।

कर्पूर नाना प्रकार के व्यावसायिक तथा घरेलू कार्यों में प्रयोग होता है। आजकल कर्पूर तुलसी के वंश के पौधे (आसीमुम किलिमंडशारीकुम) से भी बनाया जा रहा है। इसका वर्णन तुलसी के अध्याय में भी किया गया है।

तेजपात [सीन्नामोमुम तामाला (Cinnamomum tamala Nees & Eherm.), संस्कृत– तमालपत्र, तमिल– तालीश पत्तीरीया, अंग्रेजी– इंडियन कास्सिआ] : यह पूर्वी हिमालय पर्वत के कुछ क्षेत्रों में होता है, विशेषकर अरुणाचल, असम और बंगाल में। इसके पत्ते भोजन के मसाले में काम आते हैं। इनमें वायुसारी गुण होता है और यह उदरशूल, मरोड़ अथवा अतिसार में उपयोगी होते हैं।

54. धतूरा

(स्ट्रामोनियम)

औषधीय गुण

पौधों के सुखाए हुए पत्ते, फूल वाली ऊपर की शाखाएं तथा बीज औषधि में प्रयोग होते हैं।

पत्तों में मुख्यतः हायोसियामिन नामक तत्त्व होता है, इसलिए यह औषधि उसी प्रकार काम में लाई जाती है जैसे अंगूरशफा (बेल्लाडोन्ना अथवा खुरासानी अजवायन)। यह श्वास नली की सूजन व दमे में लाभप्रद है तथा मुंह में लार बनने की क्रिया का संतुलन करती है। इसमें एंटीस्पासमोडिक (अर्थात् मरोड़ या ऐंठन जैसे रोगों को दूर करने के) तथा स्वापक गुण भी होते हैं। पत्तों का धुआं नाक में लेने से भी दमे में शांति पड़ती है। बीज में भी मुख्यतः हियोसियामीन होता है और इस कारण बीज भी उन्हीं रोगों में लाभप्रद हैं।

अन्य सूचना

धतूरे में मतिभ्रामक तथा मादक गुण होते हैं।

वैज्ञानिक (लैटिन) नाम, कुल, अन्य नाम तथा विवरण

वैज्ञानिक नाम : **डाटूरा स्ट्रामोनियम** (*Datura stramonium* L.)
(कुल– सोलेनेसिए)

अन्य नाम : **हिंदी, संस्कृत, पंजाबी**– धतूरा
कन्नड़– मद्दगुणिके
गुजराती– धोलो-धतूरो
तमिल– उम्मातई
तेलुगू– दत्तूरमु
मलयालम– उम्मत्तई, उम्मम
बंगला– शेटधुतरो

वर्णन

यह एक झाड़ीनुमा लगभग 1-1.5 मी. ऊंचा पौधा होता है; इसके पत्ते अंडाकार और दंतुर होते हैं। फूल लगभग बड़े, सफेद रंग के होते हैं। फल अंडाकार होते हैं और चार भागों में विभाजित होते हैं। समूचे फल पर छोटे या लंबे कांटे-से होते हैं। फल में बहुत-से बीज होते हैं।

प्राप्ति-स्थान

यह पौधा हिमालय पर्वत की ऊंची श्रेणियों में लगभग 2,500 मी. ऊंचाई तक के स्थानों में होता है। यह मध्य तथा दक्षिण भारत के पर्वतों पर भी मिलता है।

अन्य जातियां

धतूरे के वंश की कुछ अन्य जातियां भी औषधि में काम आती हैं।

सादा धतूरा (डाटूरा मेटेल– *Datura Metel* L.) यह समस्त भारत में मिलता है, विशेषतः नगरों के आसपास बेकार भूमि, कूड़े-करकट के ढेर पर प्रायः ही इसके पौधे उग आते हैं। इसके फूल सफेद या हल्के पीले-से अधिक, बाहर से प्रायः जामुनी रंग के होते हैं। दलपुंज में पांच कोण होते हैं। फल पर छोटे कांटे होते हैं। इस पौधे का रोपण भी किया जाता है। रोपण किए पौधों के फूल प्रायः ही 'डबल' होते हैं, अर्थात् उनमें दलपुंज के बाहर एक और दलपुंज बन जाता है। इसके पत्तों की पुलटिस बांधने से स्तनों की सूजन, जो अधिक दूध बनने से हो जाती है, कम हो जाती है। पत्तों और बीज में वह सभी औषधीय गुण हैं, जो स्ट्रामोनियम में। काले धतूरे में मादक, छद्‌म, निद्रादायक, मतिभ्रामक तथा स्वापक गुण बताए गए हैं।

धतूरा (डाटूरा ईन्नोक्सिआ– *Datura innoxia* Mill.) यह एक विदेशी पौधा है, जो अब भारत में कई क्षेत्रों में फैल गया है। इसके दलपुंज में दस कोण होते हैं (काले धतूरे की तरह पांच नहीं)। फल पर छोटे व मुलायम कांटे होते हैं। बीज भूरे-कत्थई रंग के होते हैं। इसके पत्तों में वही गुण होते हैं जो स्ट्रामोनियम में। सादे धतूरे में मतिभ्रामक तथा छद्‌म निद्राकारक गुण बताए गए हैं। भारत के कई प्रांतों में विभिन्न जनजातियां सादे धतूरे के बीज व जड़ कुष्ठ रोग हेतु प्रयोग करती हैं। अतः इस पर नियमित शोध उपयोगी हो सकता है।

55. नरसल

(लोबेलिआ)

औषधीय गुण

नरसल के पौधे की जड़ को छोड़कर शेष सब भाग अक्तूबर-नवंबर मास में एकत्रित कर लिए जाते हैं और छाया में रखकर सुखा लिए जाते हैं। यही औषधि में काम आते हैं।

इस औषधि में लगभग वही गुण होते हैं जो 'निकोटिन' में। यह दमा व श्वास नली की सूजन में लाभप्रद है। इसके सेवन से पसीना आ जाता है और मतली आकर कै हो जाती है। इससे दमे की खांसी में शांति पड़ जाती है। यह औषधि हानिकारक भी हो सकती है। इसके सेवन के बाद यदि कै न हो और औषधि शरीर में ही पच जाए, तो इसके विषैले पदार्थ अत्यंत हानिकारक हो सकते हैं। अधिक सेवन से मृत्यु भी हो सकती है।

नरसल में 'लोबेलिन' नामक एल्केलाइड होता है, यह श्वास क्रिया को उन्नत करता है। अत्यधिक नशीली वस्तुओं के सेवन से, एनीस्थीसिया से, अथवा अन्य किन्हीं कारणों से श्वास आना बंद हो जाए या मंद हो जाए तो 'लोबेलिन' के सेवन से फिर आरंभ हो जाता है।

नरसल के तने, शाखाओं व पत्तों से एक सफेद रस निकलता है जिसे त्वचा पर लगाने से फफोले पड़ जाते हैं। कदाचित् नरसल के सूखे पौधों से भी श्लेष्म में (नाक और गले में) तीव्र जलन पैदा हो जाती है। वन में पौधे इकट्ठे करते समय प्रायः व्यक्ति नरसल के पौधों के पास भी नहीं जाना चाहते (स्व. डॉ. संतापाऊ द्वारा प्राप्त सूचना के आधार पर)।

वैज्ञानिक (लैटिन) नाम, कुल, अन्य नाम तथा विवरण

वैज्ञानिक नाम : **लोबेलिआ नीकोटिनेफोलिआ** (*Lobelia nicotinaefolia* Heyne ex Roth)
(कुल– लोबीलिएसिए)

अन्य नाम : **संस्कृत**– देवनाल, विभीषण
कन्नड़– काडुहोगे-सोप्पले
गुजराती– नालि
तमिल, मलयालम– काट्टुपुकैला
तेलुगू– अदारिपोगकू
बंगला– बनतमाकू
मराठी– देवनाल

क्योंकि इस पौधे के पत्ते तंबाकू जैसे होते हैं, इसलिए वैज्ञानिक नाम में 'नीकोटिनेफोलिआ' शब्द दिया गया है। तंबाकू का नाम 'नीकोटिआना टाबाकुम' है।

वर्णन

नरसल का पौधा 3-5 मी. ऊंचा होता है। इसका तना मोटा, खोखला तथा सीधा अथवा कभी-कभी केवल ऊपरी भाग में शाखित होता है। पत्ते बहुत बड़े होते हैं। नीचे वाले पत्ते 45 सेमी. तक लंबे होते हैं, ऊपर के पत्ते छोटे होते जाते हैं। पत्तों के किनारे सीधे व बीच की नस मोटी एवं सफेद होती है। फूल बड़े और सफेद होते हैं। वह तने के शीर्ष पर लगे बहुत बड़े गुच्छों में आते हैं। फल आठ मिमी. व्यास का गोला-सा होता है। उसमें अनेक बीज छोटे, पीले या भूरे-से होते हैं।

प्राप्ति-स्थान

नरसल भारत के प्रायद्वीपीय भाग में पहाड़ियों और उनके आसपास के मैदानी क्षेत्र में होता है।

अन्य जातियां

नरसल के वंश की एक जाति लोबेलिआ इंफ्लाटा *(Lobelia inflata)* अमेरिका की देशज है। इसके पौधे को भारत में उगाने का प्रयत्न हुआ है। भारत का प्रायद्वीपीय भाग तथा असम इसकी खेती के लिए उपयुक्त बताए गए हैं।

56. निसोथ

(टरपेथ)

औषधीय गुण

पौधे की जड़ सुखाकर औषधि में प्रयोग करते हैं। केवल उन पौधों की जड़ें ली जाती है, जिन पर सफेद फल आते हैं। खोदने के समय जड़ों की छाल को भी क्षति नहीं पहुंचनी चाहिए।

निसोथ में 'टरपेथिन' नामक तत्त्व होता है। 'टरपेथिन' में लगभग वही गुण होते हैं, जो असली जलप (Jalap) नामक औषधि में होते हैं। असली जलप अमेरिका के एक पौधे एक्सोगोनिउम पुर्गा (*Exogonium purga* Benth) से निकलती है। जलप के स्थान पर निसोथ का प्रयोग किया जा सकता है। बाजार में मिलने वाली निसोथ में असली जलप तथा भारत में प्राप्त पौधों की जड़ों का मिश्रण मिलता है। उसमें मिलावट के लिए प्रायः पौधे की जड़ों के साथ शाखाओं के टुकड़े भी डाल देते हैं।

वैज्ञानिक (लैटिन) नाम, कुल, अन्य नाम तथा विवरण

वैज्ञानिक नाम : **ओपेर्कूलीना टुर्पेथुम** *[Operculina turpethum(L.) Silva Manso.]*
(अस्वीकृत नाम : मनोर्रेमिआ टुर्पेथुम)
(कुल– कनवॉलवुलेसिए)

अन्य नाम : **हिंदी**– पिथोरी, निसोथ
संस्कृत– त्रिपुटी, कालपर्णी
कन्नड़– बिलतिगिड़े
गुजराती– नशोतर
तमिल– शिवदई
तेलुगू– तेलतेगड़ा
पंजाबी– निसोथ
बंगला– दूधिया मलमी

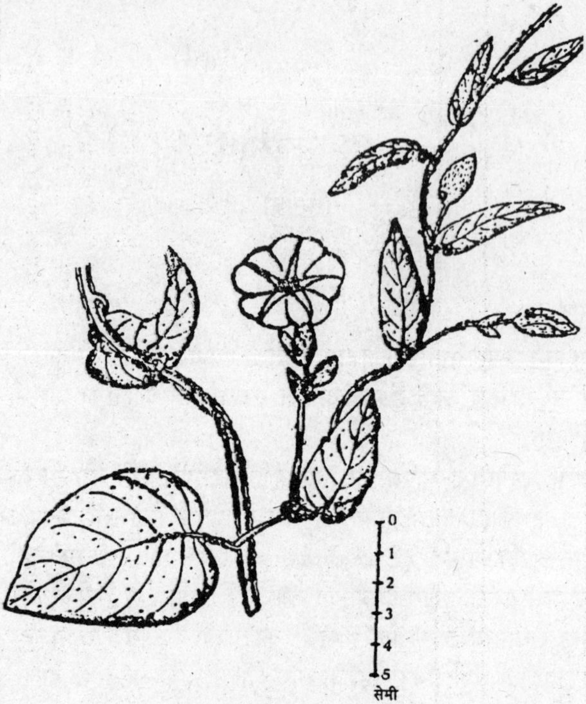

निसोथ (ओपेर्कूलीना टुर्पेथुम)

मराठी– निशोत्तर
अंग्रेजी– इंडियन जलप

वर्णन

यह एक बड़ा वल्लरी पौधा होता है, इसकी शाखाओं में दूध जैसा सफेद रस होता है। जड़ लंबी, शाखित, सरस होती है। शाखाएं समक्ष होती हैं। पत्ते 4-10 सेमी. लंबे, 15 सेमी. चौड़े, अंडाकार, आधार पर हृदयाकार होते हैं। फूल सफेद, 4-5 सेमी. लंबे होते हैं, किंतु पौधे पर फल आने की अवस्था में यह बहुत बड़े हो जाते हैं और फल को ढक लेते हैं।

प्राप्ति-स्थान

यह लता लगभग 1,000 मी. ऊंचाई तक के स्थानों में लगभग समस्त भारत में उगती है। सुंदर फूलों की शोभा के लिए यह प्रायः उद्यानों में भी उगाई जाती है।

57. नीम

(मारगोसा)

औषधीय गुण

नीम के पत्ते, तना और जड़ों की छाल औषधि के काम आते हैं।

छाल तिक्त, पौष्टिक तथा स्तंभक होती है। यह मियादी ज्वरों (जैसे मलेरिया) में लाभप्रद है। यह ऐसे ज्वरों के क्रम को भंग कर देती है। यह त्वचा रोगों में भी लाभदायक है।

नीम के पत्ते कड़वे होते हैं और त्वचा रोगों तथा फोड़े-फुंसी पर बहुत प्रयोग होते हैं। पत्तों के रस का सेवन भी लाभप्रद है।

परीक्षणों से सिद्ध हुआ है कि पत्तों और जड़ों में एंटीबायोटिक तत्त्व होते हैं तथा वे त्वचा रोगों में अवश्य लाभप्रद हैं।

शोध/परीक्षण तथा अन्य सूचना

इस पौधे का प्रायः कुछ अन्य पौधों के साथ मिश्रण से आधुनिक यंत्रों द्वारा बनी औषधियों का नवीनतम विधियों से औषधालयों में अनेक रोगियों पर सफल परीक्षण किया गया।

नीम के पत्ते का चूर्ण त्वचा पर काले चकत्ते पड़ जाने में उपयोगी है। बीज का तेल खुजली में उपयोगी है तथा योनि में रखने से गर्भनिरोधक है।

अन्य उपयोग

नीम की पतली शाखाओं के टुकड़े प्राचीन काल से दातुन के लिए प्रयोग किए जा रहे हैं तथा नीम पर आधारित पदार्थ दांत व मसूड़े साफ करने के टूथपेस्ट, मंजन तथा साबुन बनाने में काम आता है। नीम की लकड़ी बहुत टिकाऊ होती है और इमारती काम के लिए उपयोगी है। यह कृषि में काम आने वाले औजार तथा अन्य वस्तुएं बनाने के लिए उपयोगी है। बीज की खली तथा छाल से प्राप्त गोंद भी अनेक रूप में काम आते हैं।

नीम (आजाडीराक्टा इंडिका)

वैज्ञानिक (लैटिन) नाम, कुल, अन्य नाम तथा विवरण

वैज्ञानिक नाम : **आजाडीराक्टा इंडिका** (*Azadirachta indica* A. Juss.)
(कुल– मीलिएसिए)

अन्य नाम : **संस्कृत**– निंब
उड़िया, बंगला– नीम
कन्नड़– बेवू
गुजराती– लींबड़ो
तमिल, तेलुगू– बेप
मराठी– निंब
मलयालम– आर्य-वेप

वर्णन

नीम भारत का सुपरिचित वृक्ष है। इसके पत्ते संयुक्त, पिच्छाकार होते हैं। उनमें अनेक छोटे पत्रक होते हैं। फूल छोटे, सफेद, सुगंधित होते हैं और पत्तों के कक्ष में लंबे गुच्छों में लगते हैं। नीम के फल सरस, 1-2.2 सेमी. लंबे होते हैं। कच्चे फल (निंबोली) हरे तथा पके फल पीले रंग के होते हैं। फलों में एक बीज होता है।

प्राप्ति-स्थान

नीम भारत में स्वाभाविक रूप से उगता है। इसका रोपण देश के सभी भागों में किया जाता है। यह विशेषकर नगरों में तथा सड़कों के किनारे लगाया जाता है।

58. नीलकंठ

(इंडियन जेंशियन)

औषधीय गुण

इस पौधे के प्रकंद सुखाकर औषधि में काम आते हैं। नीलकंठ की औषधि क्षुधावर्धक है और अंतड़ियों के पाचक तत्त्वों के लिए उद्दीपक है। यह अनेक पौष्टिक औषधियों में पड़ती है। इसका स्वाद व गंध अच्छी होती है। इसका अधिक मात्रा में सेवन करने से दस्त हो जाते हैं।

वैज्ञानिक (लैटिन) नाम, कुल, अन्य नाम तथा विवरण

वैज्ञानिक नाम : **जेंटिआना कुर्रुआं** (*Gentiana kurrooa* Royle)
(कुल– जेंशिएनेसिए)

अन्य नाम : **हिंदी**– कुटकी, कमलफूल
कश्मीरी– नीलकंठी
गुजराती– पाखानभेद
बंगला– करु, कुटकी
(**जौनसार**– करु)

वर्णन

इस बहुवर्षीय पौधे के तने लगभग 10-30 सेमी. ऊंचे होते हैं। कई-कई पौधे इकट्ठे एक समूह में उगते हैं और उनकी शाखाएं पहले भूमि के समतल बढ़ती हैं, फिर सीधी हो जाती हैं। इसकी जड़ें मोटी होती हैं। नीचे के पत्ते 7-13 सेमी. लंबे, ऊपर के 2-5 सेमी. तक लंबे व संकरे होते हैं। फूल नीले, 4-5 सेमी. लंबे, 2-2.5 सेमी. व्यास के होते हैं। दलपुंज पर सफेद दाग-से होते हैं। फूल अकेले अथवा 2-4 के इकट्ठे गुच्छे में लगते हैं। फल लगभग दो सेमी. लंबे होते हैं।

प्राप्ति-स्थान

नीलकंठ के पौधे उत्तर-पश्चिम हिमालय में कश्मीर तथा उसके पास के क्षेत्र में

1,500-3,500 मी. ऊंचाई वाले स्थानों में पाए जाते हैं।

अन्य जातियां

इस वंश की ही एक विदेशी जाति जेंशिआना लुटेआ (*Gentiana lutea* L. अंग्रेजी–येलो जेंशियन) होती है। इसकी जड़ें बहुत उपयोगी होती हैं। हिमालय के उत्तर-पश्चिमी भाग में लगभग 3,000 मी. ऊंचाई वाले स्थानों में इसकी खेती भी की जा सकती है।

कुटकी (पीक्रोर्हीजा कुर्रुआ) नामक एक पौधा भी नीलकंठ के स्थान पर प्रयोग किया जा सकता है।

59. पलास

(बुटेआ)

औषधीय गुण

पलास से प्राप्त लाल गोंद, जिसे बंगाल किनो या बुटेआ गम कहते हैं, तथा इस वृक्ष के बीज औषधि में काम आते हैं।

गोंद में टैनीन होते हैं और यह अतिसार में अत्यंत लाभप्रद है। बीज में कृमिनाशक गुण हैं। वह राउंडवर्म तथा टेपवर्म के इलाज में प्रयोग होते हैं। पलास के बीज सैंटोनीना के स्थान पर भी प्रयोग किए जा सकते हैं। बीज नींबू के रस में पीसकर खुजली (धोबी के धुले कपड़े पहनने से कभी-कभी होने वाली खुजली) पर लगाते हैं। बीज दाद पर भी उपयोगी हैं। पलास की जड़ों की छाल का रक्तचाप पर कुछ प्रभाव बताते हैं।

शोध/परीक्षण तथा अन्य सूचना

इस पौधे का प्रायः कुछ अन्य पौधों के साथ मिश्रण से आधुनिक यंत्रों द्वारा बनी औषधियों का नवीनतम विधियों से औषधालयों में अनेक रोगियों पर सफल परीक्षण किया गया।

पत्तों का चूर्ण कृमि रोग में उपयोगी सिद्ध हुआ है। इसके पत्ते तथा तने का अन्य पौधों के साथ क्वाथ प्रोटोजोआ के संक्रमण में उपयोगी सिद्ध हुआ है।

इस पौधे में स्वापक तथा नशीले गुण बताए गए हैं।

अन्य उपयोग

पलास लाख के कीड़े बढ़ाने के लिए बहुत उपयुक्त है। पलास के फूलों से पीला रंग निकलता है। लकड़ी पानी के अंदर भी शीघ्र नहीं गलती, इसलिए कुओं पर रखने की चौखट व पानी खींचने के बर्तन आदि बनाने के काम आती है। यह इमारती काम में तथा ईंधन की तरह भी प्रयोग होती है। पत्ते बड़ी मात्रा में पत्तल व दोने बनाने के काम आते हैं तथा चारे के लिए भी उपयोगी हैं।

वैज्ञानिक (लैटिन) नाम, कुल, अन्य नाम तथा विवरण

वैज्ञानिक नाम : **बुटेआ मोनोस्पेर्मा** (*Butea monosperma* (Lamk.) Taub.)
(अस्वीकृत नाम : बुटेआफ्रोंडोसा)
(कुल– फाबेसिए)

अन्य नाम : **हिंदी**– ढाक, टेसू
संस्कृत– पलाश
उर्दू– पलाश पापड़ा
कन्नड़– मुत्तुंकदगिड़ा
गुजराती– खाकारो, केसुड़ानो झाड़
तमिल– पलासु
तेलुगू– पलासमू
बंगला– पलाश
अंग्रेजी– फ्लेम ऑफ दि फॉरेस्ट
(**अजमेर, मेवाड़**– चौर)

अंग्रेजी में इस वृक्ष को 'फ्लेम ऑफ दि फॉरेस्ट' (Flame of the Forest) कहते हैं। वह नाम इसलिए दिया गया है कि पुष्पन के समय लाल-नारंगी फूलों से लदे इसके वृक्ष जंगल में आग की लपटों जैसे दिखते हैं।

वर्णन

पलास भारत का सुपरिचित वृक्ष है। इसके लाल-नारंगी रंग के फूलों से लदे वृक्ष बहुत सुंदर दिखाई देते हैं। यह एक मझोला पतझड़ी वृक्ष होता है। इसके पत्तों में तीन पत्रक होते हैं। नीचे वाले दो पत्रक 8-12 सेमी. व्यास के होते हैं, तीसरा पत्रक बड़ा होता है। पत्रकों के नीचे की सतह मुलायम होती है और उस पर मोटी शिराएं होती हैं। पत्ते शीतकाल में झड़ जाते हैं और फरवरी-मार्च मास के लगभग, जब शाखाएं पर्णहीन होती हैं, वृक्ष पर फूल आने लगते हैं। फूल छोटे, घनके गुच्छों में आते हैं। शीघ्र ही सारा वृक्ष नारंगी फूलों से लद जाता है। पलास के फल चपटी फली जैसे होते हैं। फली में एक बीज होता है। वृक्ष का वैज्ञानिक नाम मोनोस्पर्मा एक बीज के कारण ही दिया गया है।

प्राप्ति-स्थान

पलास का वृक्ष समस्त भारत में होता है; यह मुख्यतः मध्य तथा पश्चिम भारत के

पतझड़ी या मिश्रित वनों में पाया जाता है। यह प्रायः मैदानी यां निचली तलहटियों में अधिक होता है।

अन्य जातियां

पलास-लता [बुटेआ सूपेर्बा (Butea superba Roxb.)] एक मोटी लता होती है। इसके पत्तों का रस गर्मियों में बच्चों के फोड़े-फुंसियों पर उपयोगी होता है।

60. पापरी

(इंडियन पोडोफील्लुम)

औषधीय गुण

पापरी के प्रकंद सुखाकर औषधि में काम आते हैं। प्रकंदों में एक राल जैसा (रेज़िनी) पदार्थ 'पोडोफिल्लिन' होता है। यह रेचक होता है। इसका प्रभाव धीरे-धीरे किंतु अधिक होता है। अधिक मात्रा में सेवन करने से यह पेट में तीव्र जलन एवं मरोड़ पैदा कर सकता है, इसलिए इसको प्रायः अंगूरशफा (बेल्लाडोन्ना) या घीक्वार (अलोए *Aloe*) के साथ मिलाकर देते हैं।

पापरी त्वचा रोगों में तथा रसौली या गिल्ली पर भी उपयोगी है।

अन्य सूचना

भारत के कई प्रांतों में विभिन्न जनजातियां इस पौधे के स्कंद कामला रोग हेतु प्रयोग करते हैं। अतः इस पर नियमित शोध उपयोगी हो सकता है।

वैज्ञानिक (लैटिन) नाम, कुल, अन्य नाम तथा विवरण

वैज्ञानिक नाम : **पोडोफील्लुम हेससांड्राम** (*Podophyllum hexandrum* Royle)
(अस्वीकृत नाम : पोडोफील्लुम एमोडी)
(कुल– बेर्बेरिडेसिए)

अन्य नाम : **हिंदी**– बनबैगन, पापरी
कश्मीरी– बनबैगन
गुजराती– वेनीव्रेल
पंजाबी– बनककड़ी, गलककड़ी
बंगला– पापरा
मराठी– पड़वेल

वर्णन

पापरी का पौधा छोटा और सरस होता है। इसकी जड़ें व प्रकंद भूमि पर फैल जाते हैं।

जिस स्तंभ पर फूल आते हैं, वह ऊर्ध्व होता है, उसके शीर्ष के निकट दो पत्ते निकलते हैं। पत्ते 15-25 सेमी. व्यास के, हस्ताकार, दंतुर होते हैं। उन पर अनेक फालसाई रंग के दाग होते हैं। फूल 2.5-5 सेमी. व्यास के, सफेद या गुलाबी, प्यालीकार, प्रायः अकेले लगते हैं। फल अंडाकार 2.5-5 सेमी. लंबे, गहरे लाल रंग के होते हैं।

प्राप्ति-स्थान

यह पौधा हिमालय की ऊंची पहाड़ियों पर प्रायः 3,000-4,000 मी. ऊंचाई वाले क्षेत्रों में होता है। कश्मीर में यह 1,800 मी. ऊंचाई वाले स्थानों में भी उग जाता है।

अन्य जातियां

इस वंश की एक अमेरिकन जाति पोडोफील्लुम पेल्टाटुम (*Podophyllum peltatum* L.) का भारत में कुछ स्थानों पर रोपण किया गया है। 1,500-3,000 मी. ऊंचाई वाले स्थान, जैसे कश्मीर, हिमाचल प्रदेश, पंजाब, उत्तर प्रदेश तथा सिक्किम में हिमालय की पहाड़ियों में इसकी खेती की जा सकती है।

61. पिप्पला मूल

(लौंग पैपर)

औषधीय गुण

पिप्पल का फल सुखाकर औषधि में प्रयुक्त होता है।

यह पौष्टिक होता है और उत्तेजक सुंघनियों में डाला जाता है। पक्षाघात तथा गठिया पर लगाने के लेप में भी पड़ती है। कच्चे फलों को सुखाकर उनका क्वाथ बनाकर पुरानी खांसी या धसके में देते हैं। पके फल सुगंधित, उद्दीपक और वायुसारी होते हैं। परीक्षणों द्वारा पिप्पल के पत्तों तथा फलों के एंटीबायोटिक गुणों की पुष्टि की गई है।

शोध/परीक्षण तथा अन्य सूचना

इस पौधे का प्रायः कुछ अन्य पौधों के साथ मिश्रण से आधुनिक यंत्रों द्वारा बनी औषधियों का नवीनतम विधियों से औषधालयों में अनेक रोगियों पर सफल परीक्षण किया गया।

सूखे फल प्रोटोजोआ का संक्रमण दूर करते हैं।

वैज्ञानिक (लैटिन) नाम, कुल, अन्य नाम तथा विवरण

वैज्ञानिक नाम : **पीपेर लोंगुम** (*Piper longum* L.)
(कुल– पाइपरेसिए)

अन्य नाम : **हिंदी**– पीपल, पीपली
संस्कृत– मागधी, पिप्पली
असमिया– पीपलू
कन्नड़– हिप्पली
गुजराती– पीपली
तमिल, तेलुगू– पिपिली
बंगला– पीपुल, जत्या
(**जलपाइगुड़ी**– शावष्पा)

इसका संस्कृत नाम 'मागधी' यह संकेत करता है कि यह पौधा मगध देश अर्थात् उत्तर बिहार में मिलता है।

वर्णन

यह एक छोटा सुगंधित पौधा होता है जो प्रायः भूमि पर फैलता है या लता बनकर पेड़ व झाड़ी आदि पर चढ़ जाता है। नीचे के पत्ते 6-10 सेमी. लंबे, अंडाकार, आधार पर हृदयाकार होते हैं। ऊपर के पत्ते अंडाकार अथवा दीर्घवत् होते हैं, यह भी आधार पर हृदयाकार होते हैं। पत्ते ऊपर गाढ़े हरे, चमकदार, नीचे केलई रंग के होते हैं। अनुपर्ण 1.3 सेमी. लंबे होते हैं, किंतु शीघ्र ही झड़ जाते हैं। फूल स्पाइकों में आते हैं। स्पाइक गूदेदार, 2.5-4 सेमी. लंबी, अंडाकार या दीर्घवत्, काले-हरे रंग की, चमकीली-सी होती है। फल छोटे, अंडाकार होते हैं और गूदेदार स्पाइकों में धंसे रहते हैं।

प्राप्ति-स्थान

यह पौधा भारत के उष्ण क्षेत्रों में होता है। इसकी खेती भी की जाती है।

अन्य जातियां

पिप्पल वंश की एक अन्य जाति औषधि में अत्यंत उपयोगी है, वह है काली मिर्च। काली मिर्च (पीपेर नीग्रुम– *Piper nigrum* L. अंग्रेजी– ब्लैक पैपर; हिंदी– गोल मिर्च; दखनी मिर्च, संस्कृत– कफविरोधी; मद्रास– काल्वल्ली); यह पौधा काफी बड़ा और आरोही होता है। इसकी शाखाएं कड़ी होती हैं। पत्ते चौड़े, अंडाकार या मंडलाकार होते हैं। फूल लंबी स्पाइकों में आते हैं। फल छोटे, गोल, 6-7 मिमी. व्यास के, पहले पीले, पकने पर लाल होते हैं।

कच्चे फलों को सुखाकर औषधि में प्रयोग करते हैं। सूखने पर यह काले रंग के झुर्रीदार, गोल हो जाते हैं और काली मिर्च कहलाते हैं। ये उत्तेजक, वायुसारी तथा पाचक होते हैं। अधिक मात्रा में लेने से यह शरीर में गर्मी पैदा करते हैं और पसीना आ जाता है। काली मिर्च मूत्रविरेचक भी है, किंतु यह मूत्रेंद्रियों में जलन पैदा कर सकती है। परीक्षणों द्वारा बीजों में एंटीबायोटिक गुण पाए गए हैं।

काली मिर्च अनेक खाद्य पदार्थों में, मसालों में, पाचकचूर्ण आदि में प्रयुक्त होती है। काली मिर्च शरीर की ऐंठन में उपयोगी बताई गई है।

कबाबचीनी (पीपेर कूबेबा *Piper cubeba* L.f., अंग्रेजी– कूबेब; हिंदी– शीतलचीनी, सुगंधमरिच) : यह दक्षिण-पूर्वी एशिया का पौधा है। इसके फलों से एक तेल निकलता है, जो मूत्रेंद्रियों के रोगों में काम आता है। पूर्वी तथा दक्षिण भारत इसकी खेती के लिए उपयुक्त स्थान हैं। कबाबचीनी में स्वापक गुण बताए गए हैं।

62. पुनर्नवा

औषधीय गुण

पौधे के सभी भाग, विशेषकर जड़ें, पुनर्नवा नामक औषधि में काम आते हैं।

इस औषधि में 'पुनर्नवीन' नामक एल्केलाइड होता है। यह औषधि मुख्यतः मूत्रविचेरक के रूप में भी प्रयोग होती है और जलोदर, पीलिया व सूजाक में दी जाती है। यह रेचक भी है। थोड़ी मात्रा में सेवन करने से कै हो जाती है। जानवरों पर किए गए परीक्षणों से इस औषधि का मूत्रल गुण सिद्ध हुआ है।

शोध/परीक्षण तथा अन्य सूचना

इस पौधे का प्रायः कुछ अन्य पौधों के साथ मिश्रण से आधुनिक यंत्रों द्वारा बनी औषधियों का नवीनतम विधियों से औषधालयों में अनेक रोगियों पर सफल परीक्षण किया गया।

इसका क्वाथ हृदयाघात में उपयोगी सिद्ध हुआ है।

यह पौधा मस्तिष्क पर प्रभाव करता है।

अफ्रीका में समूचे पौधे का मधुमेह के उपचार में उल्लेख है।

वैज्ञानिक (लैटिन) नाम, कुल, अन्य नाम तथा विवरण

वैज्ञानिक नाम : **बोएर्हाविआ डीफ्फूजा** (*Boerhavia diffusa* L.)
(कुल– निक्टाजिनेसिए)

अन्य नाम : **हिंदी**– विषखोपरा, सांठी, सुर्वरी
संस्कृत– रक्तकांदा, पुनर्नवा
कन्नड़– अडकपुट्टनगिड़ा
गुजराती– मोटो सातोड़ो, नाहनो वसेड़ो, झींड़को-वसेड़ो
तमिल– मुक्कारट्टेई
तेलुगू– अटकी, अटिक ममीड़ी
बंगला– पुनर्नवा

मराठी– तंबाड़ी वसु
मलयालम– तविड़ाम
अंग्रेजी– हॉगवीड, हॉर्स पर्सलेन
(**मध्य प्रदेश**– खोड़िया, पथरचट्टा)

इस पौधे के अधिकांश स्थानीय नाम तथा व्यापार का नाम 'पुनर्नवा' संस्कृत नाम पर आधारित है।

वर्णन

यह पौधा प्रायः भूमि पर फैलता है अथवा अन्य पौधों या झाड़ियों का सहारा पाकर ऊंचा भी चढ़ जाता है। इसकी शाखाएं विभाजित तथा फैली हुई होती हैं। प्रत्येक गांठ पर दो पत्ते होते हैं। दोनों मंडलाकार होते हैं, किंतु एक छोटा, लगभग 1.5-2 सेमी. व्यास का और दूसरा बड़ा, लगभग 2.5-4 सेमी. व्यास का होता है। पत्तों के आधार हृदयाकार होते हैं। पत्ते नीचे सफेद और ऊपर हरे होते हैं। फूल अत्यंत छोटे, लाल रंग के होते हैं। वह पत्तों के कक्ष से निकले, लंबे, डंठलों पर छोटे गुच्छों में लगते हैं। फलों पर महीन धारियां और ग्रंथियां होती हैं।

प्राप्ति-स्थान

पुनर्नवा लगभग समस्त भारत में पाया जाता है।

63. पोदीना

(मिंट)

औषधीय गुण

पोदीने के पत्तों का क्वाथ गठिया के दर्द एवं अपच में लाभप्रद है।

वैज्ञानिक (लैटिन) नाम, कुल, अन्य नाम तथा विवरण

वैज्ञानिक नाम : **मेंथा आरवेंसिस** (*Mentha arvensis* L.)
(कुल– लेमिएसिए)

पोदीना वंश की लगभग सभी उपयोगी जातियों को भारत में पोदीना नाम से ही जानते हैं।

वर्णन

इस वंश के पौधे छोटे एवं गंधमय होते हैं। कई जातियां स्वाभाविक रूप से उगती हैं, कुछ की खेती भी की जाती है। इनमें मुख्य उपयोगी तत्त्व 'मेंथोल' और 'पिपरमिंट ऑयल' होते हैं।

पोदीना (मेंथा आरवेंसिस *Mentha arvensis* L., अंग्रेजी– फील्ड मिंट, कार्नमिट) : यह एक ऊर्ध्व, शाखित, 60 सेमी. तक ऊंचा पौधा होता है। पत्ते पांच सेमी. तक लंबे होते हैं। उनके किनारे दंतुर तथा डंठल छोटे होते हैं। कभी-कभी पत्ते अवृंत होते हैं। फूल छोटे, गुलाबी और छोटे गुच्छों में पत्तों के कक्ष में आते हैं।

प्राप्ति-स्थान

यह जाति कश्मीर में 1,500-3,000 मी. ऊंचाई तक़ के स्थानों में होती है। इसकी खेती भी की जाती है।

अन्य जातियां

इस जाति की एक जापानी प्रजाति मेंथा आरवेंसिस उपजति हाप्लोकैलिक्स प्रजाति पिपरेसेंस (*Mentha arvensis* L. Subpecies *haplocalyx* Briq variety *piperescens* Holmes) की जम्मू एवं कश्मीर में खेती की गई है। इससे प्राप्त तेल को 'जापानी पिपरमिंट ऑयल' कहते हैं। यह मेंथा पीपेरिटा (*Mentha piperita* L.) से प्राप्त असली 'पिपरमिंट ऑयल' के स्थान पर प्रयोग हो सकता है।

जंगली पोदीना (मेंथा लोंगीफ़ोलिआ *Mentha longifolia* (L.) Huds.] इसका पुराना नाम मेंथा सील्वेस्ट्रिस (*Mentha sylvestris* L.) था, अंग्रेजी– हार्स मिंट; पंजाबी– कोश) : इसका पौधा कुछ बड़ा होता है और कश्मीर, पंजाब तथा उत्तर प्रदेश में पाया जाता है। इस पौधे में एंटीसेप्टिक तथा उत्तेजक गुण होते हैं। यह अपच और ज्वर में उपयोगी है।

मेंथा वंश का सबसे उपयोगी पौधा विलायती पोदीना (मेंथा पीपेरिटा *Mentha piperita* L. अंग्रेजी– पिपरमिंट) है। इसकी कश्मीर, उत्तर प्रदेश, मैसूर, मद्रास आदि भारत के कई प्रांतों में खेती की जाती है।

इस पौधे के पत्तों और फूल वाली ऊपरी शाखाओं को सुखाकर औषधि में प्रयोग करते हैं। इसे पिपरमिंट कहते हैं। यह औषधि अफारा, कै, अतिसार और मतली में लाभप्रद है। सिर तथा अन्य अंगों के दर्द पर इसके पत्ते मसलकर लगाते हैं।

इस औषधि का मुख्य उपयोग तो इससे प्राप्त तेल पिपरमिंट ऑयल (जिसमें 'मेंथोल' होता है) के कारण है। यह तेल अपच की औषधियों में, सिरदर्द व गठिया आदि के मरहमों में, खांसी की गोलियों में, जुकाम की सूंघनी में तथा कुल्ला या गरारे करने की औषधियों में प्रयुक्त होता है। यह तेल एंटीसेप्टिक भी है।

64. बच

(कालामुस)

औषधीय गुण

बच के प्रकंद सुखाकर औषधि में प्रयोग किए जाते हैं।

इसमें एक वाष्पशील (वोलेटाइल) तेल होता है जिसके कारण इसमें वायु या वात दूर करने का गुण होता है। यह पेट फूलने या अफारा अथवा उदरस्फीति की अवस्था में शांति पहुंचाती है और भूख बढ़ाती है। अधिक भोजन करने से या पेट में वायु हो जाने के कारण जो पीड़ा होती है, उसके शमन के लिए यह उपयोगी है। बच में सुगंधित तेल होता है। यह कफनिस्सारक भी है अर्थात् बलगम दूर करती है तथा दमा रोग में शांति पहुंचाती है। बच में टैनीन भी होते हैं, इसलिए यह अतिसार एवं पेचिश अर्थात् आंव आने पर उपयोगी है। अधिक मात्रा में लेने से वमन होने का भय रहता है।

बच के पत्ते तथा प्रकंद पेय पदार्थों को सुगंधित करने के लिए तथा कीटनाशक औषधियां बनाने के भी काम आते हैं। इसकी जड़ों को पीसकर कृमिनाशक औषधि भी बनाई जाती है।

बच का तेल तंतुओं के लिए बलकारक होता है। एल्कोहल में बनाए हुए बच के (सुगंधित वाष्पशील तत्त्वरहित) रस में पीड़ाहर तथा शमक गुण होते हैं, इस कारण बच मानसिक रोगों में प्रयोग होता है।

परीक्षणों में यह देखा गया है कि बच के प्रकंदों में कीटाणुओं की बढ़ोतरी रोकने वाले (एंटीबैक्टीरियल) तत्त्व होते हैं।

अन्य सूचना

चीन में इस पौधे के मूल का अधिक रक्तचाप रोग में लाभ होने का उल्लेख है।

वैज्ञानिक (लैटिन) नाम, कुल, अन्य नाम तथा विवरण

वैज्ञानिक नाम : **आकोरुस कालामुस** (*Acorus calamus* L.)
(कुल– अरेसिए)

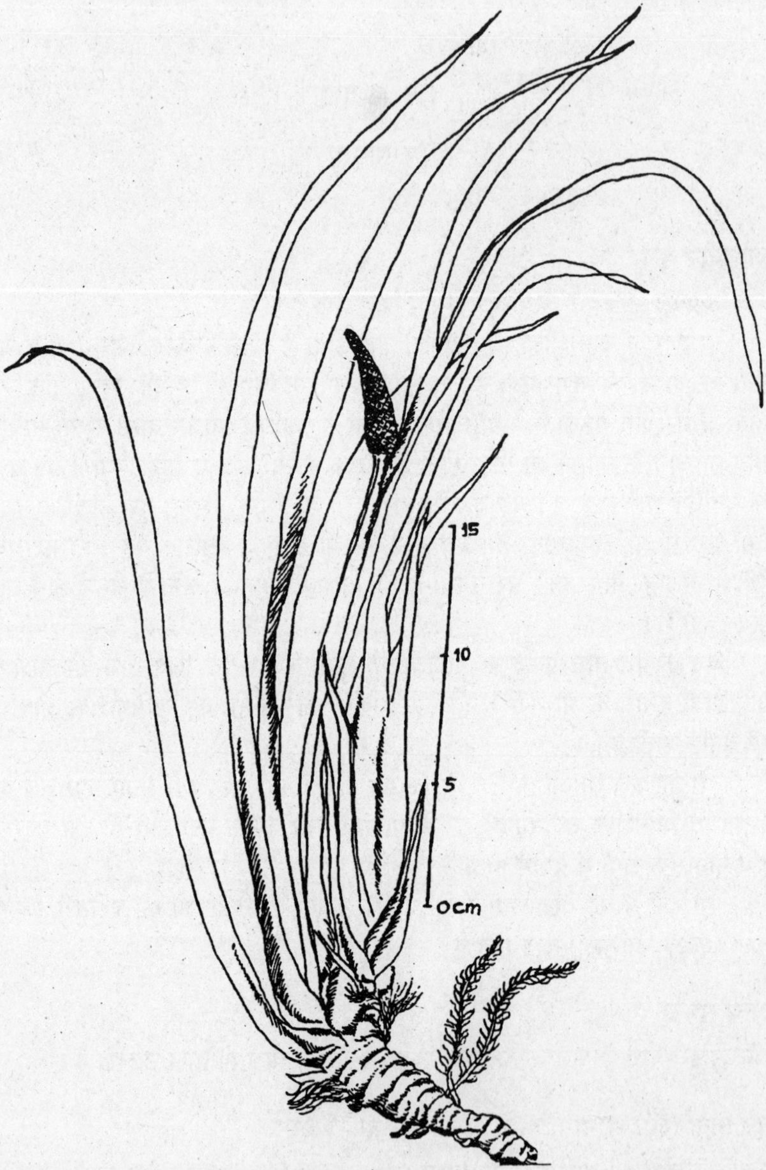

बच (आकोरुस कालामुस)

अन्य नाम : **हिंदी**– घोड़ा बच, सफेद बच
संस्कृत– भूतनाशिनी
असमिया– थेमेप्रि
कन्नड़– बजेगिडा
गुजराती– गंधिलोवज
तमिल– वाशंभू
तेलुगू– वसा
बंगला– बच
मराठी– वेखंड
मलयालम– वायंपू
अंग्रेजी– स्वीट फ्लैग

वर्णन

यह एक छोटा पौधा होता है। इसके प्रकंद विभाजित होकर भूमि में दूर-दूर तक फैल जाते हैं। प्रकंद अत्यंत सुगंधित होते हैं। इसके पत्ते बहुत लंबे (1-1.5 मी. तक) तथा केवल दो-तीन सेमी. चौड़े होते हैं। फूल छोटे, केलई-से रंग के होते हैं और 5-10 सेमी. लंबी स्पाइकों में आते हैं। ये स्पाइकें विशेष प्रकार की होती हैं और 'स्पेडिक्स' कहलाती हैं। फूल वाले स्तंभ के नीचे एक पत्ते के आकार का बड़ा 15-75 सेमी. लंबा 'स्पेथ' भी होता है। फल पीले रंग के होते हैं।

प्राप्ति-स्थान

बच के पौधे लगभग 2,000 मी. ऊंचाई तक के क्षेत्र में समस्त भारत में पाए जाते हैं। यह प्रायः हिमालय पर्वत के उत्तरी व पूर्वी भागों में, दलदल में अथवा अन्य नम स्थानों पर अधिक होता है। कर्नाटक तथा कुछ स्थानों में इसकी खेती की गई है।

65. बला

औषधीय गुण

बला का समूचा पौधा औषधि में काम आता है। इसमें पौष्टिक, बलकारक तथा यौन शक्तिवर्धक गुण बताए जाते हैं। पौधे के बीजों में यह गुण प्रधानतया बताया गया है। बला की जड़ी और अदरक का अर्क ज्वर में उपयोगी है। जड़ की छाल को दूध व शक्कर के साथ (अथवा अलग ही) पीसकर सेवन करना श्वेतप्रदर एवं स्त्रियों के अन्य रोगों, स्नायुमंडल के रोग आदि में उपयोगी है। जड़ों के रस के प्रयोग से जख्म शीघ्र भर जाते हैं। जड़ की छाल तिल के तेल और दूध में मिलाकर सेवन करने से कुछ प्रकार के चेहरे के पक्षाघात ठीक हो जाते हैं।

पौधे के बीज सूजाक तथा उदरशूल (मरोड़े) में उपयोगी बताते हैं।

वैज्ञानिक (लैटिन) नाम, कुल, अन्य नाम तथा विवरण

वैज्ञानिक नाम : **सीडा कॉर्डीफोलिआ** (*Sida cordifolia* L.)
(कुल– मालवेसिए)

अन्य नाम : **हिंदी**– खरेंटी, कुंगी
संस्कृत– जयंती
उड़िया–बड़ियानानला
कन्नड़– हेत्तूति
गुजराती– बलादाना, बलबुवारो, बलनां-सावेणां
तमिल– अरिवलमणइप्पुंडु
तेलुगू– चीरुबेड़ा
बंगला– बेरेला, बला
मराठी– चिकना
मलयालम– कट्टुरम

वैज्ञानिक नाम में 'कॉर्डीफोलिआ' शब्द का अर्थ है हृदयाकार, यह पत्तों के आकार पर आधारित है।

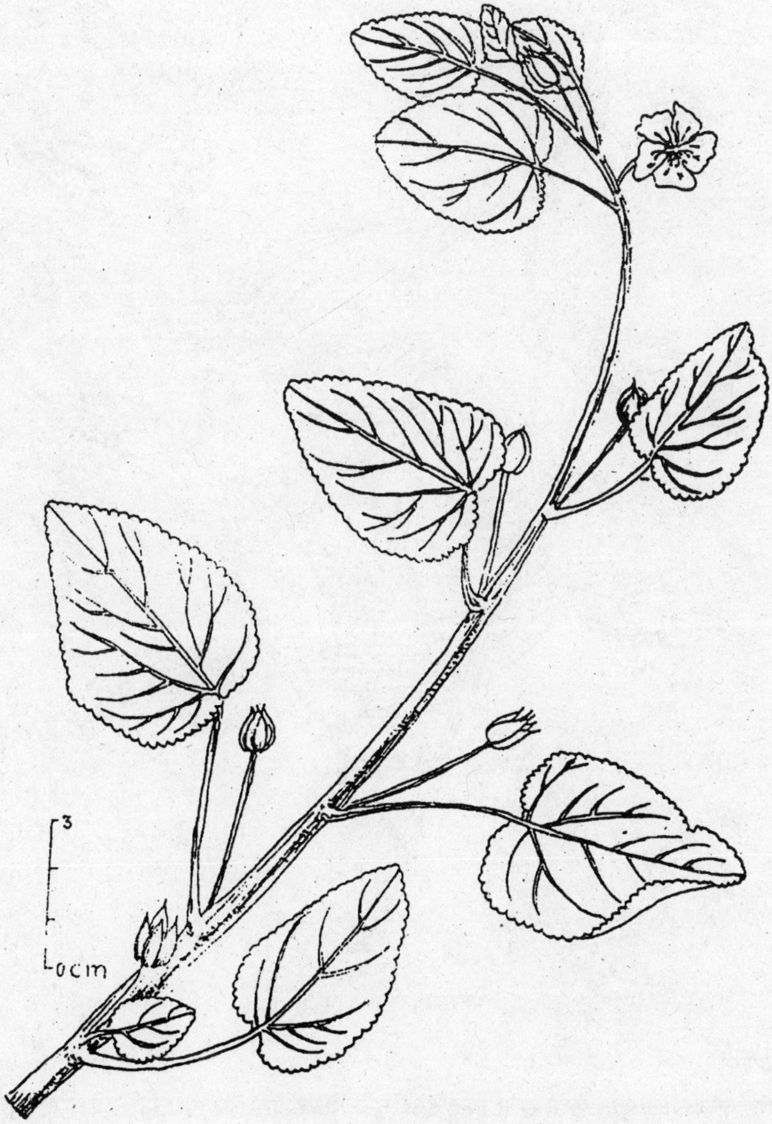

बला (सीडा कॉर्डीफोलिआ)

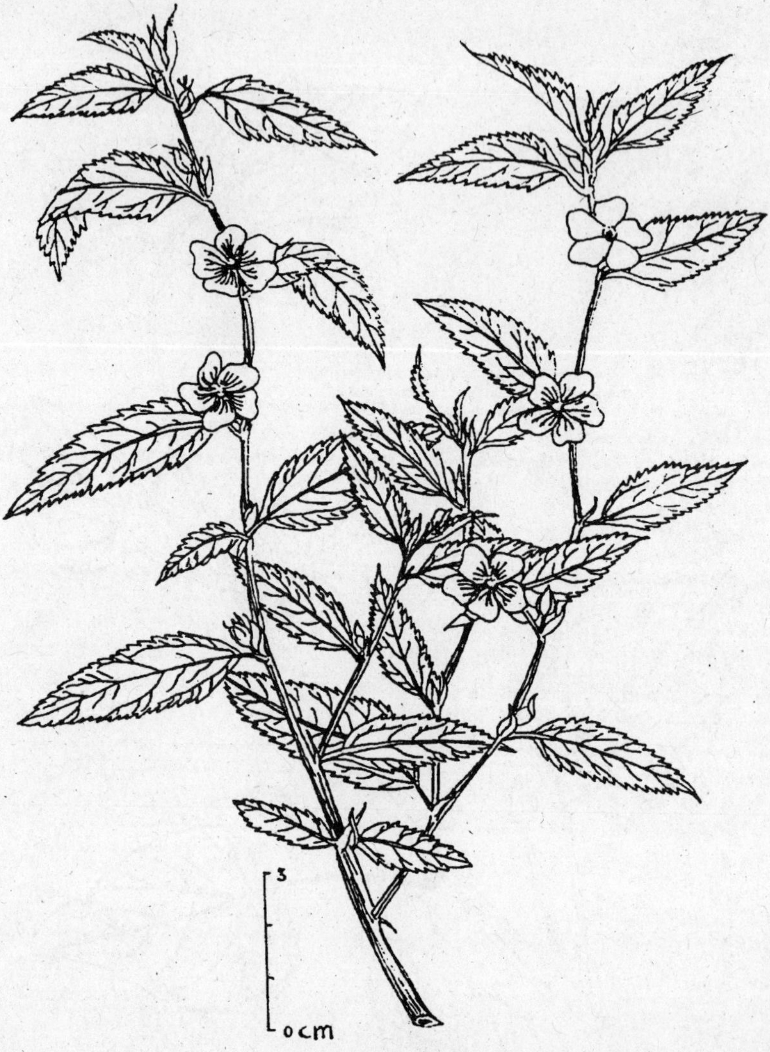

बनमेथी (सीडा आकूटा)

वर्णन

यह अत्यंत शाखित, फैला हुआ किंतु झाड़ीनुमा पौधा होता है। पौधे के सभी अंगों पर ताराकार रोम होते हैं। पत्ते प्रायः 2-5 सेमी. लंबे, गोल या अंडाकार, आधार पर हृदयाकार, किनारों पर दंतुर होते हैं। फूल पीले, छोटे और एक या कई साथ लगे रहते

हैं। फल 6-8 मिमी. व्यास के, 7-10 अंडपों में विभाजित होते हैं। प्रत्येक अंडप के शीर्ष पर दो शूल होते हैं।

प्राप्ति-स्थान

यह पौधा लगभग समस्त भारत में पाया जाता है और खेतों, उद्यानों, बस्तियों के आसपास तथा छोटे वृक्षों या झाड़ियों के नीचे प्रायः ही उग आता है।

अन्य जातियां

बला के वंश की निम्न जातियों में भी औषधीय गुण होते हैं :

बनमेथी (सीडा आकूटा *Sida acuta* Burm f. संस्कृत– बलाद्धरु) इसकी जड़ें मूत्र संबंधी एवं ज्ञान तंतु संबंधी रोगों, ज्वर में और उदर के विकारों में उपयोगी हैं। पत्तों में भी औषधीय गुण बताते हैं। शोध परीक्षण से बनमेथी में उत्तेजक गुण बताए गए हैं। यह मारी हुआना के विकल्प के रूप में इस्तेमाल होता है।

श्वेत-बरेला (सीडा र्‌होम्बीफोलिया *Sida rhombifolia* L. संस्कृत– अति बला) : यह पौधा गठिया के दर्द तथा श्वास नली के क्षय रोग में उपयोगी है। इसमें शमक गुण भी होते हैं। गुलसकरी (सीडा स्पीनोसा *Sida spinosa* L. संस्कृत– नागबला) : इस पौधे की जड़ और जड़ की छाल मूत्राशय की जलन एवं सूजाक में शांति पहुंचाती है। यह ज्वरनाशक एवं पौष्टिक भी है। पत्तों में भी यही औषधीय गुण होते हैं।

66. बहेड़ा

(बेल्लीरिका माइरोबलान)

औषधीय गुण

बहेड़ा के सूखे फल औषधि के काम आते हैं।

फल अपच, अतिसार आदि उदर रोगों में उपयोगी हैं। ये मस्तिष्क के लिए भी लाभप्रद हैं। फलों का पानी नेत्रों पर लगाने से जलन दूर होती है। बहेड़ा बवासीर, कुष्ठ रोग, जलोदर और ज्वर में उपयोगी है। अधपके फल रेचक होते है, किंतु पके, सूखे फलों में बिल्कुल विपरीत गुण होते हैं।

बहेड़ा के फल त्रिफला नामक प्रसिद्ध औषधि का एक अंग हैं। त्रिफला में अन्य दो पदार्थ होते हैं, हर्रा और आंवला। हर्रा का वर्णन इसी अध्याय में आगे किया गया है। आंवले के विषय में पिछले एक अध्याय में लिखा जा चुका है।

शोध/परीक्षण तथा अन्य सूचना

इस पौधे का प्रायः कुछ अन्य पौधों के साथ मिश्रण से आधुनिक यंत्रों द्वारा बनी औषधियों का नवीनतम विधियों से औषधालयों में अनेक रोगियों पर सफल परीक्षण किया गया।

इसका फल फुंसी (पिडिका) में उपयोगी है।

बहेड़ा में स्वापक, छद्‌म निद्राकारी तथा मतिभ्रामक गुण बताए गए हैं। यह अनिद्रा में उपयोगी है।

अन्य उपयोग

बहेड़ा की लकड़ी जल के अंदर शीघ्र नहीं गलती, इस कारण यह नौका आदि बनाने के काम आती है। अन्य अनेक घरेलू वस्तुएं तथा कृषि के औजार भी इससे बनाए जाते हैं।

वैज्ञानिक (लैटिन) नाम, कुल, अन्य नाम तथा विवरण

वैज्ञानिक नाम : **टेर्मिनालिआ बेल्लीरिका** (*Terminalia bellirica* (Gaertn.) roxb.)
(कुल– कॉम्ब्रीटेसिए)

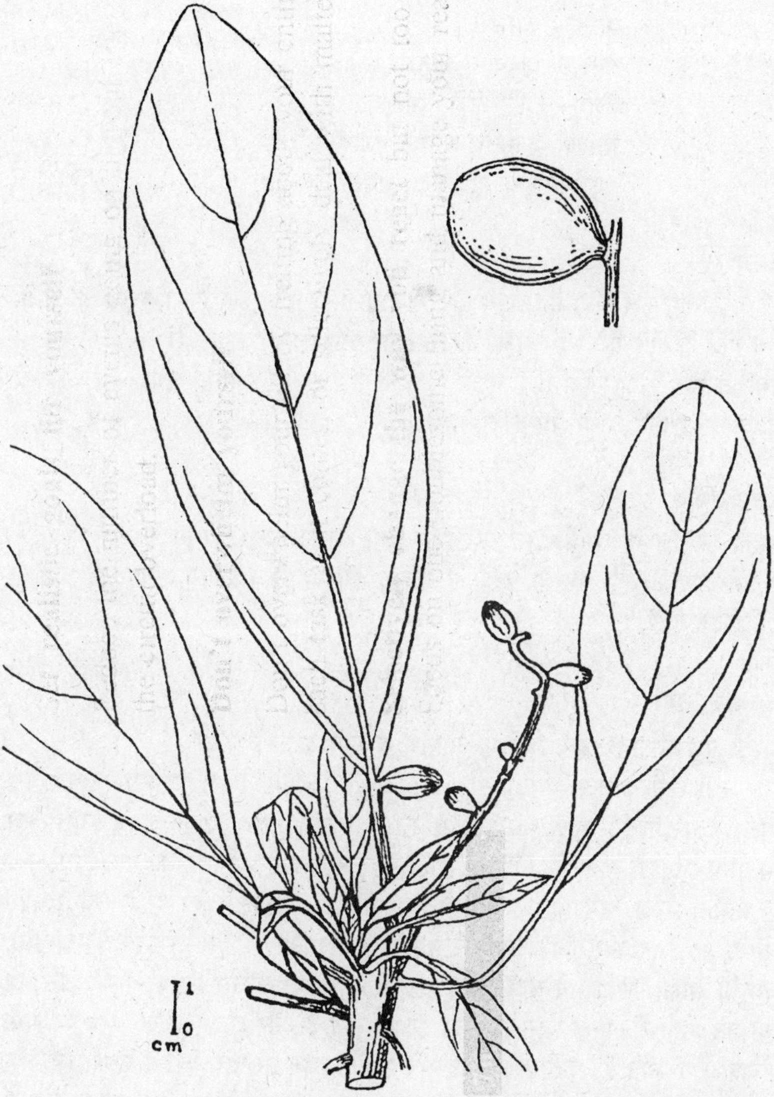

बहेड़ा (टेर्मिनालिआ बेल्लीरिका)

अन्य नाम : **संस्कृत**– तेलफल
असमिया– भोविआन, हुल्लुच
कन्नड़– तारेमरा
तमिल– अक्कम, लानरी
तेलुगू– टाडी, टांड्रा, तान्निका
बंगला, गुजराती, मराठी, पंजाबी– बहेड़ा
(**चटगांव**– बोआरागोटा; **संथल**– लोपोन)

वर्णन

यह एक बड़ा वृक्ष होता है। इसके तने में प्रायः मोटे पुश्त होते हैं। पत्ते 10-25 सेमी. लंबे होते हैं और प्रायः शाखाओं के शीर्ष पर लगे रहते हैं। फूल छोटे, केलई रंग के दुर्गंधित होते हैं और पतली स्पाइकों में लगते हैं। फल 2-3 सेमी. लंबे, अंडाकार, भूरे या कत्थई रंग के अत्यंत रोमिल होते हैं।

प्राप्ति-स्थान

बहेड़ा के वृक्ष पश्चिमी भारत के शुष्क क्षेत्रों को छोड़कर लगभग समस्त भारत में 1,000 मी. ऊंचाई तक के प्रदेश में मिलते हैं। यह प्रायः मिश्रित पतझड़ी वनों में अधिक होते हैं।

अन्य जातियां

बहेड़ा वंश की कुछ अन्य जातियां औषधि में काम आती हैं।

हर्रा (टेर्मिनालिआ चेबुला– *Terminalia Chebula* Retz. अंग्रेजी– चेबुलिक–माइरोबलान; हिंदी– हरड़, हरितकी; तमिल– हरक्कज): यह वृक्ष भी लगभग उसी क्षेत्र में पाया जाता है जहां बहेड़ा। कुछ पुरानी पुस्तकों में इसे 'अव्यथा' का नाम दिया गया है अर्थात् व्यथा हरने वाला। यह मझोला या बड़ा वृक्ष होता है। इसके पत्ते 10-20 सेमी. लंबे, अंडाकार, निशिताग्र होते हैं। किंतु शाखाओं के शीर्ष पर इकट्ठे नहीं होते, समूची शाखा पर आमने-सामने लगे रहते हैं। पत्तों के आधार पर, नीचे की ओर, दो ग्रंथियां होती हैं। फूल मटमैले सफेद रंग के होते हैं और शाखाओं के शीर्ष पर लगी स्पाइकों में आते हैं। फल 2-4 सेमी. लंबे होते हैं। इन पर पांच शिराएं उभरी हुई और स्पष्ट होती हैं। शोध-परीक्षण से इसका फल फुंसी (पिडिका) तथा हृदय रोग में उपयोगी पाया गया है।

सूखे हुए फल हरड़ की औषधि में काम आते हैं। हरड़ पुराने फोड़े, नासूर व

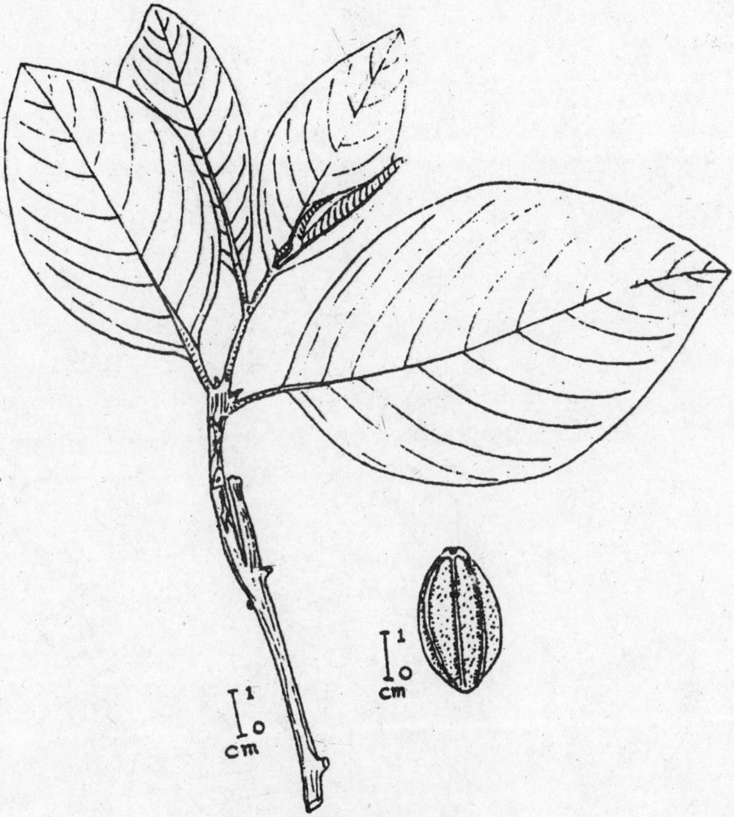

हर्रा (टेर्मिनालिआ चेबुला)

जख्म पर उपयोगी है। मुंह में छाले या सूजन होने पर इसके पानी के गरारे व कुल्ली कराते हैं। हरड़ रेचक भी होती है, यह हृदय के लिए बलकारक होती है तथा रक्तचाप पर भी इसका कुछ प्रभाव बताते हैं। पिसी हुई हरड़ से दांतों के मसूड़े मजबूत करने का मंजन बनाते हैं। त्रिफला में डालकर तो हरड़ नाना प्रकार से उपयोगी है। हरड़ का अचार, मुरब्बा, चटनी, चूर्ण आदि भी बहुत प्रयोग होते हैं। यह पाचक, मृदुरेचक बताया जाता है। हर्रा मस्तिष्क तथा नाड़ी तंत्र हेतु बलकारक है।

अर्जुन (टेर्मिनालिआ अर्जुन– *Terminalia arjuna* Wt.& Arn. हिंदी– काहू, कोव्हा; संस्कृत– अंद्रद्रुम) यह वृक्ष लगभग सारे भारत में, विशेषकर जल के निकट नदी-नालों के किनारे अधिक होता है। इसकी छाल सफेद होती है जिससे अर्जुन के

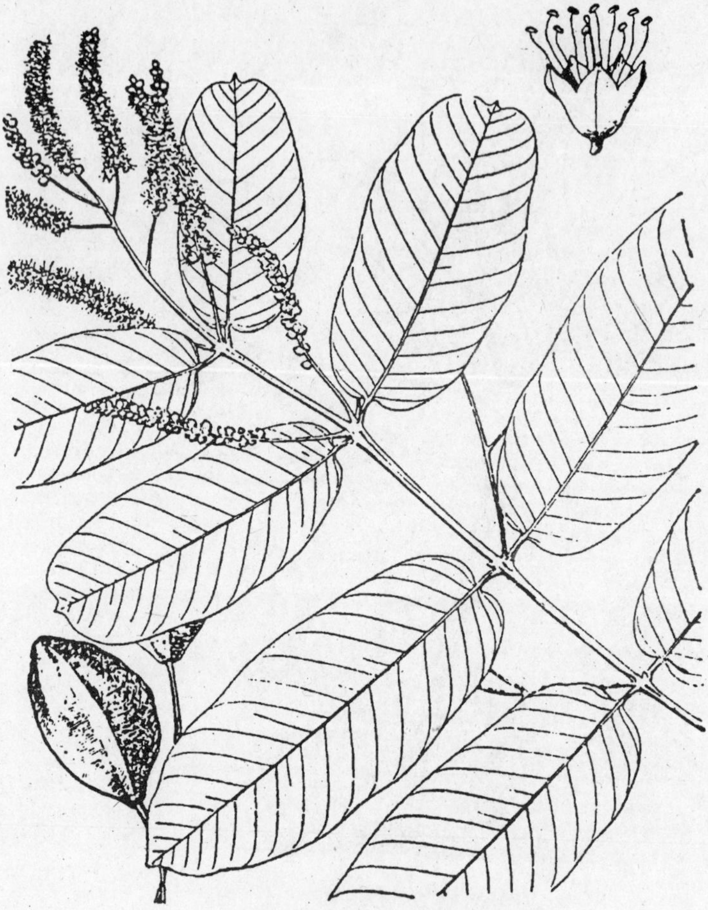

अर्जुन (टेर्मिनालिआ अर्जुन)

पेड़ दूर से पहचाने जा सकते हैं। छाल स्तंभक होती है और ज्वर, हड्डी टूटने तथा अंदरूनी चोट (गुम चोट) में उपयोगी है। यह हृदय के लिए भी बलकारी है। शोध-परीक्षण में इसकी छाल हृदय रोग में उपयोगी पाई गई है। अर्जुन में मादक तथा शमक गुण बताए गए हैं। यह शरीर की ऐंठन में लाभदायक है।

इस वृक्ष को कुछ पुस्तकों में 'नदीसरजा' का नाम दिया गया है अर्थात् नदी के किनारे उगने वाला।

67. ब्रह्ममंडूकी

(सेंटेल्ला)

औषधीय गुण

ब्रह्मी के पौधे के ताजे पत्तों और टहनियों को तोड़कर सुखा लेते हैं, विशेषकर यही औषधि में काम आते हैं। जड़ और बीज भी प्रयोग होते हैं।

ब्रह्मी के पत्ते अथवा समूचा पौधा पानी में उबालकर उसका क्वाथ कुष्ठ रोग में देते हैं। ब्रह्मी में 'एशियाटिकोसाइड' नामक तत्त्व होता है, इसके ही कारण इस पौधे को कुष्ठ रोग में लाभप्रद बताते हैं। जानवरों पर जो परीक्षण किए गए हैं, उनसे यह सिद्ध हुआ है कि ब्रह्मी में त्वचा, बाल तथा नाखूनों की बढ़ोतरी को तीव्र करने के गुण अवश्य हैं।

यह पौधा कुछ प्रकार के क्षय रोग में, मस्तिष्क के लिए तथा शरीर की भिन्न क्रियाओं को संतुलित करने के लिए भी उपयोगी बताया गया है।

अन्य सूचना

इसमें चिंताहरक गुण भी बताए गए हैं।

अफ्रीका में इस पौधे का मलेरिया के उपचार में उल्लेख है।

वैज्ञानिक (लैटिन) नाम, कुल, अन्य नाम तथा विवरण

वैज्ञानिक नाम : **सेंटेल्ला एशियाटिका** (*Centella asiatica* (L.) Urban)
***(अस्वीकृत नाम :* हीड्रोकोटीले एशियाटिका)**
(कुल– एपिएसिए)

अन्य नाम : **हिंदी**– ब्राह्मी
संस्कृत– मंडूकपर्णी
कन्नड़– वंदेलगा
गुजराती– बर्मी
तमिल– वेल्लारि-एलाये

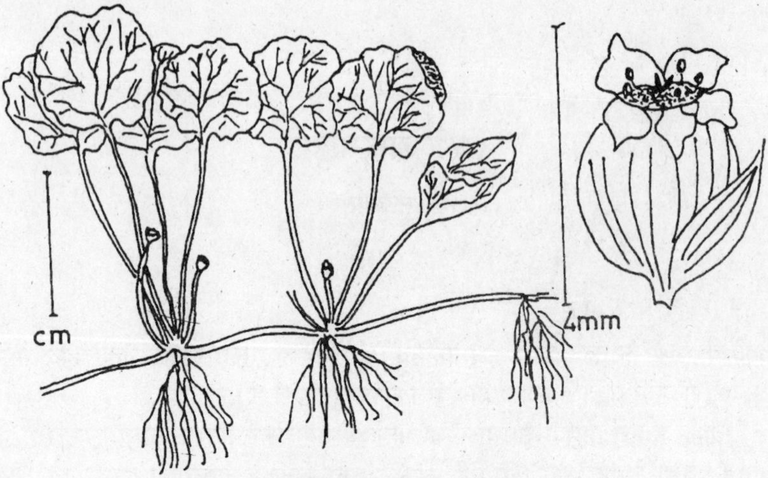

ब्रह्ममंडूकी (सेंटेल्ला एशियाटिका)

तेलुगू– बोखुड़ू, नाएले-टांगड़ू-अखलू
पंजाबी– ब्रह्मी-बूटी
बंगला– ठानखुरिया
मराठी– ब्रह्मी
अंग्रेजी– इंडियन पेनीवर्ट
(**नागा-क्षेत्र, असम**– अघिउये, **सिल्वर**– तूनिमानकोणि,
सिक्किम– गोरतापरी)

इस पौधे का संस्कृत नाम 'मंडूकपर्णी' पौधे के पत्तों के आकार पर आधारित है।

वर्णन

यह पौधा भूमि पर फैलता है तथा इसकी विसर्पी शाखाओं की गांठों पर भी जड़ें फूट आती हैं। पत्ते छोटे, 2-4 सेमी. व्यास के, या थोड़ा अधिक, वर्तुल अथवा वृक्काकार होते हैं। उनके किनारे दंतुर होते हैं। फूल छोटे, गुलाबी या लाल, 3-6 के गुच्छों में होते हैं। फल भी छोटे, जौ के दाने जैसे होते हैं और उन पर 7-9 उभरी हुए धारियां-सी होती हैं।

प्राप्ति-स्थान

यह पौधा समस्त भारत में नम स्थानों में होता है और नदी-नालों, तालाब के किनारे या सिंचे हुए खेत तथा लॉन में प्रायः ही उग आता है।

68. ब्राह्मी

(बाकोपा)

औषधीय गुण

ब्राह्मी का समूचा पौधा औषधि में काम आता है।

यह औषधि नाड़ियों के लिए पौष्टिक होती है। यह मिरगी, आक्षेप, बेहोशी व नाड़ियों की दुर्बलता आदि रोगों में दी जाती है। यह कब्ज दूर करती है तथा मूत्रल है। पत्तों का रस बच्चों की खांसी या श्वास नली की सूजन में दिया जाता है। इसके सेवन से कै (वमन) हो जाती है, इसलिए शांति पड़ जाती है।

पत्तों के रस को पेट्रोल में मिलाकर गठिया के दर्द में लेप करते हैं। जिन बच्चों को खांसी हो, उनकी छाती पर ब्राह्मी के समूचे पौधे को उबालकर उसकी पुलटिस लगाई जाती है। ब्राह्मी में रक्त शुद्ध करने के भी गुण बताए जाते हैं।

ब्राह्मी में 'ब्रह्मीन' नामक एल्केलाइड होता है, जो हृदय के लिए पौष्टिक होता है।

ब्राह्मी के एल्कोहल में बने अर्क का प्रभाव जानने के लिए जानवरों पर कुछ परीक्षण किए गए हैं। इसमें शमक अथवा स्वापक गुण विद्यमान हैं।

शोध/परीक्षण तथा अन्य सूचना

इस पौधे का प्रायः कुछ अन्य पौधों के साथ मिश्रण से आधुनिक यंत्रों द्वारा बनी औषधियों का नवीनतम विधियों से औषधालयों में अनेक रोगियों पर सफल परीक्षण किया गया।

ब्राह्मी का समूचा पौधा अंतड़ियों के रोगों में लाभदायक सिद्ध हुआ है।

वैज्ञानिक (लैटिन) नाम, कुल, अन्य नाम तथा विवरण

वैज्ञानिक नाम : **बाकोपा मोनिएरी** (*Bacopa monnieri* L.)
(अस्वीकृत नाम : हेर्पेस्टिस मोन्नएरा)
(कुल– स्क्रोफुलेरिएसिए)

अन्य नाम : **हिंदी**– सफेद चमनी
संस्कृत– सौम्यलता

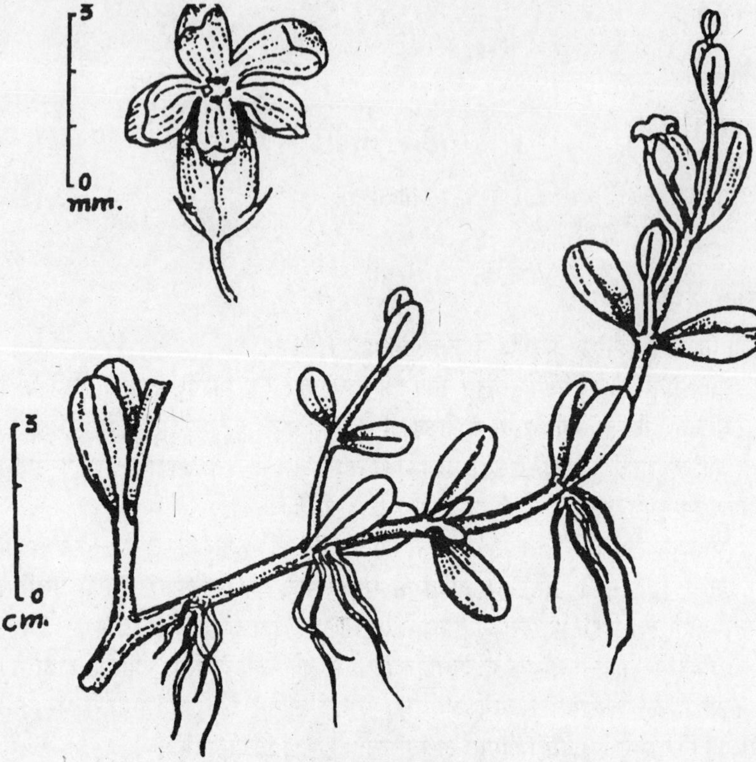

ब्राह्मी (बाकोपा मोनिएरी)

गुजराती– जल-ब्राह्मी, जल-नेवरी, कड़वी-नेवरी, बाम

तमिल– सांब्राणेएलाये

तेलुगू– सांब्राणेअखलू

मराठी– धोल

मलयालम– वर्ण, नीरब्रह्मी

अंग्रेजी– थाइम-लीव्ड-ग्राटि ओला

वर्णन

ब्राह्मी का पौधा छोटा होता है और भूमि पर फैलता है। इसकी शाखाएं और पत्ते मुलायम गूदेदार-से होते हैं। पत्ते छोटे, प्रायः 1-2 सेमी. लंबे, शीर्ष पर अधिक चौड़े होते हैं, उन पर सूक्ष्म काले दाग होते हैं। पत्तों में डंठल नहीं होते। शाखाओं की गांठों

पर जड़ें निकल आती हैं। फूल पत्तों के कक्ष में, छोटे डंठलों पर लगते हैं। फूल हल्के नीले रंग के, लगभग एक सेमी. व्यास के होते हैं।

प्राप्ति-स्थान

यह पौधा नम भूमि में जैसे कुएं, नदी, नालों, खेत व तालाब आदि के पास अधिक होता है और समस्त भारत में पाया जाता है।

69. बाबची

(सोरालेआ)

औषधीय गुण

बाबची के बीज औषधि में काम आते हैं।

बीज में एक वाष्पशील तेल होता है, जो त्वचा रोग पैदा करने वाले कुछ बैक्टीरिया या जीवाणु पर अत्यंत प्रभावशाली होता है, इसलिए यह औषधि श्वेत कुष्ठ तथा कुष्ठ पर लगाने के लिए मरहम तथा पीने की औषधि बनाने के भी काम आती है। बीज में मूत्रविरेचक एवं कृमिनाशक गुण भी हैं। परीक्षणों द्वारा बाबची के जीवाणुनाशक एवं कृमिनाशक गुणों की पुष्टि की गई है। बीज का ओलिओरेजिनी अर्क कुछ प्रकार के श्वेत कुष्ठ पर उपयोगी है। इस कारण इसे 'कुष्ठनाशिनी' नाम भी दिया गया है।

बाबची की जड़ दांतों की जड़ें गल जाने पर तथा इसके पत्ते अतिसार में उपयोगी बताए गए हैं।

वैज्ञानिक (लैटिन) नाम, कुल, अन्य नाम तथा विवरण

वैज्ञानिक नाम : **सोरालेआ कोरीलीफोलिया** (*Psoralea corylifolia* L.)
(कुल– फाबेसिए)

अन्य नाम : **संस्कृत**– सुगंधकंटक
उर्दू– बकुची
कन्नड़– बावंची गिड़ा
हिंदी, गुजराती, मराठी, पंजाबी– बाबची
तमिल– कर्पोकषी
तेलुगू– काला गिजा
बंगला– लटकस्तूरी, हाकूच

वर्णन

इस पौधे की शाखाओं पर घनका ग्रंथिल रोम होता है। पत्ते मंडलाकार होते हैं, उनकी

निचली तथा ऊपरी दोनों सतह पर सूक्ष्म काली ग्रंथियों के दाने-से होते हैं। फूल छोटे, नीले या बैगनी रंग के और पत्तों के कक्ष में लगे गुच्छों में आते हैं। प्रत्येक गुच्छे में 10-30 फूल होते हैं। फल काले, गोल व दीर्घवत् होते हैं। उन पर छोटे गड्ढों के-से घनके निशान होते हैं। बीज एक तथा चिकना होता है।

प्राप्ति-स्थान

बाबची के पौधे समस्त भारत में बेकार स्थानों में उग आते हैं। इसकी खेती भी की जाती है।

70. बायबिड़ंग

(एंबेलिआ)

औषधीय गुण

पौधे के फल सुखाकर औषधि में काम आते हैं।

यह औषधि विशेषकर टेपवर्म नामक कृमियों की चिकित्सा में काम आती है। नियमित मात्रा में औषधि सेवन करने से टेपवर्म मर जाते हैं। किसी रेचक औषधि की सहायता से इन्हें मल के साथ निकाल दिया जाता है। बायबिड़ंग स्वयं भी मृदुरेचक है।

हाल में किए गए परीक्षणों से यह पुष्टि हुई है कि बायबिड़ंग केवल टेपवर्म पर ही लाभप्रद है; हुकवर्म या राउंडवर्म पर नहीं और 'एस्केरियासिस' में भी लाभप्रद होनी चाहिए। इस औषधि में कीटाणुनाशक एवं क्षयरोगनाशक गुण भी हैं।

शोध/परीक्षण तथा अन्य सूचना

इस पौधे का प्रायः कुछ अन्य पौधों के साथ मिश्रण से आधुनिक यंत्रों द्वारा बनी औषधियों का नवीनतम विधियों से औषधालयों में अनेक रोगियों पर सफल परीक्षण किया गया।

पौधे के फल कृमि रोग में उपयोगी पाए गए हैं।

वैज्ञानिक (लैटिन) नाम, कुल, अन्य नाम तथा विवरण

वैज्ञानिक नाम : **एंबेलिआ तजेरिआमकोट्टाम** (*Embelia tsjeriamcottam* A.DC.)
(कुल– मीर्सीनेसिए)

अन्य नाम : **हिंदी**– गइया, भूंगी
उड़िया– नूनूनिया
बंगला– धाड़की झांटी
मराठी– वाइवडुंग, अंबाटी
(**संथाल**– भाबरी)

इस पौधे का व्यापारिक नाम इसके वैज्ञानिक नाम पर आधारित है।

वर्णन

बायबिड़ंग का पौधा झाड़ीनुमा या छोटा-सा वृक्ष होता है। नई शाखाओं पर कत्थई या भूरा रोम होता है। पुरानी शाखाएं अरोमिल हो जाती हैं। शाखाओं पर अनेक छोटी सफेद ग्रंथियां होती हैं। पत्ते लगभग 12 सेमी. तक लंबे और आधार एवं शीर्ष पर निशिताग्र होते हैं। पत्तों पर भी अनेक छोटी ग्रंथियां होती हैं। किनारे दंतुर या सीधे होते हैं। पत्ते कभी-कभी नीचे की ओर लाल-से रंग के और शिराओं पर रोमिल होते हैं। फूल अत्यंत छोटे, केलई रंग के होते हैं। वह पत्तों के कक्ष में लगे छोटे और अत्यंत रोमिल गुच्छों में होते हैं। फल छोटे, गोल, निशिताग्र तथा पकने पर लाल होते हैं।

प्राप्ति-स्थान

बायबिड़ंग भारत के पूर्वी प्रायद्वीपीय भाग में अधिक होता है।

अन्य जातियां

बायबिड़ंग के वंश की एक अन्य जाति, जिसे 'वाडुंग' अथवा 'वाबेड़ंग' (एंबेलिआ रीबेस *Embelia ribes* Burm. f.) कहते हैं, लगभग समस्त भारत में मिलती है। इसको वही स्थानीय नाम दिए जाते हैं जो बायबिड़ंग को। इसके फलों के गुण भी वही हैं, इसलिए इस जाति से प्राप्त फलों का भी भारत के मान्य औषध कोश में उल्लेख है।

71. बिल्लीलोटन

(वेलीरिआना)

औषधीय गुण

इस पौधे की जड़ें और प्रकंद औषधि में काम आते हैं। जड़ों को शरद ऋतु में इकट्ठा करने तथा धीरे-धीरे सुखाने से अच्छी औषधि बनती है।

यह औषधि स्नायुमंडल की क्रिया को मंद करती है और हिस्टीरिया के दौरे, मूर्च्छा तथा ज्ञान-तंतुओं के अन्य विकारों में और पेट के अफारे में उपयोगी है। ताजी जड़ों और प्रकंदों का रस अधिक लाभप्रद होता है। सूखने पर इनका प्रभाव कम हो जाता है।

ताजे रस में स्वापक (नशीले) गुण भी अधिक होते हैं और यह अनिद्रा रोग में लाभप्रद है। रस से हृदय रोगों की कुछ औषधियां भी बनती हैं।

शोध/परीक्षण तथा अन्य सूचना

इस पौधे का प्रायः कुछ अन्य पौधों के साथ मिश्रण से आधुनिक यंत्रों द्वारा बनी औषधियों का नवीनतम विधियों से औषधालयों में अनेक रोगियों पर सफल परीक्षण किया गया।

इसकी मूल अनिद्रा, शिशुओं की अंतड़ियों (मुख्यतः छोटी आंत) की सूजन के कारण ज्वर तथा श्वास नली में 'रोटा' नामक वायरस में उपयोगी पाई गई है।

वैज्ञानिक (लैटिन) नाम, कुल, अन्य नाम तथा विवरण

***वैज्ञानिक नाम* :** **वेलीरियाना ऑफ्फीसिनालिस** (*Valeriana officinalis* L.)
(कुल– वेलीरिएनेसिए)

***अन्य नाम* :** **हिंदी**– बदरंगबोया, जलाकन
बंगला– कालोबाला
मराठी– कालाबला

वर्णन

यह एक बहुवर्षीय पौधा होता है और एक मी. तक ऊंचा हो जाता है। इसकी जड़ तने

से भी अधिक मोटी होती है और उसमें से अंतःभूस्तारी (सकर) निकलकर फैलते हैं। तना निचले भाग में रोमिल और ऊपर चिकना होता है। तने में संकरे खांचे-से होते हैं। निचले पत्तों के डंठल अधिक लंबे होते हैं, ऊपर वालों के छोटे। फूल छोटे, सफेद या मटमैले रंग के और शाखाओं के शीर्ष पर छोटे गुच्छों में होते हैं। फल छोटे, चिकने तथा अरोमिल होते हैं।

प्राप्ति-स्थान

यह पौधा कश्मीर के 2,500 मी. ऊंचाई के कुछ क्षेत्रों में मिलता है।

अन्य जातियां

बिल्लीलोटन के वंश की एक अन्य जाति मुश्कबाला [वेलीरिआना जटामांसी *Valeriana jatamansi* (अस्वीकृत नाम : वेलीरिआना वालिचिई *Valeriana wallichii* DC.) संस्कृत– तगर, अंग्रेजी– इंडियन बलेरियन] हिमालय के पर्वतीय क्षेत्रों में कश्मीर से असम तक पाई जाती है। इसमें भी बिल्लीलोटन जैसे ही गुण होते हैं तथा यह उन सभी रोगों की चिकित्सा में प्रयुक्त होती है।

72. बिषखोपड़ा

औषधीय गुण

बिषखोपड़ा के पत्ते औषधि में प्रयोग होते हैं।

पतों में 'पुनर्नवीन' नाम का एल्केलाइड होता है। यह मूत्रविचेरक होता है और जलोदर में उपयोगी है। जिगर या गुर्दे के विकारों के कारण यदि शरीर फूल जाता है, उसमें भी बिषखोपड़ा उपयोगी है। इन रोगों की प्रारंभिक अवस्था में तो यह औषधि विशेषकर लाभप्रद होती है, किंतु कभी-कभी यह लाभ स्थायी नहीं होता है।

विषखोपड़ा के पौधे में गर्भपात गुण हैं अथवा नहीं, इस पर कुछ परीक्षण किए गए हैं। यह गर्भाशय को संकुचित तो अवश्य करता है।

वैज्ञानिक (लैटिन) नाम, कुल, अन्य नाम तथा विवरण

वैज्ञानिक नाम : **ट्रिआंथेमा पोर्टूलाकास्ट्रूम** (*Trianthema portulacastrum* L.)
(अस्वीकृत नाम : ट्रिआंथेमा मोनोगीना)
(कुल– एजोएसिए)

अन्य नाम : **हिंदी**– लालसाबुनी
संस्कृत– पुनर्नवी
कन्नड़– कोम्मे, पसले-सोप्पम, मुच्छुजोनि
तमिल– शारुन्नई
बंगला– साबुनी
पंजाबी– बिषखपरा
तेलुगू– गलीजेर
गुजराती– साटोड़ी

वर्णन

यह भूमि पर फैलता हुआ सरस पौधा है। इसकी शाखाएं विभाजित हो-होकर दूर-दूर तक फैल जाती हैं। शाखाएं चतुर्कोणीय होती हैं। पत्ते शीर्ष पर अधिक चौड़े होते हैं। फूल अत्यंत छोटे होते हैं और पत्तों के कक्ष में लगे स्पष्ट दिखाई भी नहीं देते। फल भी

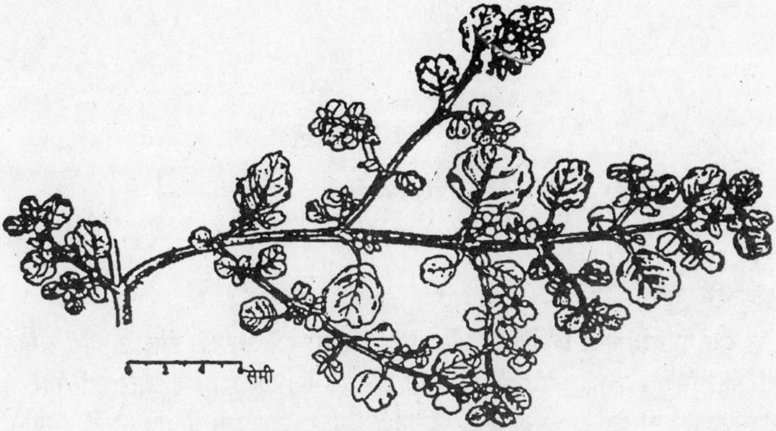

बिषखोपड़ा (ट्रिआंथेमा पोर्टूलाकास्टूम)

अत्यंत छोटे होते हैं। फूल की तरह फल भी, कक्ष में छुपे होने के कारण, दूर से स्पष्ट दिखाई नहीं देते। बीज काले रंग के और गुर्दे के आकार के होते हैं।

प्राप्ति-स्थान

यह पौधा समस्त भारत में पाया जाता है।

अन्य जातियां

बिषखोपड़ा के वंश की एक जाति गदाबानी (ट्रिआंथेमा डेकांड्रा *Trianthema decandra* L.) भी औषधि में प्रयोग होती है। इसकी जड़ें रेचक होती हैं तथा मासिक धर्म बंद होने पर अथवा फोड़ों की सूजन में उपयोगी होती हैं।

73. बीजासाल

(इंडियन-कीनो)

औषधीय गुण

इस वृक्ष के पत्ते, फूल व गोंद औषधि में काम आते हैं। वृक्ष की छाल में चीरा लगाने से गोंद निकलता है, इसे 'कीनो' कहते हैं। यह स्तंभक होता है और अतिसार में लाभप्रद है। इसका प्रभाव कत्थे के मुकाबले कम है। यह दांत के दर्द में भी उपयोगी है। कीनो गोंद ज्वर और मूत्र में शक्कर आदि जाने में उपयोगी समझा जाता है। इसके पत्ते मसलकर फोड़ों एवं अन्य त्वचा रोगों पर लगाए जाते हैं।

बहुत-से लोगों की धारणा है कि यह वृक्ष मधुमेह में उपयोगी है। इसकी लकड़ी का टुकड़ा रात भर पानी में भिगो देते हैं। प्रातःकाल यह जल रोगी को पिला देते हैं। अभी तक जो परीक्षण किए गए हैं उसमें इस धारणा की पुष्टि नहीं हुई है। अस्पतालों में जिन रोगियों पर इनके परीक्षण किए गए उनमें से केवल सात प्रतिशत को कुछ लाभ प्रतीत हुआ।

अन्य उपयोग

बीजासाल की लकड़ी बढ़िया फर्नीचर, इमारती काम आदि में उपयोगी है।

वैज्ञानिक (लैटिन) नाम, कुल, अन्य नाम तथा विवरण

वैज्ञानिक नाम : **टेरोकार्पुस मार्सूपिउम** (*Pterocarpus marsupium* Roxb.)
(कुल– फाबेसिए)

अन्य नाम : **हिंदी**– असन, पिआसाल
संस्कृत– महाकुटज
कन्नड़– वल्लेहोन्ने
गुजराती– बिबला
मराठी– होन
मलयालम– कीनो

इस वृक्ष की छाल से एक गोंद निकलता है, जिसे 'कीनो' कहते हैं, इसलिए इस वृक्ष को 'कीनो ट्री' नाम दिया गया है।

वर्णन

बीजासाल का वृक्ष बड़ा और शोभनीय होता है। इसमें 5-7 पत्रक होते हैं। इसके पत्ते संयुक्त होते हैं। पत्रक 8-13 सेमी. लंबे, दीर्घायत अथवा दीर्घवृत्तीय होते हैं। फूल लगभग 1.5 सेमी. लंबे, पीले, खुशबूदार, बहुत बड़े गुच्छों में आते हैं। फली 2-5 सेमी. लंबी, मंडलाकार-सी सपक्ष होती है। उसमें एक बीज होता है।

प्राप्ति-स्थान

बीजासाल भारत के मध्य तथा प्रायद्वीपीय भाग में होता है और प्रायः मिश्रित पतझड़ी वनों में पाया जाता है। यह गुजरात व महाराष्ट्र आदि में 1,100 मी. ऊंचाई के स्थानों तक पहुंच जाता है। वृक्ष पर जब फूल आते हैं तब अत्यंत शोभनीय होता है तथा वनों में दूर से दिखाई देता है।

अन्य जातियां

इस वंश की एक अन्य जाति लालचंदन (टेरोकार्पुस सांटालीनुस *Pterocarpus santalinus* L.f. अंग्रेजी– रेड सैंडलवुड; संस्कृत– रक्तचंदन) भी औषधि में उपयोगी समझी जाती है। सिर के दर्द व सूजन आदि में ठंडक पहुंचाने के लिए इस वृक्ष की अंतःकाष्ठ (हार्डवुड) घिसकर लगाना उपयोगी समझा जाता है। यह वृक्ष दक्षिण भारत में होता है। शोध परीक्षण में लाल चंदन में पीड़ाहरक गुण बताए गए हैं। यह वातशूल में भी उपयोगी है।

74. बेल

औषधीय गुण

बेल के पके अथवा अधपके फल औषधियों में काम आते हैं।

फल का लेसदार गूदा (म्यूसीलेज) तथा उसके पेक्टीन उपयोगी होते हैं। यह पुराने (जीर्ण) अतिसार, आंव अथवा पेचिश में लाभदायक है। विशेषकर जिन रोगियों को कभी दस्त और कभी कब्ज का रोग होता हो, उनके लिए यह विशेषतः उपयोगी है।

पेचिश से मुक्त होने के पश्चात् रोगियों की अंतड़ियों को स्वस्थ करने के लिए बेल के गूदे का शरबत अच्छा होता है।

बेल के कच्चे या अधपके फल खाने से भूख एवं पाचन-शक्ति बढ़ती है।

परीक्षणों से यह सिद्ध होता है कि बेल के पत्तों, फलों तथा जड़ में एंटीबायोटिक तत्त्व होते हैं। (बस्तर के आदिवासी ज्वर के रोगियों को बेल की जड़ की छाल का क्वाथ देते हैं।)

शोध/परीक्षण तथा अन्य सूचना

इस पौधे का प्रायः कुछ अन्य पौधों के साथ मिश्रण से आधुनिक यंत्रों द्वारा बनी औषधियों का नवीनतम विधियों से औषधालयों में अनेक रोगियों पर सफल परीक्षण किया गया।

बेल के फल का गूदा (ब्रह्मी के साथ) अंतड़ियों के रोगों में हितकर सिद्ध हुआ।

इस पौधे में स्थापक गुण हैं तथा यह अनिद्रा, पागलपन तथा कंपन में उपयोगी बताया गया है।

अन्य उपयोग

बेल की लकड़ी कोयला तथा 'प्रोड्यूसर गैस' बनाने के लिए उपयुक्त है।

बेल का गूदा गोंद की तरह प्रयोग किया जाता है और वार्निश तथा लकड़ी जोड़ने के मसाले बनाने के काम आता है। कच्चे फलों के छिलकों से एक पीला रंग निकलता है।

बेल (एग्ले मार्मेलॉस)

वैज्ञानिक (लैटिन) नाम, कुल, अन्य नाम तथा विवरण

वैज्ञानिक नाम : **एग्ले मार्मेलॉस** (*Aegle marmelos* (L.) Correa)
(कुल– रुटासिए)

अन्य नाम : **संस्कृत**– बिल्व, श्रीफल
असमिया, बंगला, मराठी– बेल
कन्नड़– बिल्वपत्रे

गुजराती– बीली
तमिल– विल्वम
तेलुगू– मारेदू
मलयालम– विल्वम, कुवलम

वर्णन

यह एक मझोला पतझड़ी वृक्ष होता है। इसके पत्तों में तीन या पांच पत्रक होते हैं। पत्तों के कक्ष में बड़े कांटे होते हैं। बेल के फूल केलई या सफेद रंग के, मधुर, सुगंधित, लगभग 2.5 सेमी. व्यास के तथा छोटे गुच्छों में होते हैं। इसका फल गोल, 8-20 सेमी. व्यास का होता है। यह पहले हल्के हरे या केलई रंग का होता है, फिर भूरा-सा हो जाता है। फल का छिलका कठोर होता है। इसका गूदा नारंगी रंग का, अत्यंत स्वादिष्ट एवं सुगंधित होता है।

प्राप्ति-स्थान

बेल के वृक्ष भारत के सभी मैदानी तथा तलहटी क्षेत्रों में पाए जाते हैं। इनका रोपण भी किया जाता है।

75. महुआ

औषधीय गुण

महुआ की छाल, पत्ते, फूल व बीज सभी औषधि में काम आते हैं।

छाल का क्वाथ खुजली पर, मसूड़ों में खून आने पर तथा फोड़ों पर लगाया जाता है। मधुमेह रोग में इसका सेवन भी कराते हैं।

पत्ते स्तंभक होते हैं। उनकी भस्म घी में मिलाकर जले के जख्मों पर तथा सिर के 'स्काल्ड' रोग पर लगाते हैं।

फूल खांसी और श्वास नली की सूजन में उपयोगी हैं। वे शीतल और पौष्टिक होते हैं। फूलों से बनाई गई मदिरा भी पौष्टिक कही जाती है। फूलों में बैक्टीरियानाशक गुण होते हैं। महुआ के बीज स्तनों में दुग्ध को बनाते और उसका प्रवाह बढ़ाते हैं। बीज से प्राप्त तेल त्वचा रोगों पर लगाया जाता है। वह रेचक भी होता है।

अन्य सूचना

महुआ में मादक तथा मतिभ्रामक गुण भी बताए गए हैं।

अन्य उपयोग

महुआ के फूल कच्चे ही अथवा पकाकर खाए जाते हैं, किंतु उनका अधिक सेवन हानिकारक है। फूलों से मदिरा, एल्कोहल, सिरका, शर्बत, जैम आदि बनाए जाते हैं।

महुआ का तेल साबुन बनाने व खाना पकाने के काम आता है। यह कभी-कभी पशुओं को भी खिलाया जाता है। महुआ की लकड़ी नाना प्रकार से उपयोगी है।

महुआ के वृक्ष के नीचे प्रायः कुछ लोग दंडवत् जैसा व्यायाम करते दिखाई देते हैं। यह गर्दन व पीठ की पीड़ा तथा चक्कर आने (स्पोंडिओलीशिस) में उपयोगी माना जाता है।

वैज्ञानिक (लैटिन) नाम, कुल, अन्य नाम तथा विवरण

वैज्ञानिक नाम : **माधुका इंडिका** (*Madhuca indica* Gmel.)
(***अस्वीकृत नाम :*** **बास्सिआ लाटीफोलिआ**)
(कुल– सपोटेसिए)

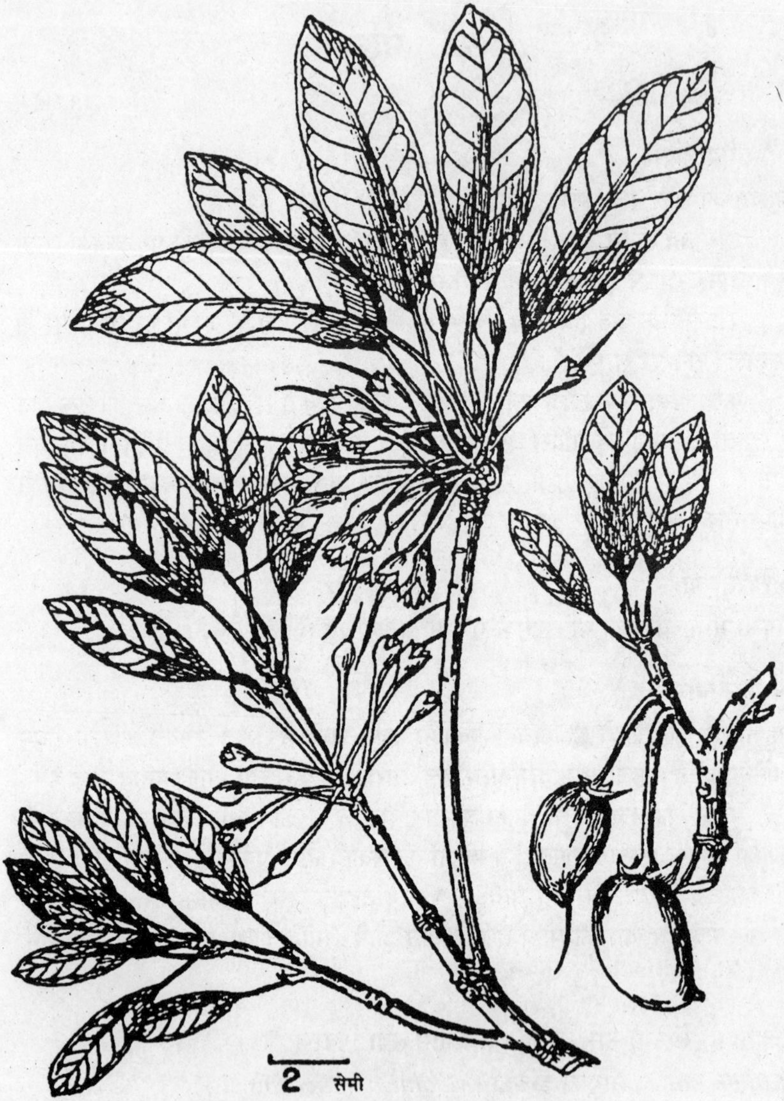

महुआ (माधुका इंडिका)

अन्य नाम : **हिंदी, बंगाली, मराठी**– महुआ
संस्कृत– मधुका, वनप्रस्थ
उड़िया– मोहुका
कन्नड़– इप्पे
गुजराती– महुड़ो
तमिल– इलुपाई
तेलुगू– इप्पा
मलयालम– पूनम, मधु
संथाल– मातकोम

वर्णन

महुआ का वृक्ष पतझड़ी होता है। वृक्ष तो काफी बड़ा होता है, किंतु उसका मुख्य तना छोटा होता है और छत्र तथा शाखाएं बहुत फैली होती हैं। पत्ते 12-25 सेमी. लंबे, मोटे चीमड़, निशिताग्र होते हैं। पत्तों की शिराएं मोटी होती हैं। फूल छोटे, गूदेदार, पीले या गेहुंए रंग के, शाखाओं के शीर्ष के निकट घने गुच्छों में लगते हैं। फूलों के डंठल नीचे की ओर मुड़े रहते हैं, उन पर घना भूरा रोम होता है। फल 2.5-5 सेमी. लंबा, सरस, हरे रंग का होता है। बीज भूरे या कत्थई रंग के चमकीले, 2.5-3.5 सेमी. लंबे होते हैं।

प्राप्ति-स्थान

महुआ भारत के लगभग सभी मैदानी प्रदेशों में अथवा 1,200 मी. ऊंचाई तक के स्थानों में निचली पहाड़ियों पर होता है। यह प्रायद्वीपीय भाग में तथा हिमालय की तलहटियों में बहुत होता है और कुछ स्थानों पर तो वनों में अधिकांश वृक्ष महुआ के ही होते हैं।

अन्य जातियां

महुआ के वंश की एक अन्य जाति माधुका लोंगीफोलिआ (*Madhuca longifolia* (Koenig) Macb., जिसका पुराना नाम 'बास्सिआ लोंगीफोलिआ' था) उन्हीं देशी नामों से पुकारी जाती है जिनसे महुआ। यह वृक्ष भारतीय प्रायद्वीप में होता है। इसके भिन्न भाग उसी प्रकार काम आते हैं जैसे महुआ के। इस कारण भारत के मानक औषध कोश में दोनों ही जातियों का उल्लेख है।

76. मिश्मी तीता

(कॉप्टिस)

औषधीय गुण

इस पौधे के प्रकंद सुखाकर औषधि में प्रयोग करते हैं। ये पौष्टिक तथा उदर रोगों में उपयोगी होते हैं। ये रुक-रुककर आने वाले ज्वर में लाभदायक हैं। इस पौधे में बेबेंरीन वर्ग के तत्त्व होते हैं।

पौधे की जड़ें अत्यधिक संख्या में उखाड़े जाने के कारण वनों में इसकी प्राकृतिक उपज कम होती जा रही है, किंतु इसकी कृषि को प्रोत्साहन मिल रहा है। इसका निर्यात अब वर्जित है। जंगली पौधों की तुलना में कृषि द्वारा उगाए हुए पौधों में प्रकंद कहीं अधिक मात्रा में होते हैं।

कुटकी (पीक्रोर्हीजा) के प्रकंद मिश्मी तीता में मिलावट के रूप में प्रयोग किए जाते हैं।

वैज्ञानिक (लैटिन) नाम, कुल, अन्य नाम तथा विवरण

वैज्ञानिक नाम : **कॉप्टिस टीटा** (*Coptis teeta* Wll.)
(कुल– रैननकुलेसिए)

अन्य नाम : **असमिया, बंगला**– तीता
मिश्मी– अरोंग, पावा

वर्णन

यह एक छोटा पौधा है। इसमें तना लगभग नहीं होता। मूल काष्ठमय, सुनहरे पीले होते हैं, उन पर घने रेशे होते हैं। इनका स्वाद अत्यंत कड़वा होता है। पत्ते संयुक्त व चिकने होते हैं। पत्रक 5.0-7.5 सेमी. लंबे, चौड़े भालाकार होते हैं। फूल सफेद, छोटे तथा संख्या में एक से तीन तक होते हैं। फल में काले रंग के अनेक बीज होते हैं।

प्राप्ति-स्थान

यह पौधा अरुणाचल प्रदेश की मिश्मी पहाड़ियों में पाया जाता है।

मिश्मी तीता (कॉप्टिस टीटा)

77. मेहंदी

(हेन्ना)

औषधीय गुण

मेहंदी के पत्तों में औषधीय गुण होते हैं। यह स्तंभक होते हैं और त्वचा रोगों की रोकथाम के लिए प्रयोग किए जाते हैं। पत्ते पीसकर जख्म, जले के घाव तथा त्वचा के रोगों पर लगाए जाते हैं। पत्तों का क्वाथ गले की खराश (गलदाह) में गरारे करने के काम आता है। सिरदर्द व पैरों के तलुवों की जलन आदि में पत्तों को पीसकर प्रायः ही लगाते हैं।

मेहंदी के पत्तों का क्षय रोग के तथा कुछ अन्य रोगों के जीवाणुओं पर, मियादी ज्वर में तथा रक्तस्राव में भी कुछ प्रभाव बताते हैं। किंतु अभी यह इस रूप में प्रयुक्त नहीं हुए हैं। पौधे की छाल व बीज भी आयुर्वेद एवं यूनानी इलाज में औषधीय बताए गए हैं।

अन्य सूचना

मेहंदी में मस्तिष्क हेतु बलदायक, छद्म निद्राकारक, मतिभ्रम हरने वाला तथा शांति-दायक गुण बताए गए हैं।

अन्य उपयोग

मेहंदी का मुख्य उपयोग तो इसके पत्तों से प्राप्त सुंदर नारंगी रंग का है, जिससे शरीर के भिन्न अंग, दाढ़ी, सिर के बाल, जानवरों की पूंछ आदि रंगे जाते हैं। मेहंदी से प्राप्त रंग अन्य वस्तुओं के साथ मिलाकर कपड़ा रंगने के भी काम आता है।

फूलों से प्राप्त तेल सुगंधित होता है और इनका इत्र सुगंध के लिए तथा नाना वस्तुओं को सुगंधित करने के लिए प्रयोग होता है।

वैज्ञानिक (लैटिन) नाम, कुल, अन्य नाम तथा विवरण

वैज्ञानिक नाम : लॉसोनिआ इनेर्मिस (*Lawsonia inermis* L.)
(*अस्वीकृत नाम :* लॉसोनिआ आल्बा)
(कुल– लाइथ्रेसिए)

अन्य नाम : **संस्कृत**– मेंदिका, रक्तगर्भा
उड़िया– बेंजाति
कन्नड़– गोरंटी, मैलांची
कश्मीरी– मोहुज
गुजराती, बंगला, मराठी– मेहंदी
तमिल– मुल्लुगोरांटला मरिथोंडी
तेलुगू– गोरंटी
पंजाबी– हिना
मलयालम– मयीलांची

वर्णन

मेहंदी का पौधा मझोला या बड़ा, अत्यंत शाखित झाड़ीनुमा होता है, कभी-कभी छोटे वृक्ष जैसा भी हो जाता है। इसकी शाखाएं चौकोर होती हैं और प्रायः शीर्ष पर नुकीली होती हैं। पत्ते 2-3 सेमी. लंबे, निशिताग्र और नुकीले होते हैं। वे आमने-सामने जोड़े में लगते हैं। फूल छोटे, सफेद या गुलाबी-से और सुगंधित होते हैं और शाखाओं के शीर्ष पर बहुत बड़े गुच्छों में लगते हैं। फल मटर के दाने के बराबर गोल होता है। उसमें कई बीज होते हैं।

प्राप्ति-स्थान

मेहंदी के पौधे भारत के कई प्रांतों में मिलते हैं। यह प्रायद्वीपीय भाग के शुष्क क्षेत्रों में अधिक होते हैं। यह बंगलों, उद्यानों आदि की हेज या मेड़ पर लगाने के लिए बहुत उपयुक्त समझे जाते हैं और इस प्रकार प्रायः ही मेहंदी का रोपण किया जाता है। पंजाब, गुजरात, मध्य प्रदेश तथा राजस्थान आदि में इसकी खेती भी की जाती है।

78. मुलेठी

(लिक्वोरिस)

औषधीय गुण

मुलेठी की जड़ों और भूमिगत तनों को सुखाकर औषधि में प्रयोग करते हैं। मुलेठी खांसी, गले की खराश, श्वास नली की सूजन, उदरशूल, क्षयरोग तथा मिरगी के रोग में उपयोगी बताई जाती है। खांसी आदि में तो मुलेठी का एक टुकड़ा चबाने या चूसने भर से लाभ होता है।

मुलेठी मूत्रल होती है। इस गुण की तथा एंटीबायोटिक एवं बैक्टीरियानाशक गुणों की परीक्षणों द्वारा पुष्टि हुई है।

मीठे स्वाद तथा शमक गुण के कारण मुलेठी चटनी तथा शरबत बनाने के काम भी आती है और अनेक कड़वी औषधियों तथा गोलियों में मुलेठी मिलाकर उनका कड़वापन छुपा दिया जाता है, जिससे बच्चे ऐसी औषधियां सुविधा से ले सकें। यह अंतड़ियों के जख्मों को भी आराम पहुंचाती है।

मुलेठी पीसकर शहद में मिलाकर घाव व फोड़ों पर लगाते हैं। पत्तों की पुलटिस लगाने से सिर के स्काल्ड रोग में लाभ होता है।

शोध/परीक्षण तथा अन्य सूचना

इस पौधे का प्रायः कुछ अन्य पौधों के साथ मिश्रण से आधुनिक यंत्रों द्वारा बनी औषधियों का नवीनतम विधियों से औषधालयों में अनेक रोगियों पर सफल परीक्षण किया गया।

इसके कंद फुंसी, आंत के जख्म, निरंतर होने वाला कामला तथा मधुमेह में उपयोगी हैं।

अन्य उपयोग

मीठे स्वाद के लिए पिसी हुई मुलेठी पान में डालकर खाई जाती है।

कश्मीर, पंजाब, हिमाचल प्रदेश, उत्तर प्रदेश तथा तमिलनाडु मुलेठी की खेती के लिए उपयुक्त हैं।

वनस्पति सर्वेक्षण विभाग के निदेशक रह चुके स्व. डॉ. हेरमेनगिल्ड संतापाऊ (जिनका जन्म स्पेन में हुआ था, किंतु उन्होंने भारतीय नागरिकता स्वीकार कर ली थी) ने बताया था कि इटली व स्पेन में चावल के खेतों में मुलेठी के पौधे प्रायः ही उग आते हैं। स्कूल के बच्चे बाजार से टॉफी या मीठी गोलियां न खरीदकर मुलेठी की ताजी जड़ का टुकड़ा उखाड़कर चूसना पसंद करते हैं।

वैज्ञानिक (लैटिन) नाम, कुल, अन्य नाम तथा विवरण

वैज्ञानिक नाम : **ग्लीसीर्रहीजा ग्लाब्रा** (*Glycyrrhiza glabra* L.)
(कुल– फाबेसीए)

अन्य नाम : **हिंदी**– मुलहटी, मुलेठी
संस्कृत– मधुयष्टी
कन्नड़– अतिमधुरा, यष्ठिमधु
तमिल– अतिमधुरम
तेलुगू– यष्टिमधुकम
बंगला– जष्टिमधु
मलयालम– इरत्तिमधुरम

वर्णन

यह एक बड़ा बूटा या झाड़ीनुमा पौधा है, जो 1.5 मी. तक ऊंचा हो जाता है। इसके पत्ते संयुक्त होते हैं, उनमें 4-7 जोड़े पत्रक होते हैं। फूल गुलाबी या हल्के जामुनी-से रंग के, छोटे कक्षीय स्पाइकों में लगते हैं। स्पाइक पत्तों जितनी लंबी अथवा उनसे अधिक लंबी होती है। फल 1-3 सेमी. लंबे, चपटे होते हैं। समूचे फल पर अनेक छोटे कांटे-से होते हैं। मुख्य जड़ में से अनेक छोटी जड़ें निकलती हैं। कुछ किस्मों में जड़ के पास अनेक नये स्तंभक निकल आते हैं, जो भूमिगत ही रहते हैं।

प्राप्ति-स्थान

भारत में इस पौधे की कृषि की जाती है।

79. रसौत

(इंडियन बार्बेरी)

औषधीय गुण

'रसौत' नामक औषधि इस पौधे की तथा इस वंश की कुछ अन्य जातियों जैसे बेर्बेरिस एशियाटिका तथा बेर्बेरिस लीसियम (किरमोरा) के पौधों की जड़ों से प्राप्त होती है।

रसौत की जड़ों से 'बर्बेरीन' नामक एल्केलाइड प्राप्त होता है। रसौत की औषधि बनाने के लिए पौधों के नीचे वाली शाखाओं और जड़ों के टुकड़े तथा जड़ों की छाल को पानी में उबाला जाता है। इस पानी को छानकर अर्ध ठोस (सेमीसॉलिड) अवस्था तक सुखाते हैं। यही द्रव्य 'रसौत' कहलाता है। यह जल में घुलनशील है।

रसौत को घी और फिटकरी में अथवा अफीम और नीबू के रस में मिलाकर आंखों के पपोटों पर लगाना नेत्र रोगों में लाभदायक है। परीक्षणों द्वारा यह दिखाया गया है कि रसौत फोड़ों व जख्मों पर भी लाभदायक है। रसौत न केवल बाहर से लगाई जाती है बल्कि फोड़ों के आसपास की त्वचा में रसौत के इंजेक्शन भी लगाए जाते हैं।

रसौत ज्वरनाशक, मृदुरेचक तथा पौष्टिक भी है। यह पाचन के विकारों को दूर करती है। खरगोशों पर किए गए कुछ परीक्षणों ने यह सिद्ध कर दिया है कि हैजा तथा तीव्र अतिसार में रसौत लाभ करती है। परीक्षणों द्वारा दिखाया गया है कि रसौत श्वास एवं हृदय गति की क्रिया को मंद करती है। इस औषधि में क्षय रोग के जीवाणुओं को रोकने के गुण भी बताए गए हैं।

अन्य उपयोग

रसौत (बेरबेरिस आरिस्टाटा) की जड़ों व शाखाओं से एक पीला रंग प्राप्त होता है, जो चमड़ा बनाने तथा रंगने के काम आता है।

वैज्ञानिक (लैटिन) नाम, कुल, अन्य नाम तथा विवरण

वैज्ञानिक नाम : **बेरबेरिस आरिस्टाटा** (*Berberis aristata* DC.)
(कुल– बर्बेरिडेसिए)

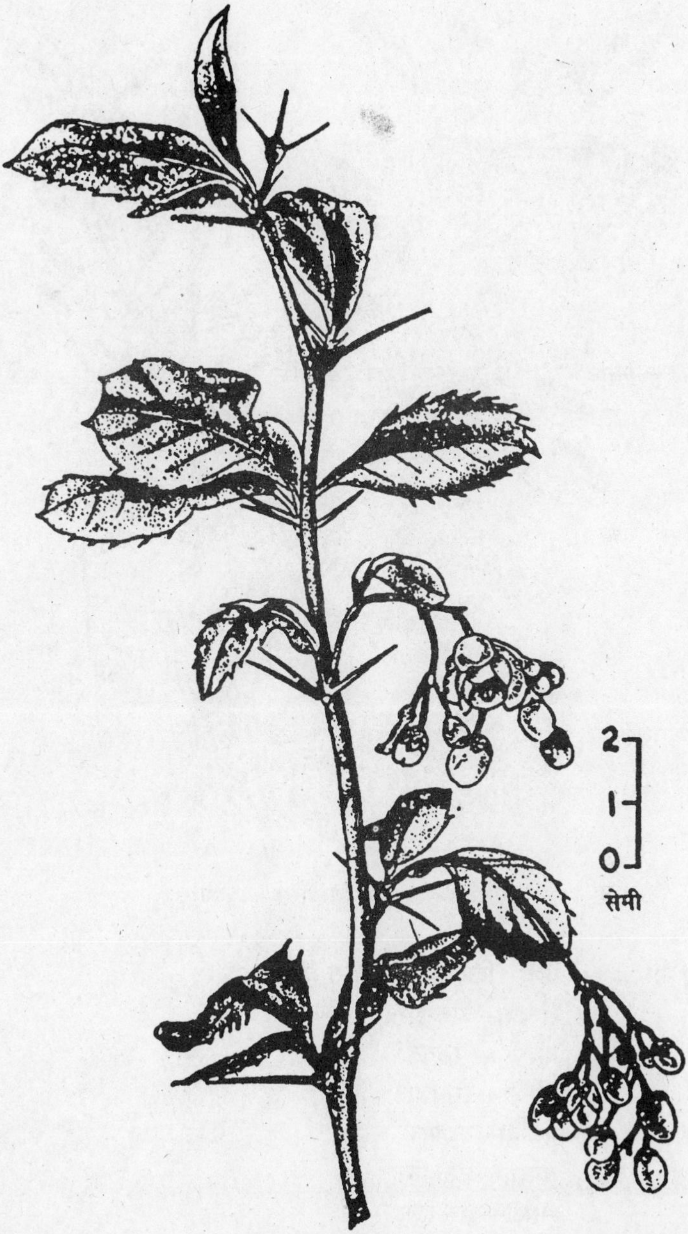

रसौत (बेरबेरिस आरिस्टाटा)

रसौत (किस्मोरा) (बेरबेरिस लीसियम)

अन्य नाम : **हिंदी**– किंगोड़ा, किलमोरा, दारुहल्दी
संस्कृत– दारु-हरिद्र
कश्मीरी– रसवत
तमिल– मरामंजल
पंजाबी– कश्मल
बंगला– दारु हरिद्र
मराठी– दारु हलद
मलयालम– मरादरिशिना

वर्णन

यह एक बड़ा झाड़ीनुमा, कंटीला पौधा होता है। इसकी लकड़ी पीली होती है और शाखाएं सफेद या पीली भूरी-सी होती हैं। पत्ते प्रायः लंबे, सीधे या शाखित कांटों के कक्ष में निकलते हैं और एक गांठ पर कई होते हैं। पत्ते चीमड़ 8-10 सेमी. लंबे, शीर्ष पर अधिक चौड़े होते हैं। उनके किनारे प्रायः नुकीले, दंतुर होते हैं। पत्तों का रंग ऊपर हरा और नीचे केलई-सा होता है। उन पर पतली शिराएं होती हैं। रसौत के फूल अत्यंत छोटे, पीले रंग के होते हैं। वह 5-7 सेमी. लंबे गुच्छों में लगते हैं। फल सरस, अंडाकार, गहरे नीले या बैगनी रंग के होते हैं।

प्राप्ति-स्थान

रसौत के पौधे हिमालय पर्वत के 2,000-3,000 मी. ऊंचाई के क्षेत्रों में पाए जाते हैं। ये दक्षिण में नीलगिरी पर्वत पर भी होते हैं।

80. रेवंदचीनी

(रहूबर्ब)

औषधीय गुण

रेवंदचीनी के प्रकंद सुखाकर औषधि में प्रयोग करते हैं।

छह-सात वर्ष पुराने पौधों से, उनके फूलने से एकदम पहले, प्रकंद इकट्ठे किए जाने चाहिए। उनकी छाल को क्षति नहीं पहुंचनी चाहिए।

रेवंदचीनी रेचक होती है, इसमें टैनीन भी होते हैं, इस कारण दस्त आने के बाद इसके स्तंभक प्रभाव से फिर कब्ज हो जाता है। कब्ज के पुराने रोगियों के लिए यह औषधि उपयुक्त नहीं है। हल्का-सा कब्ज होने पर यह लाभदायक है। स्तंभक होने के कारण रेवंदचीनी कुछ प्रकार के अतिसार में भी दी जाती है, जैसे आंतों में किसी उत्तेजक पदार्थ से हो जाने वाले अतिसार में।

हिमालय की ऊंची श्रेणियां इसकी खेती के लिए उपयुक्त हैं।

शोध/परीक्षण तथा अन्य सूचना

इस पौधे का प्रायः कुछ अन्य पौधों के साथ मिश्रण से आधुनिक यंत्रों द्वारा बनी औषधियों का नवीनतम विधियों से औषधालयों में अनेक रोगियों पर सफल परीक्षण किया गया।

इस पौधे के प्रकंद सुखाकर गुर्दे की बार-बार होने वाली निष्क्रियता में उपयोगी पाए गए हैं।

वैज्ञानिक (लैटिन) नाम, कुल, अन्य नाम तथा विवरण

वैज्ञानिक नाम : **रहेयम एमोडी** (*Rheum emodi* Wll. ex Meissn)
(कुल– पोलीगोनेसिए)

अन्य नाम : **संस्कृत**– रेवटचीनी
गुजराती– गमनी रेवंदचीनी
बंगला– कोकिमा, रेवांदचीनी
तमिल, तेलुगू– नतूईरेवलचीनी

वर्णन

इस पौधे की जड़ व तने बहुत मोटे और मजबूत होते हैं। नीचे वाले पत्ते बड़े, लगभग 60 सेमी. व्यास के मंडलाकार होते हैं। उनके डंठल 30-45 सेमी. लंबे व काफी मोटे होते हैं। फूल बहुत छोटे, गाढ़े फालसाई रंग के होते हैं और बहुत बड़े गुच्छे में लगते हैं। फल 1-3 सेमी., लंबे, फालसाई रंग के होते हैं।

प्राप्ति-स्थान

यह पौधा हिमालय पर्वत के 3,000-4,000 मी. ऊंचाई वाले स्थानों में, कश्मीर, हिमाचल प्रदेश, पंजाब, उत्तर प्रदेश तथा नेपाल में उगता है।

अन्य जातियां

ब्रिटेन के मान्य औषध कोश में रहेयम पामाटुम (*Rheum palmatum* L.) से प्राप्त प्रकंद मान्य समझे गए हैं, किंतु भारतीय जातियों से प्राप्त प्रकंद भी औषधि के लिए उपयुक्त हैं।

एक दूसरी जाति अर्चू (रहेयम वेब्बिआनुम, *Rheum webbianum* Royle) के प्रकंद भी उपर वाली जाति के साथ प्रयोग में लाए जाते हैं।

81. रोशा घास

औषधीय गुण

इस घास के पत्तों से एक तेल निकलता है जिसे 'रोशा' कहते हैं। यह औषधि में प्रयोग होता है। रोशा त्वचा रोग, गंजापन तथा कमर के दर्द की चिकित्सा में उपयोगी है। इसका लेप किया जाता है। जिगर खराब होने पर, पित्त आदि विकारों में इसका सेवन भी बताया गया है।

अन्य सूचना

रोशा का नाड़ी तंत्र पर स्वापक प्रभाव बताया गया है।

वैज्ञानिक (लैटिन) नाम, कुल, अन्य नाम तथा विवरण

वैज्ञानिक नाम : **सींबोपोगोन मार्टिनी** (*Cymbopogon martinii* (Roxb) Watson.) (कुल– पोएसिए)

अन्य नाम : **हिंदी**– रोहिशा, गंधेल, मिर्चियागंध

वर्णन

यह एक बड़ी घास होती है। इसके पत्तों में एक सुगंधित तेल होता है, जिसके कारण उन्हें थोड़ा-सा मसलने से बहुत अच्छी सुगंध आती है। इसके पत्ते संकरे और लंबे होते हैं। फूल अत्यंत छोटे लंबी बालियों में लगते हैं।

प्राप्ति-स्थान

यह घास लगभग समस्त भारत में, मुख्यतः शुष्क प्रदेशों में होती है।

अन्य जातियां

रोशा के वंश की कुछ अन्य जातियां भी औषधि में काम आती हैं, किंतु उनका प्रयोग बहुत प्रचलित नहीं है। उनसे प्राप्त तेल प्रायः सुगंधित होते हैं और साबुन, तेल आदि वस्तु को सुगंधित करने के काम आते हैं।

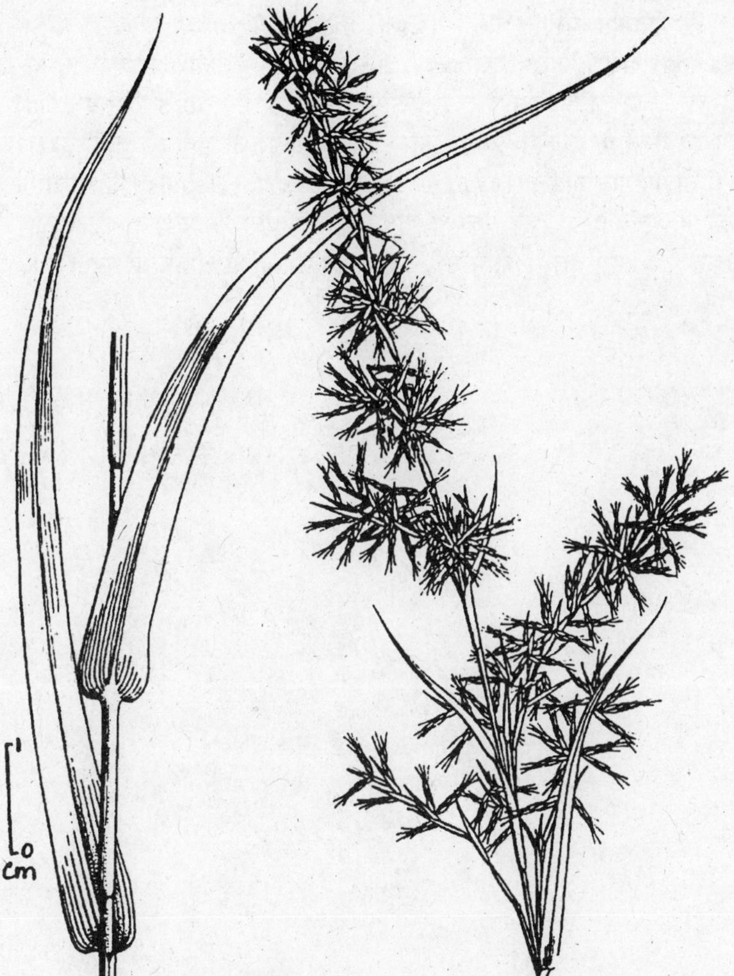

रोशा घास (सींबोपोगोन मार्टिनी)

सींबोपोगोन सीट्राटुस (*Cymbopogon citratus* (DC.) Stapf) भारत के अनेक क्षेत्रों में उगाई जाती है। इससे प्राप्त तेल 'वेस्ट इंडियन लेमनग्रास ऑयल' कहलाता है। इस घास के पत्तों को कहीं-कहीं चाय की तरह प्रयोग करते हैं। इसकी बनी चाय स्वादिष्ट होती है।

सींबोपोगोन फ्लेक्सुओसुस (*Cymbopogon flexuosus* Nees ex Stend. Watson) दक्षिण भारत, उत्तर प्रदेश और सिक्किम में होती है। इससे 'लेमन ग्रास ऑयल' निकलता है। इस तेल में विटामिन 'ए' होता है। यह तेल, साबुन आदि को सुगंधित करने के लिए भी प्रयोग होता है। केरल में इसकी खेती की जाती है।

सींबोपोगोन नार्डुस (*Cymbopogon nardus* (L.) Rendle) भी भारत के कई क्षेत्रों में, मुख्यतः दक्षिण भारत में होती है। इस घास से प्रख्यात 'सिट्रोनेला' तेल निकलता है। इस तेल से भी मच्छर, कीड़े आदि भगाने की औषधियां बनती हैं।

82. लाल दूधी

(एउफोर्बिया)

औषधीय गुण

जिस समय पौधे पर फूल व फल आते हैं, उस समय पौधा समूचा ही उखाड़कर सुखा लिया जाता है, यही औषधि में काम आता है।

लाल दूधी में हृदय एवं श्वास की क्रिया को मंद करने का गुण है। यह श्वास नलियों को थोड़ा शिथिल करके आराम पहुंचाती है। यह बच्चों के कृमिरोग में, उदर रोगों में, खांसी एवं दमा में उपयोगी है। इसके सेवन से स्त्रियों के स्तन में दुग्ध की मात्रा बढ़ती है। यह सूजाक तथा जननेंद्रियों के अन्य रोगों में भी लाभप्रद है। पौधों की जड़ें वमन रोकती हैं। अधिक सेवन से पेट में जलन हो जाती है और मतली व कै हो जाती है। पौधे का सफेद रस मस्सों पर लगाते हैं। परीक्षणों द्वारा लाल दूधी में एंटीबैक्टीरियल एवं क्षयरोगनाशक गुणों की पुष्टि हुई है।

अन्य सूचना

लाल दूधी में स्वापक गुण भी बताए गए हैं।

अन्य उपयोग

लाल दूधी के पत्तों की भाजी बनाकर खाते हैं।

वैज्ञानिक (लैटिन) नाम, कुल, अन्य नाम तथा विवरण

वैज्ञानिक नाम : **एउफोर्बिआ हीर्टा** (*Euphorbia hirta* L.)
(अस्वीकृत नाम : अनेक पुस्तकों में इसे **एउफोर्बिया पीलूलीफरा** के अंतर्गत दिया गया है)
(कुल– एउफोर्बिएसिए)

अन्य नाम : **संस्कृत**– नागार्जुनी, पूसितोआ
कन्नड़– अच्चेगिडा
गुजराती– दुधेली

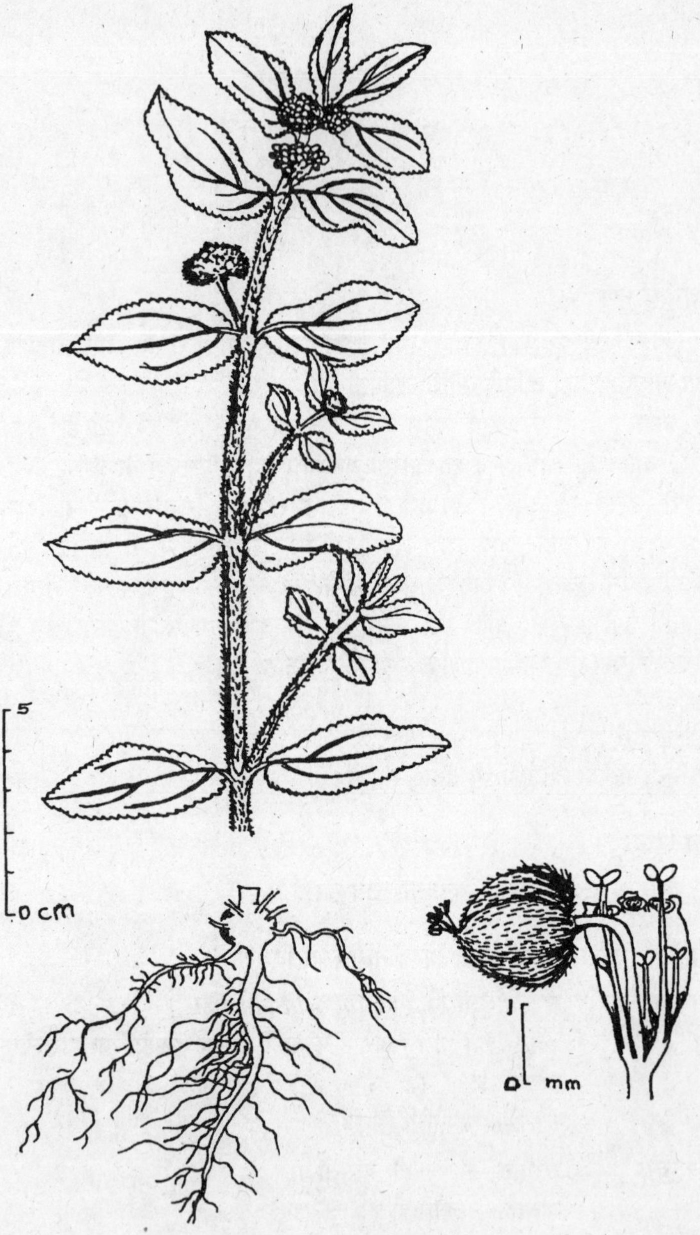

लाल दूधी (एउफोर्बिआ हीटी)

तमिल– अममपच्चे अरिस्सी
तेलुगू– नानाबला
बंगला– बरकेरु
मराठी– मोटी दूधी
मलयालम– नीलापाले

वर्णन

यह एकवर्षीय पौधा होता है। यह कभी-कभी सीधा 50 सेमी. तक ऊंचा अथवा कभी आरोही हो जाता है। इसकी शाखाओं पर पीला रोम-सा होता है। पत्ते आमने-सामने जोड़े में चार सेमी. तक लंबे, ऊपर गाढ़े हरे रंग के, नीचे केलई-से होते हैं। इनके किनारे दंतुर होते हैं। फल सफेद, छोटे एवं पत्तों के कक्ष में लगे छोटे डठंलों पर, गुच्छे पर आते हैं। फल 1-2 मिमी. व्यास के, रोमिल होते हैं। बीज तिकोने, झुर्रीदार, लाल-भूरे से रंग के होते हैं।

प्राप्ति-स्थान

यह पौधा भारत के सभी मैदानी क्षेत्रों में तथा उष्ण तलहटियों में होता है। यह बेकार स्थानों में प्रायः ही उग आता है।

अन्य जातियां

लाल दूधी के वंश की अन्य जातियां भी औषधि के काम आती हैं। इस वंश में कुछ बड़े वृक्ष सरीखे पौधे भी होते हैं, जैसे थूहर। इनके तने या स्तंभ गोल, सर्पिल या कोणदार, सरस एवं कांटेदार होते हैं। यह कभी-कभी नागफनी या कैक्टस जैसे दिखाई देते हैं। इनके तनों या शाखाओं में गाढ़ा, दूधिया या पीला रस रहता है जो अत्यंत तीखा, चरपरा और विषैला होता है। केवल सीमित तथा नियमित मात्रा में सेवन करने से इसमें कुछ औषधीय गुण होते हैं। लापरवाही से छूने या सेवन करने से यह रस त्वचा आदि पर तीव्र जलन पैदा कर सकता है। थोड़ी मात्रा में सेवन करने से रेचक होता है। कुछ जातियों का रस पुराने जख्मों के कीड़े मारने के लिए मस्सों पर तथा त्वचा के रोगों में प्रयुक्त होता है।

त्रिधारी-सेहुंद (एउफोर्बिया एंटीक्वोरुम– *Euphorbia antiquorum* L. संस्कृत– वज्रकंटक); यह लगभग समस्त भारत में उष्ण जलवायु वाले क्षेत्रों में होता है। इसके तने तीन अथवा पांच कोण वाले होते हैं। इनका रस जलोदर में प्रयुक्त होता है तथा यह नाड़ियों के लिए बलकारक है।

थूहर (एउफोर्बिया लिगुलारिआ *Euphorbia ligularia* Roxb. (अस्वीकृत

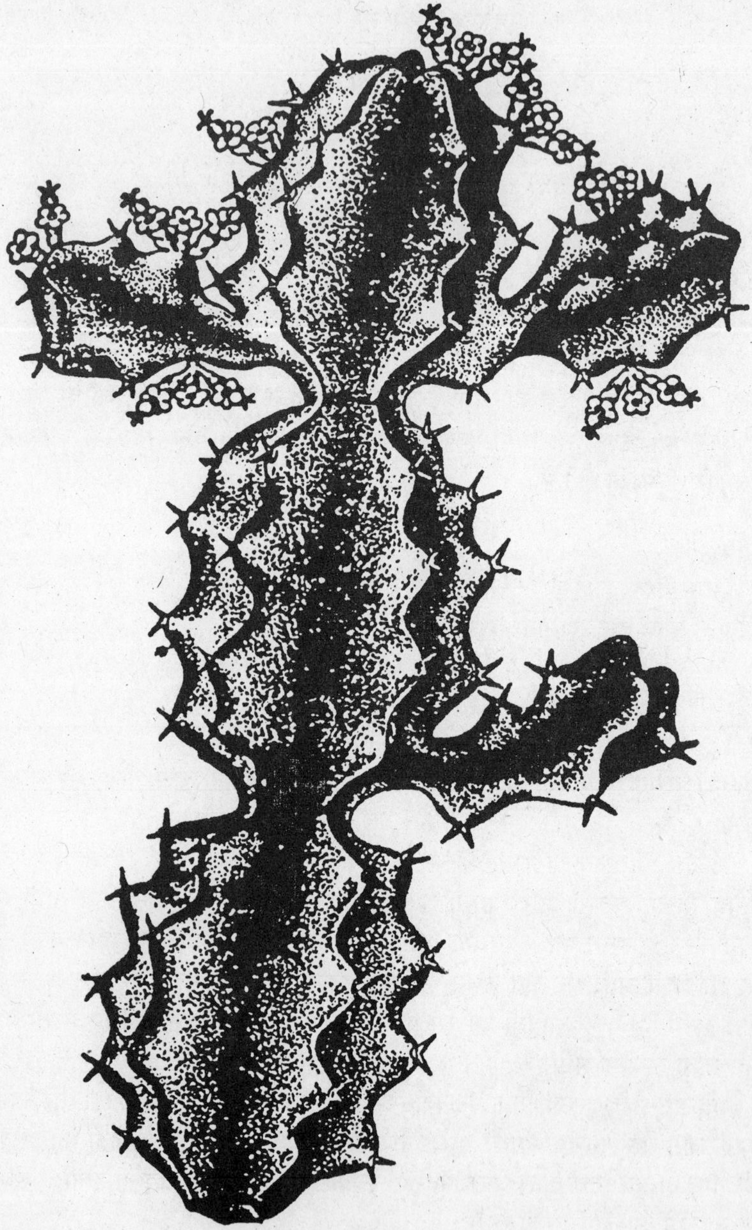

त्रिधारी सेहुंद (एउफोर्बिया एंटीक्वोरुम)

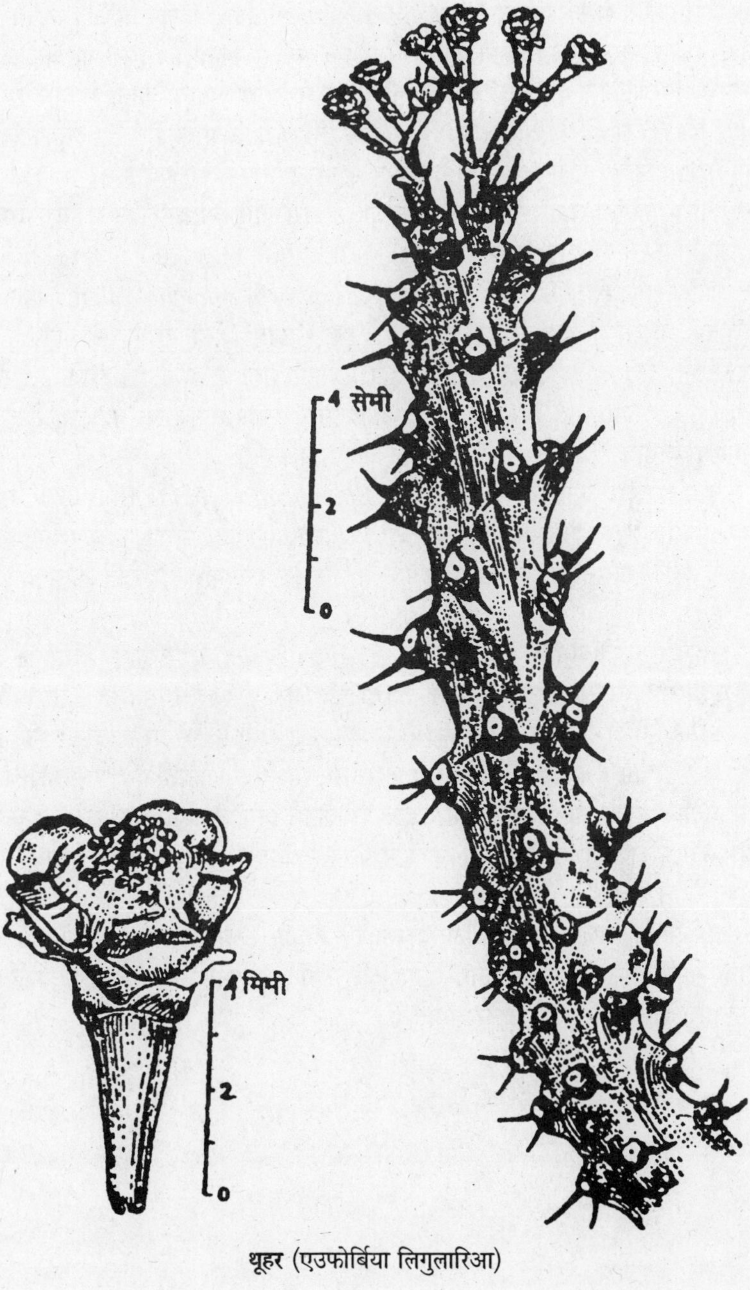

थूहर (एउफोर्बिया लिगुलारिआ)

नाम : एउफोर्बिया नेरिईफोलिआ– *Euphorbia nerifolia*) हिंदी– सेहुंड, संस्कृत– स्नूही) : यह भारत के प्रायद्वीपीय भाग में प्राकृत रूप से उगता है। किंतु यह कंटीला होने के कारण प्रायः ही खेतों की रक्षा के लिए मेड़ों पर लगाया जाता है और इस प्रकार पूरे देश में ही यह पाया जाता है। इसके तने पांच कोण के होते हैं। इसका रस दमा तथा कान दर्द में प्रयुक्त होता है। थूहर में मादक गुण बताए गए हैं।

भारत के कई प्रांतों में विभिन्न जनजातियां इस पौधे का थूहर रस कामला रोग हेतु प्रयोग करते हैं। अतः इस पर नियमित शोध उपयोगी हो सकता है।

काटा-थूहर (एउफोर्बिया नीबूलिआ– *Euphorbia nivulia* Buch. Ham, संस्कृत– पत्रस्नूही) यह लगभग सारे भारत में, मुख्यतः शुष्क स्थानों में होता है। इसके तने गोल होते हैं। यह भी खेतों की मेड़ पर लगाया जाता है। इसके रस में मूत्रल गुण बताए जाते हैं। (बस्तर के आदिवासी इसके सफेद रस को पशुओं के फोड़ों पर लगाते हैं)।

डंडा-थोर (एउफोर्बिया रोयलेआना– *Euphorbia royleana* Boiss.) : यह उत्तर-पश्चिम भारत में हिमालय पर्वत के 1,000-1,500 मी. ऊंचाई वाले स्थानों में दक्षिणी शुष्क ढलानों पर होता है। इसके तने व शाखाएं पांच या सात कोण वाले होते हैं।

सेहुंद (एउफोर्बिया टीरुकल्ली– *Euphorbia tirucalli* L. संस्कृत– वज्रद्रुमा) : यह एक झाड़ीनुमा पौधा या वृक्ष होता है। इसकी शाखाएं गोल, विभाजित और फैली हुई होती हैं। ये अन्य जातियों के पौधों से बहुत पतली होती हैं, इन पर कांटे नहीं होते। यह अफ्रीका का देशज है, किंतु समस्त भारत में, विशेषकर प्रायद्वीपीय भाग में तथा पूर्वी प्रांतों में, खेतों की मेड़ों पर तथा सड़कों के किनारे प्रायः लगाया जाता है। पौधे का सफेद रस गठिया के दर्द, दंत रोग आदि में प्रयुक्त होता है। अत्यंत नियमित मात्रा में इसका सेवन होता है।

कट्टीमांडू (तेलुगू) (एउफोर्बिआ बार्नहार्टि– *Euphorbia barnhartti* Croizat, पुराना नाम– एउफोर्बिया ट्रीगोना) : यह दक्षिण में तथा अंडमान द्वीप में होता है। इसके पत्तों की पुलटिस फोड़ों पर लगाते हैं।

83. लोध

औषधीय गुण

लोध के वृक्ष की छाल निकालकर तुरंत सुखा ली जाती है। यह औषधि के काम में आती है।

लोध अपच, नेत्र रोग तथा जख्मों पर उपयोगी है। यदि मसूड़ों से खून आता हो तो छाल के क्वाथ से गरारे या कुल्ला करते हैं। फोड़ों को शीघ्र पकाने के लिए छाल की लुगदी से बनाए हुए मरहम या पलस्तर लगाते हैं। लोध में स्तंभक गुण होते हैं, इस कारण मासिक धर्म में रक्त के अधिक प्रवाह को कम करने के लिए तथा पतले दस्त को रोकने के लिए इसका प्रयोग करते हैं। यह फीलपांव तथा पेशाब में चर्बी आने में भी दी जाती है।

वैज्ञानिक (लैटिन) नाम, कुल, अन्य नाम तथा विवरण

वैज्ञानिक नाम **:** **सींपलोकॉस रासेमोसा** (*Symplocos racemosa* Roxb.)
(कुल– सींपलोकेसिए)

अन्य नाम **:** **संस्कृत, मराठी–** लोध्र
असमिया– लपोंगडांग, डिएंगलमकी
कन्नड़– बलोडिड
गुजराती– लोद्र
बंगला– लोध
तेलुगू– लोउडुगू
सिंगभूमि– लुड़मदारु

वर्णन

यह वृक्ष लगभग छह मी. ऊंचा होता है। इसके पत्ते 8-20 सेमी. लंबे, गाढ़े हरे रंग के, चर्मिल, प्रायः निशिताग्र होते हैं। उनके सीधे या दंतुर, डंठल छोटे लगभग 8-20 मिमी. लंबे होते हैं। फूल छोटे, लगभग 1.2 सेमी. व्यास के सफेद या हल्के पीले रंग के तथा पत्तों के कक्ष में लगे छोटे गुच्छों में होते हैं। फल 1-1.3 सेमी. लंबे, बैगनी या काले रंग के होते हैं।

प्राप्ति-स्थान

लोध के वृक्ष मध्य तथा पूर्वी भारत के मैदानी और तलहटी प्रदेशों में पाए जाते हैं।

अन्य जातियां

लोध के वंश की एक अन्य जाति सींपलोकॉस पानीकुलाटा (*Symplocos paniculata* Wall.) पंजाब से असम तक पर्वतीय भागों में पाई जाती है। इस वृक्ष को भी उन्हीं स्थानीय नामों से पुकारते हैं जिनसे लोध को। इसकी छाल में भी लोध जैसे गुण बताते हैं। यह पौष्टिक भी बताई जाती है।

84. शतावरी

औषधीय गुण

इस पौधे के भूमि के ऊपरी सभी भाग तथा मूल भी औषधि में उपयोगी है। पतली हरी शाखाएं उदर रोग, अपच, पेचिश में उपयोगी हैं। ये मूत्रवर्धक तथा दुग्धवर्धक हैं। मूल का रस शहद में मिलाकर अपच में उपयोगी है। मूल कुछ अन्य द्रव्यों के साथ नाड़ी तंत्र, वातशूल, लू लगने से ज्वर, फेफड़ों के रोग, अर्श में उपयोगी है। शतावरी मस्तिष्क के लिए बलदायक तथा पेचिश में हितकर है।

शोध/परीक्षण तथा अन्य सूचना

इस पौधे का प्रायः कुछ अन्य पौधों के साथ मिश्रण से आधुनिक यंत्रों द्वारा बनी औषधियों का नवीनतम विधियों से औषधालयों में अनेक रोगियों पर सफल परीक्षण किया गया।

शतावरी की मूल गुर्दे की पथरी दूर करने में हितकर सिद्ध हुई है।

वैज्ञानिक (लैटिन) नाम, कुल, अन्य नाम तथा विवरण

वैज्ञानिक नाम : **आस्पारागुस रासेमोसुस** (*Asparagus racemosus* Willd.)
(कुल– लीलिएसिए)

अन्य नाम : **हिंदी–** शतावर
संस्कृत– सतमूली
मराठी– सतावरमूल
गुजराती– शतावरी
तमिल– शीमई-शदावरी
तेलुगू– चल्लगड्डा
कन्नड़– मज्जी गड्डे
मलयालम– शतावली

वर्णन

यह पौधा मृदुल, झाड़ीनुमा किंतु आरोही, कंटीला होता है। शाखाएं छोटी, हंसियाकार

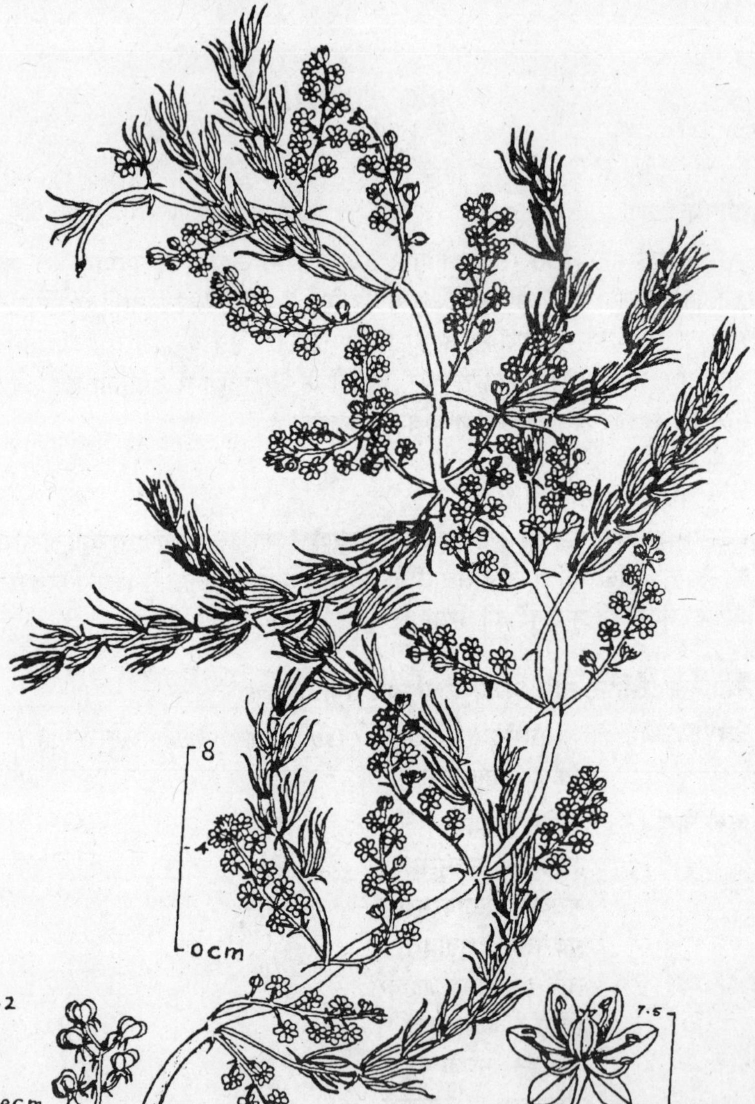

शतावरी (आस्पारागुस रासेमोसुस)

पत्तियों जैसी होती हैं। पुष्प श्वेत, छोटे तथा फल काली मिर्च के आकार के, पकने पर लाल रंग के होते हैं।

प्राप्ति-स्थान

यह पौधा लगभग भारत के उष्ण मैदानी तथा पर्वतों के निचले क्षेत्रों में प्रायः छोटे वृक्षों तथा झाड़ियों से लिपटा तथा कभी-कभी स्वतंत्र रूप से उगता मिलता है।

85. सदाबहार

(कथारांथुस)

औषधीय गुण

इस पौधे की जड़ें औषधियुक्त होती हैं। ये विषाक्त मानी जाती हैं तथा साथ ही क्षुधावर्धक भी होती हैं। हाल की खोजों से पता चला है कि ये बहुमूल्य एल्केलाइडों की स्रोत हैं जो राउवोल्फिया जाति के पौधों से प्राप्त एल्केलाइडों की तरह होता है। सदाबहार की जड़ों में सर्पगंधा से अधिक आज्मालाइसाइंन तथा सर्पेंटाइन मिलता है; उनमें सर्पेपाइन भी पाया जाता है।

इसके एल्केलाइडों में उपशामक गुण काफी अधिक मात्रा में होता है। पशुओं पर किए गए प्रयोगों से पता चलता है कि सदाबहार के कुछ क्वाथ ल्यूकेमिया में लाभ पहुंचाते हैं।

अन्य उपयोग

यह एक बहुत सुंदर बागीचीय पौधा है, जो साल भर फूलों से लदा रहता है, इसीलिए इसे 'सदाबहार' कहते हैं। यह पौधा काफी सुगठित रहता है तथा सजावटी बागबानी में काफी लोकप्रिय है।

वैज्ञानिक (लैटिन) नाम, कुल, अन्य नाम तथा विवरण

वैज्ञान्कि नाम : **कथारांथुस रोशेउष** (*Catharanthus roseus* (L.) G. Don)
(*अस्वीकृत नाम :* **विंका रोजेआ**)
(कुल– अपोसाइनेसिए)

अन्य नाम : **बंगला**– नयनतारा, गुलफेरिंगी
मलयालम– उषामालारी
मराठी– सदाफल
उड़िया– अपंस्काति
तमिल– सुदुकाडु मल्लिकाइ

तेलुगू– बिल्लागेन्नेरु
पंजाबी– रतनजीत

वर्णन

यह लगभग एक मी. तक ऊंचा सीधा खड़ा रहने वाला पौधा है, जिसकी पत्तियां अंडाकार होती हैं तथा एक-दूसरे के सामने होतीं हैं। फूल दो या तीन गुच्छों में लगते हैं। फूलों की पंखुड़ियों का रंग सफेद या लाल-गुलाबी, एक विशेष प्रकार की पंखुड़ियों का रंग सफेद तथा उनके निचले भाग पर गुलाबी या लाल रेशे होते हैं। फल बहुबीजीय, पुटिकाकार होते हैं।

प्राप्ति-स्थान

इस पौधे की जन्मभूमि मेडागास्कर है, पर अब यह समूचे संसार के उष्णकटिबंधीय क्षेत्रों में प्राकृतिक रूप से पाया जाता है। अकसर इसकी खेती की जाती है और यह जल्दी ही फैलने लगता है।

अन्य जातियां

कथारांथुस पुसिलस (Catharanthus pusillus अप्रसिद्ध नाम– विंसा, पुसिला, लोच्नेरा पुसिला; संस्कृत– शंखफली; तमिल– मिलागाई पूंडु) यह पौधा खेतों या बेकार भूमि में उग आता है (अपतृण : weed) तथा कटिवात में उपयोगी बताया जाता है।

86. सफेद मूसली

औषधीय गुण

सफेद मूसली के कंदों का चूर्ण औषधि में प्रयोग होता है। यह शरीर की दुर्बलता, वात रोग, अतिसार एवं प्रदर में उपयोगी है तथा नपुंसकता एवं वीर्य की दुर्बलता हेतु उपयोगी बताया गया है।

वैज्ञानिक (लैटिन) नाम, कुल, अन्य नाम तथा विवरण

वैज्ञानिक नाम : **क्लोरोफीटुम बोरिवलीआनुम**
[*Chlorophytum borivilianum* Sant.& Fern.]
(कुल– लीलिएसिए)

अन्य नाम : **हिंदी–** सफेद मूसली

अन्य भारतीय नाम : कुलाई, बुलंद-चूकुर, चंकसा, झगरासी, करौली, कोइंगड, पांडरीकंद मूसली, तले।

वर्णन

यह बहुवर्षीय पौधा है। मूल स्तंभ के ठीक नीचे कंदमय, लंबोतरे, नलिकाकार, आरंभ में एक से नौ तक किंतु पौधे की बढ़ोतरी के साथ उनकी संख्या 25-30 तक हो जाती है। कंद हल्के लाल, कत्थई-से किंतु भीतर श्वेत होते हैं। इसलिए इसका नाम 'सफेद मूसली' है। इसकी मिलती-जुलती कुछ और जातियों को भी सफेद मूसली कहते हैं। उससे भिन्न करने के लिए इस जाति में उत्पत्ति के स्थान बोरिवली (मुंबई के निकट) के नाम पर इसे 'सफेद मूसली बोरिवली' कहना उचित है। पत्तियां लगभग 12-18 सेमी. लंबी तथा 1.5 सेमी. चौड़ी होती हैं। आधार तथा शीर्ष पर थोड़ी संकरी, चपटी या कभी-कभी लिपटी होती हैं। पौधों में फल आने तक पत्तियां मुड़कर धनुषाकार होकर भूमि की ओर मुड़ जाती हैं। स्केप प्रायः एक तथा कभी-कभी दो, 16-30 सेमी. लंबे होते हैं। स्केप के ऊपरी आधे अथवा तिहाई भाग में पुष्प थोड़ी-थोड़ी दूर पर छोटे गुच्छों में लगते हैं। परिदल तीन-तीन के दो चक्रों में होते हैं। बीज, फूल व फल जून-जुलाई में आते हैं। बीज काले तथा चपटे-से होते हैं।

प्राप्ति-स्थान

यह पौधा दक्षिणी भारत, गुजरात, राजस्थान तथा मध्य प्रदेश के कुछ नम स्थानों पर जंगलों में मिलता है। इसकी कृषि बड़ी मात्रा में की जा रही है। इसकी जड़ का सफेद चूर्ण आजकल (2010-11 में) लगभग 1000-1500 रुपये प्रति किलो बिकता है।

अन्य जातियां

इस वंश की दो जातियां– सफेद मूसली जंगली (*Chlorophytum arundinaceum Baker.*) तथा सफेद मूसली जंजारी (*Chlorophytum tuberosum Baker.*) भी उसी प्रकार औषधि में प्रयोग होती हैं। किंतु उनमें रासायनिक तत्त्व / गुण कम होने के कारण उनकी मांग तथा मूल्य बोरिवली मूसली से बहुत कम है। इनके कंद का चूर्ण 200-250 रु. प्रति किलो बिकता है। इन दो जातियों के फूल बोरिवली जाति से छोटे होते हैं तथा कंद स्तंभ के नीचे कुछ दूर पर लगते हैं अर्थात् मूल आरंभ में कंदमय नहीं होती।

विशेष सूचना

आयुर्वेद में जिस सफेद मूसली का वर्णन मिलता है उससे कहीं अधिक उपयोगी इस ही वंश की यह एक अन्य जाति है जिसे भारतीय वनस्पति सर्वेक्षण के एक पूर्व निदेशक (डॉ. एच. संतापाऊ, जो वर्तमान पुस्तक के लेखक के गुरु भी थे) तथा मुबंई के जेवियर महाविद्यालय के एक वैज्ञानिक डॉ. आर. फर्नांडीज ने मुंबई के निकट बोरिवली राष्ट्रीय उद्यान में कनेरी गुफाओं के मार्ग पर 1954 में प्रचुर मात्रा में उगते पाया था। आज इस पौधे की कृषि तथा व्यापार से लाखों व्यक्तियों को काम, कमाई तथा स्वास्थ्य-लाभ मिल रहा है। गहन वनस्पति सर्वेक्षण और रासायनिक विश्लेषण की उपयोगिता तथा भावी संभावनाओं का यह ज्वलंत उदाहरण है।

87. सर्पगंधा

(राउवॉल्फिआ)

औषधीय गुण

सर्पगंधा की जड़ें औषधि में प्रयोग होती हैं। जड़ें उखाड़ते समय उनकी छाल को क्षति नहीं पहुंचनी चाहिए। यह जड़ें तीन या चार वर्ष पुराने पौधों से और शरद ऋतु में निकाली जाएं तो अच्छा है।

ऐसा कहा जाता है कि भारत में आयुर्वेदिक चिकित्सा में इस पौधे का ज्ञान लगभग 4,000 वर्ष पूर्व से है। ईसा की दूसरी शताब्दी में लिखी चरक की रचना में तो इसका वर्णन है।

सर्पगंधा की जड़ों में एल्केलाइड मिलते हैं। इस औषधि में मुख्यतया शमक, निद्रायक, अवसादक एवं रक्तचाप घटाने के गुण हैं। आजकल सर्पगंधा बढ़े हुए रक्तचाप तथा पागलपन की चिकित्सा में बहुत प्रयोग होता है। इसका अवसादक प्रभाव अत्यंत धीमा होता है, इस कारण यह रोग की उग्र अथवा तीव्र (एक्यूट) अवस्था में लाभप्रद नहीं होता। यह औषधि पुराने मानसिक रोगियों को अथवा चिंताग्रस्त व्यक्तियों को शांति पहुंचाने के लिए उपयुक्त है। इसके सेवन से मस्तिष्क को चैन-सा मिल जाता है। खांसी, दमा तथा अंतड़ियों में जख्म के रोगियों को सर्पगंधा का सेवन नहीं करना चाहिए।

सर्पगंधा की जड़ें ज्वर एवं पेट के कुछ विकारों में भी लाभप्रद हैं।

वैज्ञानिक (लैटिन) नाम, कुल, अन्य नाम तथा विवरण

वैज्ञानिक नाम : **राउवॉल्फिआ सर्पेंटीना** (*Rauvolfia serpentina* (L.) Benth ex Kurz)
(कुल– अपोसाइनेसिए)

अन्य नाम : **हिंदी**– छोटा चांद
संस्कृत– चंद्रिका
उर्दू– धन बरुवा

कन्नड़– सर्पगंधी
तमिल, मलयालम– चुवन्नाअवलपोरी
तेलुगू– पातालगंधि
बंगला– चंद्रा
मराठी– हरकया
(**सहारनपुर**– मूंगा)

इस पौधे का वैज्ञानिक नाम सोलहवीं शताब्दी के एक जर्मन वनस्पतिज्ञ एवं चिकित्सक लिओनार्ड राउवॉल्फ के नाम पर आधारित है।

वर्णन

सर्पगंधा का पौधा झाड़ीनुमा, 30-75 सेमीं. ऊंचा, अरोमिल, उर्ध्व होता है। एक गांठ पर पत्ते कई और चक्राकार होते हैं। पत्ते 8-20 सेमी. लंबे, आधार पर संकरे होते हैं।

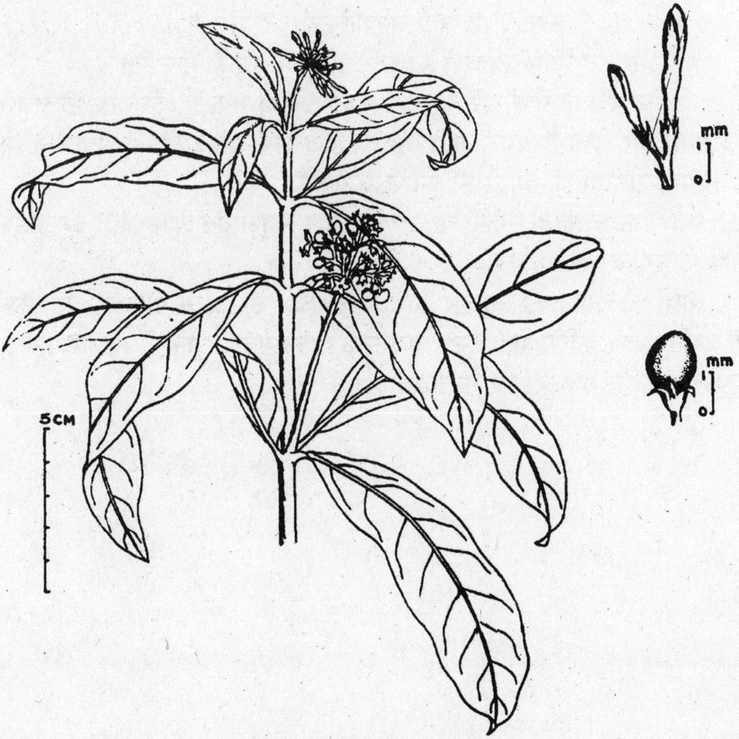

सर्पगंधा (राउवॉल्फिआ सर्पेंटीना)

डंठल छोटा-सा होता है। फूल लगभग 1.5 सेमी. लंबे, पखुंड़ियां सफेद या गुलाबी, पुष्पवृंत गहरे लाल तथा छोटे गुच्छों में होते हैं। फूलों के बाह्य दलपुंज गाढ़े लाल रंग के अत्यंत सुंदर होते हैं। फल छोटे, गोल, गाढ़े बैगनी या पकने पर काले-से होते हैं।

प्राप्ति-स्थान

सर्पगंधा 1,000 मी. ऊंचाई तक के स्थानों में लगभग समस्त भारत में होता है। यह हिमालय के तलहटी प्रदेश में और पश्चिमी एवं पूर्वी घाट की निचली पहाड़ियों में अधिक होता है। यह बंगाल, बिहार, उत्तर प्रदेश, महाराष्ट्र आदि कई प्रांतों की मैदानी भूमि में भी उग आता है। आम के बागों के आसपास भी यह उगता पाया गया है। भारत के कई स्थानों पर इसकी खेती भी की जा रही है।

अन्य जाति

इस वंश की एक अन्य जाति बड़चंद्रिका (राउवॉल्फिआ टेट्राफील्ला *Rauvolfia tetraphylla* L. जिसका पुराना नाम राउवॉल्फिआ कानेसेंस *Rauvolfia canescens* L. था) है, भी औषधि में उपयोगी है। इसमें सर्पगंधा जैसे ही गुण होते हैं।

सर्पगंधा वंश के पौधों पर बहुत शोध-कार्य किया गया है और अब भी चल रहा है। भारत इस दिशा में सबसे आगे रहा है। किंतु अब कुछ देशों में सर्पगंधा से प्राप्त एल्केलाइड रासायनिक ढंग से भी बना लिए गए हैं।

यह पौधा भारत के मैदानी या तलहटी प्रदेश में (अत्यंत शुष्क क्षेत्रों को छोड़कर) कहीं भी उगाया जा सकता है।

पौधों को लगाने की सर्वोत्तम विधि इसकी जड़ों की कटिंग बोना है। यह बीज से या टहनियों की कटिंग से भी उग सकता है। एक एकड़ भूमि से लगभग छह-सात क्विंटल तक जड़ें इकट्ठी की जा सकती हैं।

88. सोमराजि

(सेंट्राथेरुम)

औषधीय गुण

पौधे के ताजे बीज (जितने ताजे हो सकें) लेकर सुखा लिए जाते हैं। यही सोमराजि औषधि है।

यह थ्रैडवर्म नामक कृमि पर उपयोगी है। पुरानी पुस्तकों में इस औषधि में उत्तेजक, एंटीसेप्टिक और मूत्रल गुण भी बताए गए हैं, किंतु परीक्षणों द्वारा यह सिद्ध नहीं हो सका है। थ्रैडवर्म पर यह उपयोगी है, अस्पतालों में किए गए परीक्षणों से भी इसकी पुष्टि हुई है।

वैज्ञानिक (लैटिन) नाम, कुल, अन्य नाम तथा विवरण

वैज्ञानिक नाम : **सेंट्राथेरुम आंथेलमिंटिकुम** (*Centratherum anthelminticum* (Willd.) Kuntze.)
(*अस्वीकृत नाम :* **वेर्नोनिआ आंथेलमीटिका**)
(कुल– आस्टेरेसिए)

अन्य नाम : **हिंदी**– कालीजीरी, बनजीरा
संस्कृत– सोमराजि
उर्दू– जंगली जीरी
कन्नड़– काडु जीरिगे
गुजराती– काली जीरी
तमिल– कट्टू क्षीरगम
तेलुगू– अदविजीलकर
पंजाबी, बंगला– सोमराज
मराठी– कालेन जीरी
मलयालम– कट्टुजीरकम
गढ़वाली– काला जीरा

वैज्ञानिक नाम में 'आंथेलमिंटिकुम' शब्द का अर्थ है, कृमिनाशक। यह इस औषधि के गुण पर आधारित है।

वर्णन

यह प्रायः लंबा, सीधा बूटा होता है। इसके तने एवं पत्तों पर सूक्ष्म रोम होते हैं। पत्ते 6-10 सेमी. लंबे होते हैं। उनके किनारे दंतुर और आधार संकरे होते हैं। पुष्प छोटे, 1.5-2.5 सेमी. व्यास के गुच्छों में लगते हैं, जिन्हें 'केपीटुलम' कहते हैं। प्रत्येक केपीटुलम में 30-40 गुलाबी रंग के फूल होते हैं। कई-कई केपीटुलम एक साथ होते हैं। फल जिन्हें 'एकीन' कहते हैं, छोटे 4.5-6 मिमी. लंबे, सौंफ के दाने-से, किंतु रोमिल होते हैं। उन पर दस उभरी हुई धारियां होती हैं। 'एकीन' के शीर्ष पर गुलाबी या लाल रोमगुच्छ होता है।

प्राप्ति-स्थान

यह पौधा 1,500 मी. ऊंचाई तक के स्थानों में लगभग समस्त भारत में पाया जाता है। यह आबादियों या बस्तियों के आसपास, बेकार स्थानों में प्रायः ही उग आता है।

89. हरमल

औषधीय गुण

हरमल के बीज सुखाकर औषधि में काम आते हैं।

बीज में कई एल्केलाइड होते हैं, जो दमा, हिस्टीरिया, गठिया, पित्ताशय की पथरी, ऐंठन व मरोड़े के दर्द, ज्वर, पीलिया और रजोधर्म के समय पीड़ा या रुकावट में लाभप्रद होते हैं। बीज नशीले, स्वापक, कृमिनाशक एवं वमनकारी भी होते हैं।

हरमल के बीज में 'हरमलीन', 'यागीन' एवं 'हरमीन' नामक एल्केलाइड निकलते हैं। यह मतिभ्रामक (हेलूसिनोजेन) होते हैं, अर्थात् मतिभ्रम–'रंगीन दृश्यों'-सी अवस्था प्राप्त होती है। हरमल औषधि स्नायुमंडल और मस्तिष्क को उत्तेजित करती है। अधिक सेवन हानिकारक होता है और ज्ञानेंद्रियों को अत्यंत मंद और शिथिल कर देता है।

परीक्षणों द्वारा इसके बैक्टीरियानाशक गुण की पुष्टि हुई है, किंतु मलेरिया ज्वर के रोगियों पर इसका कोई उपयोग दिखाई नहीं दिया।

अन्य उपयोग

हरमल के बीज से एक लाल रंग प्राप्त होता है। पौधे की जड़ों को पीसकर सरसों के तेल में मिलाकर सिर की जूं मारने के काम में लेते हैं। यदि पौधे की कुछ शाखाएं कमरे में रखी जाएं तो मच्छर नहीं आते।

वैज्ञानिक (लैटिन) नाम, कुल, अन्य नाम तथा विवरण

वैज्ञानिक नाम : **पेगानुम हारमाला** (*Peganum harmala* L.)
(कुल– रुटासिए)

अन्य नाम : **हिंदी**– गंध्य
कन्नड़– सीमेगोरंटे
गुजराती– हरमर, इसपन
तमिल– सिमइरवंदी
तेलुगू– सिमागोरंटी

बंगला– इस्पंद
मलयालम, पंजाबी– हरमल
अंग्रेजी– वाइल्ड-र्‌यू

वर्णन

हरमल का पौधा झाड़ीनुमा, लगभग 30-90 सेमी. ऊंचा होता है। इसके पत्ते 5-8 सेमी. लंबे होते हैं और अनेक छोटी संकरी पालियों में विभाजित होते हैं। फल 2-3 सेमी. व्यास के, सफेद, पत्तों के कक्ष में एक-एक होते हैं। फल गोल, 5-8 मिमी. की संपुटिका में होते हैं। बीज 2.5-4 मिमी. लंबे, भूरे-से रंग के होते हैं। उनके छिलके पर जालिकारूपी धारियां होती हैं।

प्राप्ति-स्थान

हरमल भारत के उत्तर-पश्चिमी प्रदेश में तथा भारतीय प्रायद्वीप के शुष्क क्षेत्रों में होता है।

90. हल्दी

(टरमेरिक)

औषधीय गुण

हल्दी के पौधे का प्रकंद सदियों से भारत में आयुर्वेद तथा अन्य औषध प्रणालियों में प्रयोग होता है। आयुर्वेद में इसे कृमि, मूत्र रोग, मोच, सूजन, नेत्र तथा त्वचा रोग, फोड़े-फुंसी, शरीर के भीतरी अंगों में चोट अथवा सूजन के उपचार में प्रयोग करते हैं। यह पाचक, उत्तेजक, रक्तशोधक तथा मस्तिष्क के लिए बलकारक भी बताया गया है।

शोध/परीक्षण तथा अन्य सूचना

इस पौधे का प्रायः कुछ अन्य पौधों के साथ मिश्रण से आधुनिक यंत्रों द्वारा बनी औषधियों का नवीनतम विधियों से औषधालयों में अनेक रोगियों पर सफल परीक्षण किया गया।

इसके प्रकंद, असगंध तथा सलाई से बनी औषधि अस्थि-वातरोग में प्रभावी सिद्ध हुई है। हल्दी से बने मरहम के प्रयोग से कैंसर के कारण त्वचा पर दाग/जख्म में दुर्गंध, पीड़ा तथा उनके आकार में कमी पाई गई है। हल्दी तथा नीम से बना मरहम 'स्केबीज' नामक त्वचा रोग में अत्यंत लाभप्रद सिद्ध हुआ है।

अफ्रीका में हल्दी के पत्ते मलेरिया में प्रयोग होने का उल्लेख है।

अन्य उपयोग

संसार के अनेक देशों में भोजन में प्रयोग होने वाले मसालों में हल्दी का प्रयोग होता है। हल्दी का प्रयोग अब कई आधुनिक सौंदर्य प्रसाधनों तथा दंत मंजनों में भी हो रहा है। हल्दी कपड़ों आदि को पीला रंगने के लिए भी प्रयोग होती है। हल्दी की गांठ भारतीय संस्कृति की अनेक प्रथाओं तथा मान्यताओं से जुड़ी है।

वैज्ञानिक (लैटिन) नाम, कुल, अन्य नाम तथा विवरण

वैज्ञानिक नाम : **कुर्कूमा लोंगा** *(Curcuma longa L.)*
(अस्वीकृत नाम : **कुर्कूमा डोमेस्टिका** *)*
(कुल– सिटामिनासिए)

हल्दी (कुर्कूमा लोंगा)

अन्य नाम : संस्कृत– हरिद्रा, रजनी, निशा, गौरी, पीता, कुम्णिनी
तमिल– मनजल
तेलुगू– पासुपु
कन्नड़– इरिसिना
अंग्रेजी– टरमेरिक

वर्णन

हल्दी का पौधा देखने में उद्यान के सुपरिचित पौधे 'कैना' जैसा दिखता है। इसमें प्रकंद होते हैं और पत्ते कैना के पत्तों जैसे ही चौड़े होते हैं।

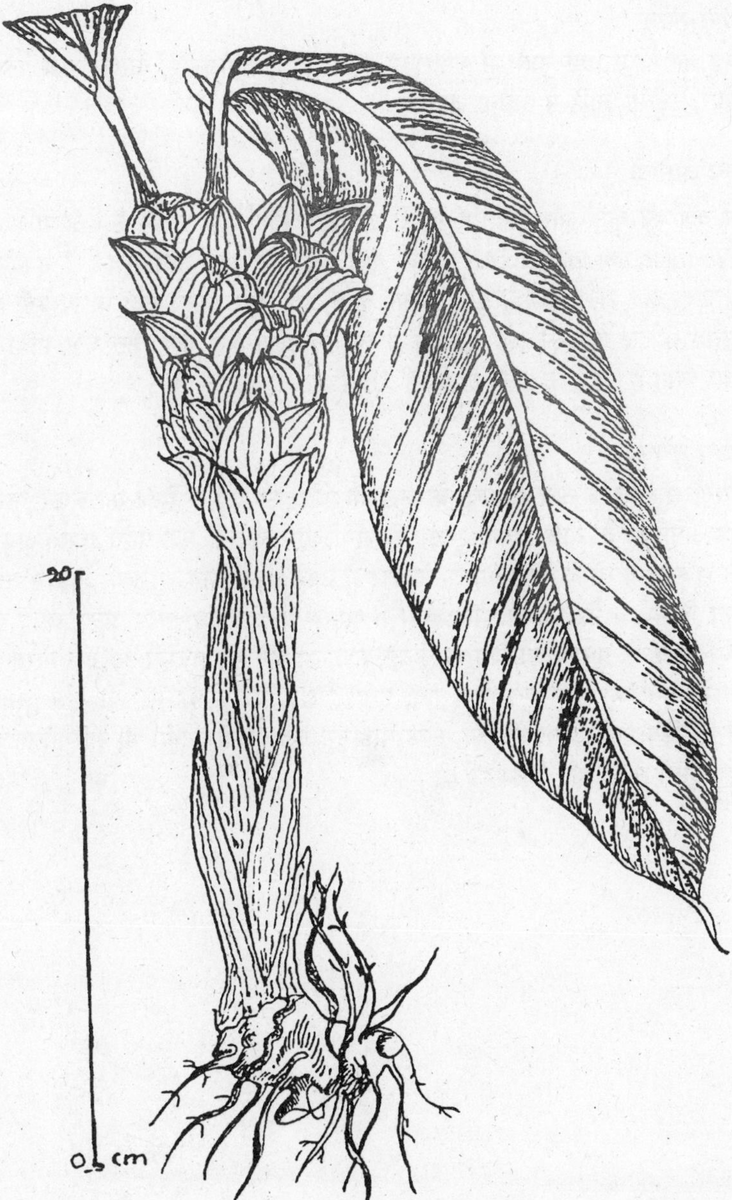

अडूसा (आढाटोडा जेइलानिका)

प्राप्ति-स्थान

हल्दी का पौधा बड़ी मात्रा में महाराष्ट्र, आंध्र प्रदेश, तमिलनाडु, केरल, मध्य प्रदेश, बिहार, उड़ीसा आदि में उगाया जाता है।

अन्य जातियां

इस वंश की कुछ और जातियों में भी औषधीय गुणों का उल्लेख है। आमा हल्दी (*Curcuma amada* Roxb.) पाचक तथा अंदर की चोट तथा सूजन में उपयोगी है। कचूर (*C. Zedoaria Rosc.*) कफ, वात, अर्श, कुष्ठ आदि रोगों में उपयोगी है। वास्तव में इस वंश की कई जातियों में लगभग हल्दी जैसे गुण किंतु कम मात्रा में बताए जाते हैं। कुछ के प्रकंद खाए भी जाते हैं।

विशेष सूचना

बीसवीं शताब्दी के अंत में हल्दी के कुछ औषधीय उपयोग के पेटेंट को लेकर भारत तथा अमेरिका के बीच विवाद हुआ, जो अमेरिकी अदालतों तक पहुंच गया। अपना पक्ष मजबूत करने के लिए भारत सरकार ने आयुर्वेद, प्राचीन साहित्य, विज्ञान तथा अन्य विषय के विद्वानों से इस विषय में सहस्रों प्राचीन ग्रंथों तथा अन्य स्रोतों का अध्ययन करके प्रमाण एकत्रित करने को कहा, जो चुने हुए लगभग 30 ग्रंथ भारत के पक्ष में अमेरिका में प्रस्तुत किए गए, उनमें लेखक की 1991 में छपी एक पुस्तक (जैन : डिक्शनरी ऑफ इंडियन फोक मेडिसिन एंड एथनोबॉटनी) भी सम्मिलित की गई। उसमें भारत की विजय हुई थी।

91. हिरनतूतिया

(कॉलशीकुम)

औषधीय गुण

हिरनतूतिया के पौधे फूलने से पहले उसके कंद इकट्ठे कर लिए जाते हैं, यही औषधि में काम आते हैं और 'कॉलशीकुम कॉर्म' कहलाते हैं। कुछ कंद अगली फसल के लिए भूमि में छोड़ दिए जाते हैं। उनके पके बीज औषधि में काम आते हैं, इन्हें 'कॉलशीकुम सीड' कहते हैं।

कंद में मुख्य तत्त्व 'कॉलशीसीन' होता है। यह गठिया (गाउट) की सूजन व दर्द में उपयोगी है। अस्पतालों में इस औषधि से परीक्षण किए गए हैं। बहुत समय तक थोड़ी और नियमित मात्रा में कंद से बनी औषधि के सेवन से लगभग 60 प्रतिशत रोगियों को लाभ हुआ। इस औषधि से एक हानि भी है, यह अंतड़ियों में तीव्र जलन पैदा कर सकती है। इसके शमन के लिए अंगूरशफा (बेल्लाडोन्ना) या खुरासानी अजवायन का सेवन बताया गया है।

हिरनतूतिया के बीज में, विशेषकर बीज के छिलके में, कॉलशीसीन होती है और इस कारण बीज भी कंद की तरह प्रयोग होते हैं। कैंसर पर कॉलशीसीन का प्रभाव देखने के लिए कुछ परीक्षण किए गए हैं। यह देखा गया है कि इस औषधि के उपचार से कैंसर कोशिकाओं की बढ़ोतरी कुछ कम हो जाती है तथा ऐसे कोष्ठकों पर एक्सरे (X-Ray) चिकित्सा भी अच्छी प्रकार हो पाती है। कुछ अनुसंधानशालाओं में इस विषय पर कार्य हो रहा है।

अन्य उपयोग

कॉलशीसीन पौधों के प्रजनन संबंधी अनुसंधान-कार्य में काम आती है। इसके प्रयोग से पौधों की कोशिका एवं क्रोमोसोम के विभाजन में कुछ परिवर्तन आ जाते हैं और पौधों में बहुगुणिता (पॉलीप्लॉइडी) उत्पन्न कर दी जाती है। खाने की फसलों व फलों आदि में पौधों पर प्रायः ऐसे परीक्षण किए जाते हैं और शोध-कार्य द्वारा वनस्पतिज्ञ अधिक हृष्ट-पुष्ट, निरोगी व अधिक पैदावार देने वाली किस्में पैदा कर लेते हैं।

वैज्ञानिक (लैटिन) नाम, कुल, अन्य नाम तथा विवरण

वैज्ञानिक नाम : **कॉलशीकुम लूटेयम** (*Colchicum luteum* Baker.)
(कुल– लीलिएसिए)

अन्य नाम : **संस्कृत**– हिरण्यतूथ
कश्मीरी– इरकिम, मूंड
पंजाबी– सुरंजाम-कड़वी

वर्णन

यह एकवर्षीय पौधा है। इसके कंद (कॉर्म) भूरे या कत्थई रंग के, शक्वाकार होते हैं। वे एक ओर थोड़े चपटे और दूसरी ओर गोल होते हैं। पत्ते संकरे, 15-30 सेमी. तक लंबे, 0.8-1.5 सेमी. चौड़े, शीर्ष पर अधिक चौड़े होते हैं। फूल प्रायः 2.5-4 सेमी. व्यास के, 7-10 सेमी. लंबे, पीले रंग के होते हैं। फल 2.5-4 सेमी. लंबे होते हैं।

प्राप्ति-स्थान

हिरनतूतिया हिमालय की उत्तर-पश्चिम श्रेणियों में लगभग 700-2,800 मी. ऊंचाई वाले क्षेत्र में और प्रायः वनों के बाहरी खुले भाग में या घास के मैदानों में उगता है।

92. हींग

(आसाफिटिडा)

औषधीय गुण

पौधे की ताजी जड़ों या प्रकंदों में चीरा लगाने से एक राल (रेजिन) जैसा खुशबूदार पदार्थ निकलता है, यही हींग होता है और औषधि में काम आता है।

हींग पेट की मरोड़, अपच, अफारा, ऐंठन, हैजा तथा कुकुरखांसी में अत्यंत उपयोगी होता है। यह ज्ञान-तंतुओं तथा श्वास नलिकाओं को उत्तेजित करता है। बच्चों के निमोनिया तथा खांसी आदि में बहुत लाभप्रद है। पेट पर लेप करने से भी यह अंतड़ियों की क्रिया को उत्तेजित करता है। अंतड़ियों में अधिक अफारा आने पर इसका एनीमा भी बताया गया है।

परीक्षणों से ज्ञात हुआ है कि हींग में कुछ शमक या अवसादक गुण भी हैं और हृदय रोगों में इसके प्रयोग की संभावना बताई गई है।

अन्य उपयोग

हींग मसाले के रूप में खाना बनाने में बहुत काम आता है। यह अचार, चटनी आदि में भी डाला जाता है।

वैज्ञानिक (लैटिन) नाम, कुल, अन्य नाम तथा विवरण

वैज्ञानिक नाम : **फेरुला नार्थेक्स** (*Ferula narthex* Boiss.)
(कुल– आपिएसिए)

अन्य नाम : **संस्कृत**– बल्हिका, अगूड़गंध
उड़िया– हेंगू
कश्मीरी– यंग, सप
तमिल– पेरुंगायम
तेलुगू– इंगुमो
मराठी, बंगला, गुजराती, कन्नड़– हींग
मलयालम– पेरुंगायम

व्यापार कार्य में इसे 'आसाफिटिडा' कहते हैं, क्योंकि हींग के वंश की एक अन्य जाति होती है। फेरुला आसाफिटिडा से भी हींग निकलता है।

वर्णन

यह एक बड़ा बहुवर्षीय पौधा होता है। इसकी जड़ें मोटी गाजर जैसी होती हैं। इसमें दो प्रकार के पत्ते होते हैं। नीचे के पत्ते 30-60 सेमी. लंबे, अंडाकार होते हैं, ऊपर के पत्ते पतली पालियों में कटे होते हैं। नये पत्ते घने रोमिल होते हैं। फूल छोटे, पीले तथा शाखाओं के शीर्ष पर लगे गुच्छों में आते हैं। फल आठ मिमी. लंबा और लगभग चार मिमी. चौड़ा होता है।

प्राप्ति-स्थान

यह पौधा उत्तर-पश्चिम हिमालय के पर्वतीय क्षेत्रों में, जैसे कश्मीर में मिलता है।

अन्य जातियां

फेरुला वंश की कई जातियां जैसे फेरुला फिटिडा (*Ferula foetida* Regel.) तथा फेरुला आसाफिटिडा (*Ferula assafoetida* L.)– मध्य एशियाई देशों (जैसे अफगानिस्तान) में होती हैं। इनसे भी हींग निकलता है।

कुछ उपयोगी साहित्य एवं संदर्भ

संभव है कि कुछ जिज्ञासु पाठक औषधीय पौधों के विभिन्न पहलुओं तथा अन्य उपयोगी पौधों पर अधिक जानकारी प्राप्त करना चाहेंगे। अतः कुछ चुनी हुई पुस्तकों के नाम तथा संदर्भ नीचे दिए जा रहे हैं।

अधिक औषधीय पौधों पर जानकारी

Jain, S.K.& Defilipps, R. A. 1991. *Medicinal Plants of India.*(2vols.) Reference Publications, Box 344, Algonac, Michigan 48001, USA.

शोध तथा औषधालयों में रोगियों पर परीक्षण

Khan, Sarah & Balick, M.J. 2001. Therapeutic Plants of Ayurveda: A Review of Selected Clinical and Other Studies for 166 Species , *J. Altern. Ccmplaim. Med. 7, pp. 405-515.*

पौधों का वानस्पतिक विवरण, स्थानीय नाम तथा औषधीय गुणों पर विस्तृत सूचना

Kirtikar, K.R.,& Basu, B.D. 1935. *Indian Medicinal Plants,* (4vols.) Allahabad.

भंडारी, चंद्रराज. 1951-1957. *वनौषधि चंद्रोदय (भागः 1-10)* चौखंबा प्रकाशन, वाराणसी।

अन्य उपयोगी पौधों पर

Ambasta, S.P. (Ed.). 1986. *The Useful Plants of India,* NISCAIR, Pusa, New Delhi-110012.

लोक-वनस्पति विज्ञान (जनजातियों द्वारा नाना प्रकार से उपयोग)

Jain, S.K. 1991. *Dictionary of Indian Folk Medicine & Ethnobotany,* Deep Publications, B-1/118, IInd Floor, Paschim Vihar, New Delhi-110063.

मादक पौधों पर

Agrawal, Anil. 1995. *Narcotic Drugs,* NBT, New Delhi-110070.

Jain, S.K. 2009. *Plants Affecting Human Mind (Psychoactive Plants)* Deep Publications, B-1/118, IInd Floor, Paschim Vihar, New Delhi-110063.

द्रव्यगुण तथा शास्त्रीय प्रसंगों पर

उनियाल, मायाराम, 1991, *प्रयोगात्मक अभिनव द्रव्यगुण विज्ञानम्*, बैद्यनाथ आयुर्वेद भवन, पटना-800001.

रासायनिक तत्त्वों पर

Rastogi, R.P. & Mehrotra, B.N., *et. al*. (Ed.) 1990-2000. *Compendium of Indian Medicinal Plants* (several parts) NISCAIR, Pusa, New Delhi-110012.

औषधीय पौधों की कृषि पर

केंद्रीय औषधि एवं सगंध पादप संस्थान (CIMAP), लखनऊ-226016. प्रमुख पौधों की कृषि पर नई-नई तकनीकों से कृषि पर छोटी-छोटी पुस्तकें/बुलेटिन छापता है; वे कृषि विधियों हेतु उपयोगी होते हैं।

जंतुओं के उपचार हेतु लोक-वनौषधियों पर

Jain, S.K. 1999. *Dictonary of Ethnoveterinary Plants of India*, Deep Publications, B-1/118, IInd Floor, Paschim Vihar, New Delhi-110063.

पौधों के लैटिन नामों के सही उच्चारण तथा देवनागरी में लिप्यंतरण पर

जैन, सुधांशु कुमार, आदि. 2002. *वनस्पति शब्दकोश,* साइंटिफिक पब्लिशर्स, बॉक्स-91 जोधपुर, 342001.

वैज्ञानिक (लैटिन) तथा अंग्रेजी नामों की रोमन लिपि में सूची

Abrus Precatorius	गुंची
Acalypha Indica	खोकली
Aconitum Chasmanthum	अतीस (बनबलनाग)
Aconitum Deinorrhizum	अतीस (दूधिया विष)
Aconitum Heterophyllum	अतीस
Aconitum Napellus	अतीस
Aconitum Species	अतीस
Acorus Calamus	बच
Adhatoda Zeylanica	अडूसा
Aegle Marmelos	बेल
Aloe Barbadensis	घीक्वार
Aloe Vera	घीक्वार
Alpinia Galanga	कुलिंजन
Alpinia Officinarum	कुलिंजन
Alstonia Scholaris	छातिन
Andrographis Paniculata	कालमेघ
Aristolochia Bracteolata	ईशरमूल (कीड़ामारी)
Aristolochia Indica	ईशरमूल
Artemisia Absinthium	किरमानी अजवायन (अफसंतीन)
Artemisia Maritima	किरमानी अजवायन
Artemisia Nilagirica	किरमानी अजवायन (नागदौना)
Asparagus Racemosus	शतावरी
Asteracantha Longifolia	तालमखाना
Atropa Acuminata	अंगूरशफा
Atropa Belladonna	अंगूरशफा
Azadirachta Indica	नीम
Bacopa Monnieri	ब्राह्मी
Bassia Latifolia	महुआ
Bassia Longifolia	महुआ
Berberis Aristata	रसौत
Black Pepper	पिप्पला मूल (काली मिर्च)

Boerhaavia Diffusa	पुनर्नवा
Butea Frondosa	पलास
Butea Monosperma	पलास
Butea Superba	पलास (पलास-लता)
Camphor Basil	तुलसी
Camphor Tree	दालचीनी (कर्पूर)
Cassia Angustifolia	अमलतास (सनाय)
Cassia Fistula.	अमलतास
Catharanthus Pusillus	सदाबहार
Catharanthus Roseus	सदाबहार
Centella Asiatica.	ब्रह्ममंडूकी
Centretherum Anthelminticum	सोमराजि
Cephaelis Ipecacuanha	ईपेकाक
Chebulic Myrobalan	बहेड़ा (हरा)
Cholorophytum Arundinaceum	सफेद मूसली जंगली
Cholorophytum Borivilianum	सफेद मूसली बोरिवलीआनुम
Cholorophytum Tuberosum	सफेद मूसली जंजारी
Cinchona Calisaya	कुनैन
Cinchona Ledgeriana	कुनैन
Cinchona Officinalis	कुनैन
Cinchona Species	कुनैन
Cinchona Succirubra	कुनैन
Cinnamomum Camphora	दालचीनी (कर्पूर)
Cinnamomum Tamala	दालचीनी (तेजपात)
Cinnamomum Verum	दालचीनी
Cinnamomum Zeylanicum	दालचीनी
Colchicum Luteum	हिरनतूतिया
Commiphora Wighitii	गूगल
Coptis Teeta	मिश्मी तीता
Corn Mint	पोदीना
Coscinium Fenestratum	झाड़ी हल्दी
Costus Speciosus	केऊ
Cubeb	पिप्पला मूल (कबाबचीनी)
Curculigo Orchioides	काली मूसली
Curcuma Amada	हल्दी (आमा हल्दी)
Curcuma Domestica	हल्दी
Curcuma Longa	हल्दी
Curcuma Zedoaria	हल्दी (कचूर)

Cymbopogon Citratus	रोशा घास
Cymbopogon Flexuosus	रोशा घास
Cymbopogon Nardus	रोशा घास
Cymbopogon Species	रोशा घास
Daemia Extensa	उत्तरन
Datura Innoxia	धतूरा (सादा धतूरा)
Datura Metel	धतूरा (सादा धतूरा)
Datura Stramonium	धतूरा
Devil's Tree	छातिन
Digitalis Lanata	तिलपुष्पी
Digitalis Purpurea	तिलपुष्पी
Dioscorea Alata	चिंगली मंगली (चुपरी आलू)
Dioscorea Belophylla	चिंगली मंगली (तुरहुर)
Dioscorea Deltoidea	चिंगली मंगली
Dioscorea Glabra	चिंगली मंगली (तुरहुर)
Dioscorea Hispida	चिंगली मंगली (करुकंडू)
Dioscorea Prazeri	चिंगली मंगली (कुकुरटोरुल)
Dioscorea Sikkimensis	चिंगली मंगली
Dioscorea Species	चिंगली मंगली
Elettaria Cardamomum	इलायची
Embelia Tsjeriamicottam	बायबिड़ंग
Emblica Ribes	बायबिड़ंग (वाडुंग, वाबेड़ंग)
Emblica Officinalis	आंवला
Ephedra Equisetina	असमानियां
Ephedra Gerardiana	असमानियां
Ephedra Major	असमानियां
Ephedra Sinica	असमानियां
Eugenia Caryophyllata	जामुन (लौंग)
Eugenia Jambolana	जामुन
Euphorbia Antiquorum	लाल दूधी (त्रिधारी-सेहुंद)
Euphorbia Barnharti	लाल दूधी (कट्टीमांडू)
Euphorbia Hirta.	लाल दूधी
Euphorbia Ligularia	लाल दूधी
Euphorbia Neriifolia	लाल दूधी (थूहर)
Euphorbia Nivulia	लाल दूधी (काटा-थूहर)
Euphorbia Pilulifera	लाल दूधी
Euphorbia Royleana	लाल दूधी (डंडा-थोर)
Euphorbia Tirucalli	लाल दूधी (सेहुंद)

Euphorbia Trigona	लाल दूधी (कट्टीमांडू)
Exogonium Purga	काला दाना, निसोथ
Ferula Asafoetida	हींग
Ferula Foetida	हींग
Ferula Narthex	हींग
Field Mint	पोदीना
Flame of the Forest	पलास
Foxglove	तिलपुष्पी
Gaultheria Fragrantissima	गंधपूर्ण
Gentiana Kurroo	नीलकंठ
Gentiana Lutea	नीलकंठ
Glycyrrhiza Glabra	मुलेठी
Hemidesmus Indicus	अनंतमूल
Herpestis Monniera	ब्राह्मी
Hoary Basil	तुलसी (काली तुलसी)
Hogweed	पुनर्नवा
Holarrhena Antidysenterica	इंद्रजौ
Holy Basil	तुलसी
Horse-Mint	पोदीना (जंगली पोदीना)
Horse-Purslane	पुनर्नवा
Hydnocarpus Kurzii	चालमोगरा
Hydnocarpus Laurifolia	चालमोगरा (गरुड़फल)
Hydnocarpus Wightiana	चालमोगरा (गरुड़फल)
Hydrocotyle Asiatica	ब्रह्ममंडूकी
Hygrophila Auriculata	तालमखाना
Hygrophila Spinosa	खुरासानी अजवायन
Hyoscyamus Muticus	खुरासानी अजवायन
Hyoscyamus Niger	खुरासानी अजवायन
Indian Cassia	दालचीनी (तेजपात)
Indian Jalap	निसोथ
Indian Laburnum	अमलतास
Indian Pennywort	ब्रह्ममंडूकी
Indian Pink	काला दाना (कामलता)
Indian Senna	अमलतास (सनाय)
Indian Squill	जंगली प्याज
Indian Valerian	बिल्लीलोटन (मुशकबाला)
Ipomoea Aquatica	काला दाना (कलमीशाक)
Ipomoea Cairica	काला दाना

Ipomoea Hederacea	काला दाना
Ipomoea Nil	काला दाना
Ipomoea Pes-Caprae	काला दाना (दोपत्तीलता डचित्र)
Ipomoea Pes-Tigrids	काला दाना (पंचपत्री)
Ipomoea Purga	काला दाना
Ipomoea Purpurea	काला दाना
Ipomoea Quamoclit	काला दाना (कामलता)
Ipomoea Uniflora	काला दाना
Justicia Adhatoda	अडूसा
Lawsonia Alba	मेहंदी
Lawsonia Inermis	मेहंदी
Lesser Galangal	कुलंजन
Lobelia Inflata	नरसल
Lobelia Nicotianaefolia	नरसल
Lochnera Pusilla	सदाबहार
Madhuca Indica	महुआ
Madhuca Lognifolia	महुआ
Mallotus Philippensis	कामेला
Margosa	नीम
Mentha Arvensis	पोदीना
Mentha Longifolia	पोदीना (जंगली पोदीना)
Mentha Piperita	पोदीना
Mentha Species	पोदीना
Mentha Sylvestris	पोदीना (जंगली पोदीना)
Merremia Turpethum	निसोथ
Morning Glory	काला दाना
Nardostachys Grandiflora	जटामांसी
Nardostachys Jatamansi	जटामांसी
Ocimum Americanum	तुलसी (काली तुलसी)
Ocimum Basilicum	तुलसी (बबुई तुलसी)
Ocimum Canmum	तुलसी (काली तुलसी)
Ocimum Kilimandscharicum	तुलसी
Ocimum Sanctum	तुलसी
Operculina Turpethum	निसोथ
Pedalium Murex	गोखरु (बड़ा गोखरु)
Peganum Harmala	हरमल
Peppermint	पोदीना
Pergularia Daemia	उतरन

Pergularia Extensa	उतरन
Phyllanthus Emblica	आंवला
Picrorhiza Kurrooa	नीलकंठ (कुटकी), कुटकी
Pinus Longifolia	चीड़
Pinus Roxburghii	चीड़
Piper Cubeba	पिप्पला मूल (कबाबचीनी)
Piper Longum	पिप्पला मूल
Piper Nigrum	पिप्पला मूल (काली मिर्च)
Plantago Ovata	इसपगोल
Plumbago Zeylanica	चित्रक
Podophyllum Emodi	पापरी
Podophyllum Hexandrum	पापरी
Podophyllum Peltatum	पापरी
Psoralea Corylifolia	बाबची
Pterocarpus Marsupium	बीजासाल
Pterocarpus Santalinus	बीजासाल (लालचंदन)
Railway Creeper	काला दाना
Rauvolfia Serpentina	सर्पगंधा
Red Sandels Wood	बीजासाल (लालचंदन)
Rheum Emodi	रेवंदचीनी
Rheum Palmatum	रेवंदचीनी
Rheum Webbianum	रेवंदचीनी (अचू)
Ricinus Communis	अरंडी
Rouvolfia Canescens	सर्पगंधा
Rouvolfia Tetraphylla	सर्पगंधा (बड़चंद्रिका)
Sacred Basil	तुलसी
Sandal Wood	चंदन
Santalum Album	चंदन
Saraca Asoca	अशोक
Saraca Indica	अशोक
Saussurea Costus	कूथ
Saussurea Lappa	कूथ
Sida Acuta	बला (बनमेथी)
Sida Cordifolia	बला
Sida Rhombifolia	बला (श्वेत बरेला)
Sida Spinosa	बला (गुलसकरी)
Soalnum Tuberosum	कटेरी (आलू)
Solanim Ferox	कटेरी (रामबेगुन)

Solanum Dulcamara	कटेरी (काकमाची)
Solanum Incanum	कटेरी (असीद)
Solanum Indicum	कटेरी (बृहतिका)
Solanum Melongena	कटेरी (बैगन)
Solanum Nigrum	कटेरी (मकोय)
Solanum Surattense	कटेरी
Solanum Viarum	कटेरी
Solanum Xanthocarpum	कटेरी
Spikenard	जटामांसी
Sterculia Foetide	कड़ाया (जंगली बादाम)
Sterculia Urens	कड़ाया
Sterculia Villosa	कड़ाया (ऊदल)
Swamp Cabbage	काला दाना (कलमीशाक)
Sweet Basil	तुलसी (बबुई तुलसी)
Sweet-flag	बच
Swertia Chirayita	चिरायता
Symplocos Paniculata	लोध
Symplocos Racemosa	लोध
Syzygium Aromaticum	जामुन (लौंग)
Syzygium Cumini	जामुन
Tamarindus Indica	इमली
Terminalia Arjuna	बहेड़ा (अर्जुन)
Terminalia Bellirica	बहेड़ा
Terminalia Chebula	बहेड़ा (हरी)
Thyme-leaved Gratiola	ब्राह्मी
Tinnevelly Senna	अमलतास (सनाय)
Tinospora Cordifolia.	गिलोय
Trianthema Decandra	बिषखोपड़ा (गदाबानी)
Trianthema Monogyna	बिषखोपड़ा
Trianthema Portulacastrum	बिषखोपड़ा
Tribulus Terrestris	गोखरु
Tylophora Asthmatica	अंतमूल
Tylophora Indica	अंतमूल
Urginea Indica	जंगली प्याज
Urginea Maritima	जंगली प्याज (यूरोपीय स्कविल)
Valeriana Jatamansi	तगर
Valeriana Officinalis	बिल्लीलोटन
Valeriana Wallichii	बिल्लीलोटन (मुश्कबाला)

Vernonia Anthelmintica	सोमराजि
Vinca Pusilla	सदाबहार
Vinca Rosea	सदाबहार
Wild Rue	हरमल
Withania Coagulans	अश्वगंधा (आकरी)
Withania Somnifera	अश्वगंधा
Woolly Foxglove	तिलपुष्पी
Yellow Gentian	नीलकंठ

□□

मुद्रकः चंदू प्रेस, दिल्ली–110092

भाग 4 (क)

अनुच्छेद 51(क)

मूल कर्तव्य

भारत के प्रत्येक नागरिक का यह कर्त्तव्य होगा कि वह :

(क) संविधान का पालन करे और उसके आदर्शों, संस्थाओं, राष्ट्र ध्वज और राष्ट्रगान का आदर करे;

(ख) स्वतंत्रता के लिए हमारे राष्ट्रीय आंदोलन को प्रेरित करने वाले उच्च आदर्शों को हृदय में संजोए रखे और उनका पालन करे;

(ग) भारत की प्रभुता, एकता और अखंडता की रक्षा करे और उसे अक्षुण्ण रखे;

(घ) देश की रक्षा करे और आह्वान किए जाने पर राष्ट्र की सेवा करे;

(ङ) भारत के सभी लोगों में समरसता और समान भ्रातृत्व की भावना का निर्माण करे जो धर्म, भाषा और प्रदेश या वर्ग पर आधारित सभी भेदभाव से परे हो, ऐसी प्रथाओं का त्याग करे जो स्त्रियों के सम्मान के विरुद्ध हैं;

(च) हमारी सामासिक संस्कृति की गौरवशाली परंपरा का महत्व समझे और उसका परिरक्षण करे;

(छ) प्राकृतिक पर्यावरण की, जिसके अंतर्गत वन, झील, नदी और वन्य जीव हैं, रक्षा करे और उसका संवर्धन करे तथा प्राणि मात्र के प्रति दयाभाव रखे;

(ज) वैज्ञानिक दृष्टिकोण, मानववाद और ज्ञानार्जन तथा सुधार की भावना का विकास करे;

(झ) सार्वजनिक संपत्ति को सुरक्षित रखे और हिंसा से दूर रहे;

(ञ) व्यक्तिगत और सामूहिक गतिविधियों के सभी क्षेत्रों में उत्कर्ष की ओर बढ़ने का सतत प्रयास करे जिससे राष्ट्र निरंतर बढ़ते हुए प्रयत्न और उपलब्धि की नई ऊंचाइयों को छू ले;

(ट) यदि माता-पिता या संरक्षक है, छह वर्ष से चौदह वर्ष तक की आयु वाले अपने, यथास्थिति, बालक या प्रतिपाल्य के लिए शिक्षा के अवसर प्रदान करे।